岩 波 文 庫
31-013-11

獺祭書屋俳話・芭蕉雑談

正 岡 子 規 著

岩 波 書 店

凡　例

一　本書は、正岡子規の俳句革新第一声である俳論書、獺祭書屋主人著『獺祭書屋俳話』と、それに続く俳論「芭蕉雑談《ばしょうぞうだん》」を付録として一書とし、校注者復本一郎が脚注をほどこしたものである。

一　『獺祭書屋俳話』は、明治二十六年(一八九三)五月二十一日刊『日本叢書獺祭書屋俳話　全』(日本新聞社発兌)を底本とし、「芭蕉雑談」は、同二十八年九月五日刊『日本叢書　増補再版獺祭書屋俳話』(日本新聞社発兌)所収の本文を底本とした。

一　読みやすさの便を考えて、適宜、振り仮名、濁点、句読点をほどこした。振り仮名は、底本の本文に倣って歴史的仮名遣いに拠った。なお、底本にある振り仮名には、振り仮名の下に〈原〉として区別した。

一　底本の明らかな誤記等は、訂した。例えば、「宗祗」の「祗」を「祇」、『猿簑』の「簑」を「蓑」、「咲きぼるゝ」を「咲きこぼるゝ」、「せれるる」を「せらるる」と正した類《たぐい》である。

一　漢字はおおむね新字体に改めたが、一部、

　蟬、鶯、螢…。脉、腸…。
等、正字体や異体字を残したものもある。

一　本文中の発句（俳句）には、全体を通して句番号を付した。同一の句が複数回取り上げられていることがあるが、二回目以降の句番号には、（　）を付した。

一　読解上の参考となるように出典、語彙の解釈等の注記は、脚注で示した。

一　巻末には発句（俳句）の初句索引、人名索引を付載し、検出の便をはかった。

一　各句の出典は、必ずしも初出にこだわらず、子規編纂「俳句分類」（『分類俳句全集』）、「俳家全集」等を繙《ひもと》くことによって、子規が披見したと思われるテキストを示すことに努めた。例えば、丈草句103番の〈啄木鳥《きつつき》の枯木探すや花の中〉の句形での初出は去来編、宝永元年（一七〇四）刊『渡鳥集』であるが、あえて蝶夢編、安永三年（一七七四）刊『類題発句集』とした類である。

目　次

新題目

獺祭書屋俳話

獺祭書屋俳話小序

[一]老子曰く、言者は知らず、知者は言はずと。[二]還初道人曰く、山林の楽を談ずる者、未《いま》だ必ずしも真に山林の趣を得ずと。政治を談ずる者、政治を知らず。宗教を談ずる者、宗教を知らず。英仏の法を説き、独露の学を講ずる者、未だ必ずしも英仏独露を知らず。文学の書を著し、[三]哲理の説を為すもの、未だ必ずしも文学哲理を知らず。知らざるを知らずとせず、而《しか》して之《これ》を口にし、之を筆にし、以て天下に公にす。知者は之を見て、其謬妄《そのびうばう》を笑ひ、不知者は之を聞きて、其博識に服す。故《ゆゑ》に之を談ずる者愈《いよいよ》多くして、

一　『老子』下篇「知者不言章第五十六」に「知者不レ言。言者不レ知」とある。
二　中国明代の還初道人（洪応明（こうおうめい）、字（あざな）は自誠）の著作『菜根譚』に「談二山林之楽一者、未三必真得二山林之趣一」とある。
三　哲学理論。

之を知る者愈少し。余も亦《また》俳諧を知らず。而して妄《みだ》りに俳諧を談ずるものなり。曩《さき》に『日本《にっぽん》』[一]に載する所の俳話[二]、積んで三十余篇に至る。今之を輯《あつ》めて一巻と為《な》さんとす。乃《すなは》ち前後錯綜せる者を転置して、稍ゝ《やや》俳諧史、俳諧論、俳人俳句、俳書批評の順序を為すといへども、固《も》と随筆的の著作、条理貫通せざること多し。況《いは》んや浅学寡聞にして未だ先輩の教を乞ふに遑《いとま》あらざれば、誤解謬見亦応《またまさ》に少からざるべし。知者若《も》し之を読まば郢正《えいせい》[三]の労を賜へ。若し夫《そ》れ俳諧を知らざる者に至りては、[四]知らずして妄りに説を為す者の言に惑ふ莫《なか》れ。

[五]明治廿五年十月廿四日

[六]獺祭書屋主人　識

一　明治二二年（一八八九）二月一一日創刊の新聞。通称「日本新聞」。夏目漱石著『吾輩は猫である』に越智東風の言葉として「私も仕方がないから、懐から日本新聞を出して読み出しました」と。社長は陸羯南（くがかつなん）。反政府的立場を堅持。

二　明治二五年（一八九二）六月二六日より一〇月二〇日まで三八回にわたって「獺祭書屋俳話」を連載。

三　「郢斲（えいたく）」に同じ。正すこと。批正。

四　子規自身。謙辞。

五　一八九二年。

六　子規の雅号の一つ。「だっさいしよをくしゆじん」。「我の書斎、書籍縦横に乱れて、踏むに処無し。因つて此号あり」（子規稿「雅号に就きて」）。他に獺祭漁夫、獺祭魚夫とも。

獺祭書屋俳話

獺祭書屋主人著

俳諧といふ名称

俳諧といふ語は、其《その》道に入りたるものゝ平生言ふ意義と、一般の世人が学問的に解釈する意義と、相異《あひこと》なるが如し。俳諧といふ語の始めて日本の書に見えたるは、『古今集』中に[七]俳諧歌とあるものこれなり。俳諧といふ語は滑稽の意味なりと解釈する人多く、其意味に因《よ》りて俳諧連歌、俳諧発句と云ふ名称を生じ、俗に又之《これ》を略して俳諧と云ふ。されど芭蕉已後《いご》の俳諧は幽玄高尚なる者ありて、必ずしも滑稽の意を含まず。ここに於て俳諧な

七　『古今和歌集』での表記は「誹諧歌」。恵空編『節用集大全』（延宝八年〈一六八〇〉刊）に「誹諧（はいかい）　連歌ノ戯言也」と。

る語は、上代と異なりたる通俗の言語又は文法を用ひしものを指して云ふの意義と変じたるが如し。然《しか》れども普通に俳諧社会の人が単に俳諧とのみ称する時は、俳諧連歌の意にて云ふものなり。而《しか》してこれと区別して十七字の句を発句といふが通例なれども、「俳諧を学ぶ」とか又は「俳諧に遊ぶ」とか云ふが如き場合には、必ずしも俳諧と発句とを区別せずして、両者を包含する程の広漠《くわうばく》[一]なる意に用ふる事も少からず。斯《か》くて終《つひ》に局外の人をして往々迷《まよひ》を生ぜしむることあり（余は世上の俳諧仲間に交はりしことなければ、場処によりて其意義に相違あるや否や詳しきことは知らず）。

因《ちなみ》に云ふ。芭蕉又は其門弟等が俳諧は滑稽なりと称する、其滑稽といふ語は、余が前に述べたる滑稽即ち通

一　広義の。

常世人が用ふる滑稽に非《あら》ず。只《ただ》和歌の単一淡泊なるに対して、其雅俗の言語混淆《こんかう》し、其思想の変化多くして、且《か》つ急劇なるを謂《い》ふのみ。

連歌と俳諧

俳諧の連歌より出《い》で、連歌の和歌より出でたるは人の知る所なり。其《その》始めは一首の歌の上半下半を一、二の人して詠みたる程のものなりしが、後には歌の上半即ち十七文字だけを離して完全の意味をなすに至れり。されど足利時代に在りては、猶《なほ》其趣《おもむき》和歌の上《かみ》の句の如くにして、上代の言語を以て上代の思想を叙するに止《とど》まれば、其文学[二]として読者を感ぜしむるの度は、在来の和歌に比して却《かへつ》て之に劣るものといふべし。且つ此《この》時代の発句は、

二　子規著『俳諧大要』(明治二八年〈一八九五〉稿、同三二年一月刊)は「俳句は文学の一部なり。文学は美術の一部なり。故に美の標準は文学の標準なり。文学の標準は俳句の標準なり」と。

所謂《いはゆる》連歌の第一句にして、敢《あへ》てそれ許《ばか》りを独立せしめて一文学となす訳にあらねば、其力を用ふる事も随つて専一ならず。之を読めば多少の倦厭《けんえん》を生ぜしむるの傾きあり。松永貞徳[一]、徳川氏の初めに出で丶、連歌に代ふるに俳諧を以てせしより、発句にも重みの加はりしか共《ども》、其発句は地口、しやれ、謎等の滑稽に過ぎざれば、文学上の価値に至りては、足利時代に比して更に一層の下落《げらく》を来《きた》したりといふも、酷評には非《あら》ざるべし。貞徳派千篇一律にして、竟《つひ》に新規なる思想も出でざりしかば、宗因[二]等起つて檀林の一流を創《はじ》め、一時は天下を風靡せしが、これ亦《また》稍ゝ《やや》発達したる滑稽頓智に外《ほか》ならざるを以て、忽《たちま》ち芭蕉派[三]の圧倒する所となりて、今日に至る迄猶《までなほ》有るか無きかの有様なり。芭蕉[四]は趣向を頓智滑稽の外に求め、言

一　元亀二年(一五七一)—承応二年(一六五三)。貞門俳諧の指導者。「俳言」の有無によって連歌と俳諧を峻別。編著に『俳諧御傘』(慶安四年〈一六五一〉刊)など。

二　慶長一〇年(一六〇五)—天和二年(一六八二)。西山氏。一幽・梅翁。談林(檀林)俳諧の指導者。「戯言」としての俳諧を主張。門下に西鶴、惟中、高政等。

三　蕉門。芭蕉を中心とする俳諧集団。其角、嵐雪、去来、丈草、支考、野坡等。

四　正保元年(一六四四)—元禄七年(一六九四)。「風雅のまこと」に基づく「不易」「流行」の俳諧を実践。

語を古雅と卑俗との中間に取り、『万葉集』〔五〕以後新《あらた》に一面目を開き、日本の韻文を一変して時勢の変遷に適応せしめしを以て、正風俳諧〔六〕の勢力は明治の世になりても猶依然として隆盛を致せるものなるべし。而《しか》して芭蕉は発句のみならず、俳諧連歌にも一様に力を尽し、其門弟の如きも猶其遺訓を守りしが、後世に至りては単に十七文字の発句を重んじ、俳諧連歌は僅《わづか》に其付属物として存ずる《(ママ)》の傾向あるが如し。

延宝天和貞享の俳風

足利時代の連歌より、芭蕉派の俳諧に遷《うつ》るに、貞徳派、檀林流等の階梯《かいてい》を経過したる事は前に述べたるが如し。然《しか》れども猶細かに之《これ》を観れば、其間無数の階梯と漸次の

五　奈良時代末成立の現存最古の和歌集。

六　ここでは「蕉風俳諧」のこと。芭蕉が開拓した「滑稽頓智」を超克した俳諧。

発達とを経来りしものなり。寛文十二年撰《えら》べる『貝おほひ』[一]といふ書は、芭蕉未《いま》だ宗房といひし頃編輯せし者なりといへども、猶赤子のかた言[二]まじりにしやべるが如く、終《つひ》に談林を離るゝこと能《あた》はず。延宝八年に其角[三]、杉風[四]がものせる『田舎句合《ゐなかのくあはせ》』[五]、『常盤屋句合《ときはやのくあはせ》』[六]は稍其《ややその》歩を進めたるに相違なきも、未だ小学生徒が草したる文章を観るの思ひあり。天和三年[七]に刊行せし『虚栗集《みなしぐりしふ》』[八]に至りては、著るしく俳諧の一時代を限りしものにて、其魂は既に正風の本体を得たりといへども、其詞は猶甚だ幼稚にして、暴露の嫌あるを免れず。貞享四年[九]刊行の『続虚栗』[一〇]は更に幾多の進歩をなして、殆《ほと》んど正風の門を覗《うかが》ふ者と謂《い》ふべし。同年の吟詠なる「四季句合」[一一](載せて元禄元年[一二]刊『(続)都筑の原』[一三]にあり)は滑稽に陥らず、奇幻を貪らず、景

一　松尾氏宗房(芭蕉)判、寛文一二年(一六七二)刊の俳諧発句合。芭蕉二九歳の処女著作。
二　本来は、小児などの未発達な言葉。ここでは、『貝おほひ』中の発句、判詞で多用されている小唄、流行語、奴詞(やっこことば)の類を指している。
三　寛文元年(一六六一)—宝永四年(一七〇七)。延宝二年(一六七四)、一四歳で芭蕉に入門か(石川真弘編『蕉門俳人年譜集』)。『桃青門弟独吟二十歌仙』(延宝八年刊)のメンバーの一人。
四　正保四年(一六四七)—享保一七年(一七三二)。蕉門。魚商。深川芭蕉庵の提供者。寛文一二年(一六七二)、二六歳で芭蕉に入門か(石川真弘編『蕉門俳人年譜集』)。『桃青門弟独吟二十歌仙』では、杉風独吟歌仙が巻頭。
五　其角編。延宝八年(一六八〇)刊。芭蕉判の其角二十五番自句合。
六　杉風編。延宝八年刊。芭蕉

を自然の間に探り、味を淡泊の裏《うち》に求め、はじめて正風の旗幟《きし》を樹立したるものなり(されど此《この》「四季句合」の中には芭蕉翁一派の門弟ならざるもまじれり)。其後『曠野集《あらのしふ》』[一四]、『其袋』[一五]、『猿蓑』[一六]等続々と世に出《い》で、、終に芭蕉の功名をして千歳に不朽ならしめたり。此間の階梯となりたる貞徳派をはじめ『虚栗』、『続虚栗』に至るまで、終に此正風を発揮せしむるの段階に相違なしと雖《いへども》、其間或《あるい》は退歩したることなきにもあらず。是固《これもと》より何事の発達中にも免るべからざる運命なるべし。明治の大改革ありてより、文学も亦《また》過劇の変遷を生じ、飜訳文、新体詩、言文一致等の諸体を唱ふるものありて、大《おほい》に文学界を騒がし、其極、世人をして其帰着する所を知らず、竟《つひ》に多岐亡羊[一七]の感を起さしむるに至れり。然れども天下

判の杉風二十五番自句合。
七　一六八三年。
八　『みなしぐり』。其角編。漢詩文調が主流の俳諧撰集。
九　一六八七年。
一〇　其角編。佶屈な調べを超克しての俳諧撰集。
一一　『続の原』上巻に収録の四十七番の句合。判者は、素堂(春)、調和(夏)、湖春(秋)、桃青(冬)。
一二　一六八八年。
一三　正しくは『続の原』。不卜(ふぼく)編。
一四　『あら野』。芭蕉七部集の一つ。荷兮(かけい)編。元禄二年(一六八九)刊。
一五　嵐雪編。元禄三年(一六九〇)刊。
一六　芭蕉七部集の一つ。去来・凡兆編。元禄四年(一六九一)刊。
一七　思案に困ること(『列子』「説符第八」の故事より)。

の大勢より観察し来れば、是等も亦文学進歩の一段落に過ぎずして、後来大文学者として現出する者は、必ず古文学の粋《すい》を抜き、併《あは》せて今日の新文学の長所をも採取する者なるべく、而して是等は皆元禄時代に俳諧の変遷したると同じことならんと思はるゝなり。

足利時代より元禄に至る発句

天下稍ゝ《やや》檀林の俗風に厭《あ》くに際して、機敏炯眼の一俳人宝井其角は、別に一新体を創して世人を驚かさんと企てたり。然《しか》れども俗語を用ひて俗客の一笑を買ふが如きは、則ち前車の覆轍《ふくてつ》[一]を踏むに等くして到底之《こ》れを倣《なら》ふべからず。さりとて和歌的連歌の句法を学ぶは陳腐にして、復《また》一個の新題目を加へ、一種の新思想を叙述するに地《ち》な

一　先人の失敗を繰り返すこと。
二　佐々木道誉。永仁四年(一二九六)―応安六年(一三七三)。武将。歌人、連歌作者。
三　『菟玖波集』。二条良基撰の連歌撰集。文和五年(一三五六)序。
四　三条西実隆。享徳四年(一四五五)―天文六年(一五三七)。公家。歌人、連歌作者。
五　『新撰菟玖波集』。宗祇、兼

し。是《ここ》に於て其角は之を漢土の詩に求めて、始めて一種の新体を成せり。『田舎句合』、『虚栗』、『続虚栗』の如きは即ち此《この》流の句集とも謂ひつべし。今、古来の発句に付きて、変遷の一斑《いっぱん》を知らしむる為に、左に時代の順序に従ふて時鳥《ほととぎす》を詠ぜし数句を挙げん。

1 待てばこそ鳴かぬ日もあれ時鳥　道誉[二](菟玖波[三])
2 待たで見ん恨みてや鳴く不如帰《ほととぎす》　実隆[四](新筑波[五])
3 なくといふ文字は無の字か郭公《ほととぎす》　春庵[六](鷹筑波[七])
4 一疋も音《ね》は万疋ぞほとゝぎす　失名[八](毛吹草[九])
5 啼きさわげ日本づゝみの無常鳥《ほととぎす》　政定[一〇](貝お対(ほ)ひ)
6 鐘カン〳〵驚破《そよや》〈原〉時鳥草の戸に　其角(田舎句合)
7 半日の下戸閑居にたへず郭公　千春[一一](虚栗)

載、実隆編の連歌撰集。明応四年(一四九五)序。
3 『毛吹草』は〈なくと云文字や無の声時鳥〉の句形。
六 紀州若山(和歌山)の俳人。『鷹筑波集』に二句入集(今栄蔵編『貞門談林俳人大観』参照)。
七 『鷹筑波集』。西武編。寛永一九年(一六四二)刊。
八 『毛吹草』には「作者不知」と。
九 重頼編。俳諧撰集・辞書。正保二年(一六四五)刊。
一〇 大淀三千風編『日本行脚文集』(元禄三年〈一六九〇〉跋)に「奈良政定」と見えるが未詳。尚白編『孤松』(貞享四年〈一六八七〉刊)等に入集。『貝おほひ』十番左の作者。
6 『田舎の句合』は「鉦カン〳〵」の表記。
一一 ちはる。生没年未詳。京住。重頼、季吟、宗因、芭蕉等と交流。

8 時鳥背に星をするたか嶺かな　[一]暮角(続虚栗)
9 朝顔の二葉にうれしほと丶ぎす　[二]調柳(都筑の原)
10 馬と馬よばりあひけり不如帰　[三]鈍可(あら野)
11 時鳥鐘つくかたへ鳴音かな　[四]湖水(其袋)
12 郭公何もなき野の門構へ　[五]凡兆(猿蓑)
13 時鳥顔の出されぬ格子かな　[六]野坡([七]炭俵)
14 杜宇なかぬ夜白し朝熊《あさま》山《やま》　[八]支考([九]続猿蓑)

俳書

連歌俳諧の撰集は、足利時代に在りても『菟玖波集』([一〇]紀元二千十六年撰)以後稀れに之れ有りといへども、多くは刊行せしものにあらず。寛永年間に至りては編集せる書も多く、且《か》つ之を刊行せしものなれば、時世の進歩

8 「俳句分類」では〈時鳥背に星をする峠哉〉と記している。
一 生没年等未詳。『みなしぐり』に〈荻の音は変化(へんげ)咄しのとだえ哉〉が。
9 『続の原』には「我亭を楽む」の前書。
二 生没年未詳。江戸の人。嵐雪編『其袋』(元禄三年〈一六九〇〉刊)等に入集。
三 生没年等未詳。尾張の人。『あら野』に六句入集。
四 大和郡山の人、太田氏(『枕屏風』『反故集』)。『続虚栗』等に入集(田中善信注釈『全釈続みなしぐり』参照)。
五 ?—正徳四年(一七一四)。蕉門。前号加生(かせい)。京で医を業とする。去来と『猿蓑』(元禄四年〈一六九一〉刊)を編む。
六 寛文二年(一六六二)—元文五年(一七四〇)。蕉門。江戸越後屋両替店の手代。孤屋、利牛と『すみだはら』(元禄七年〈一六九四〉刊)を

と共に俳諧の盛運に赴きたるを見るべし。正保、慶安、承応、明暦、万治、寛文の間は次第に著作の多きを加ふといへども、其《そ》の著るしく増加したるは延宝年間なり。余は特にこれが研究をなしたることなけれど、見当るまゝに書き付けたる者のみにても、延宝年間の編著已《すで》に五十部になん〳〵とす。就中尤《なかんづくもつと》も多きは延宝[一一]八年にして其の目《もく》を挙ぐれば、

『俳枕』[一二]『軒端の独活《うど》』[一三]『洛陽集』[一四]『向の岡』[一五]『伊勢宮《みや》笥《げ》』[一六]『西鶴大矢数』[一七](刊年は天和元年[一八])『花洛六百句』[一九]『猿鷯《さるとりもち》』[二〇]『阿蘭陀丸二番船』[二一]『江戸大坂通し馬』[二二]『俳諧江戸弁慶』[二三]『破邪顕正返答』[二四]『田舎句合』『常盤屋句合』

編む。
七　芭蕉七部集の一つ。野坡、孤屋、利牛編。元禄七年(一六九四)刊。「かるみ」を代表する撰集。
八　寛文五年(一六六五)―享保一六年(一七三一)。蕉門。美濃国の人。芭蕉生前に俳論『葛の松原』(元禄五年〈一六九二〉刊)を著す。
九　芭蕉七部集の一つ。沾圃、芭蕉撰、支考補撰。元禄一一年(一六九八)刊。
一〇　文和五年(一三五六)。
一一　一六八〇年。
一二　『誹枕』。幽山編。
一三　松意編。
一四　自悦編。
一五　不卜編。
一六　心友編。延宝七年(一六七九)刊。
一七　西鶴編。
一八　一六八一年。正しくは、改元(九月二九日)前の延宝九年四月刊。
一九　自悦編。
二〇　随流著。

等にして、猶此外《なほこのほか》に数多《あまた》の著作あるべきなり。余浅学、未《いま》だ是等の書の過半は一覧だになし得ずとはいへ、前後の時勢より察するに多くは皆片々たる一小冊子に過ぎずして、敢《あへ》て後世数巻を一部として発行するものと同時に論ずべくもあらざるべし。しかはあれど、如何《いか》なる小冊子なりとも二百余年以前に在りて此《か》くの如く多きを見るは、其《その》隆盛を卜《ぼく》するに十分なりと信ずるなり。天和[一]、貞享[二]を経て、元禄[三]に至り愈々《いよいよ》其極点に達したるが如く、宝永[四]、正徳[五]、享保[六]の間に下りては刊行の俳書いたく減じ尽し、唯東華坊[七]支考が十数部の著書あるのみとはなれりけり。是時に際して、俳諧は暫時衰運の暗黒界に埋没せられたるの観ありて、芭蕉の英魂は其の死後二、三十年に

二一 宗円編。
二二 梅朝（宗因門）編。
二三 『誹諧江戸弁慶』。言水編。
二四 惟中著。

一 天和元年（一六八一）―天和四年（一六八四）。
二 貞享元年（一六八四）―貞享五年（一六八八）。
三 元禄元年（一六八八）―元禄一七年（一七〇四）。
四 宝永元年（一七〇四）―宝永八年（一七一一）。
五 正徳元年（一七一一）―正徳六年（一七一六）。
六 享保元年（一七一六）―享保二一年（一七三六）。
七 支考の別号。他に西華坊、野盤子、見龍、獅子庵等。

於て已《すで》に其霊威を失ひ尽したるが如し。

字余りの俳句

俳句に字余りの多きものは延宝[八]、天和の間を尤《もつとも》甚しとす。十八、九音の句は云ふに及ばず、時として二十五音に至るものありて、却《かへ》つて片歌[九]よりも猶長し。今日にありて之れを見れば奇怪の観なきに非《あら》ざれども、俳風変遷の階梯としては是非とも免るべからざるものならんか。今広く古人の句中より其格調の異なるもの数句を取りて列挙せんに、

15 天にあふぎ地に伏し待ちの月夜哉《かな》　立圃[一〇]

16 古寺月なし狼客を送りける　北鯤[一一]

八　延宝元年(一六七三)—延宝九年(一六八一)。

九　記紀歌謡等、古代和歌の歌形。五・七・七の三句で一首をなすもの。

15　慶安二年(一六四九)刊、立圃著『そらつぶて』所収句。

一〇　文禄四年(一五九五)—寛文九年(一六六九)。貞門。京の人。雛人形屋で雛屋と称す。

16　天和三年(一六八三)刊、其角編『みなしぐり』所収句。同書では「古寺」は「故寺」。

一一　生没年未詳。江戸の人。『桃青門弟独吟二十歌仙』のメンバーの一人。

17 しほらしき物つくしちよろ木かいわり菜　一 杉風
18 鵲《かささぎ》やさえわたる橋の夜半の月　二 宗長
19 夏衣いまだ虱《しらみ》をとりつくさず　芭蕉
20 あれよ〳〵といふもの独り山桜　三 枳風
21 五月雨《さみだれ》けりな小田に鯉とる村童《むらわらべ》　四 藤匂
22 月の秋に生れいづるや桂男《かつらをとこ》　五 重頼
23 雛丸が夫婦や桃の露不老国　六 羊角
24 ところてんさかしまに銀河三千丈　七 蕪村
25 五月雨《さみだれ》の端居《はしゐ》古き平家をうなり鳧《けり》　八 嵐雪
26 月に親しく天帝の婿《むこ》に成たしな　九 才丸
27 曙の人顔牡丹霞に開きけり　一〇 杜国
28 新年の御慶とは申しけり八十年　一一 任口
29 有徳《うとく》なる物汐干の潟なる大きなる鯛　一二 由卜

17 延宝八年(一六八〇)刊、杉風編『常盤屋之句合』所収句。
一 二〇頁注四参照。
18 永正六年(一五〇九)成立、宗長著『東路のつと』所収句。
二 文安五年(一四四八)—享禄五年(一五三二)。連歌師。駿河国島田の生まれ。宗祇に師事。
19 明和五年(一七六八)刊(成立は貞享二年〈一六八五〉四月以降)、芭蕉著『野ざらし紀行』所収句。
20 貞享四年(一六八七)刊、其角編『続虚栗』所収句。
三 生没年未詳。其角門か。江戸の人。『続の原』『みなしぐり』『蛙合』等に入集。
21 『みなしぐり』所収句。
四 生没年等未詳。元禄五年(一六九二)『壬申歳旦　調和引付』入集の作者。調和門か。「匂」は「匀」の国字。「とういん」か。
22 慶安三年(一六五〇)成立『重頼独吟百首』所収句(子規稿「俳句分類」、中村俊定著『俳諧史

30 桜蒟蒻《さくらごんにやく》如何なる人の何を以て桜　杉風
31 玉祭る里や樒《しきみ》刈《かる》男香炉たく女　松濤[一三]
32 流るゝ年の哀《あはれ》世につくも髪さへ漱《すすぎ》捨つ　其角

等の如し。又十七音にても五七五の調子に外れたる者あり。例へば、

33 岩もる水木くらげの耳に空《むな》シ　杉風
34 雪の鮒《ふぐ〈原〉》 左勝 水無月の鯉　芭蕉
35 海くれて鴨の声ほのかに白し　芭蕉

等の如し。

の諸問題』参照）。
五 慶長七年（一六〇二）—延宝八年（一六八〇）。貞門。京の人。近世最初の俳諧撰集『犬子集』を編む。
23 『みなしぐり』所収句。
六 生没年等未詳。『みなしぐり』に〈榎ふりて蔦を鱗の龍紅キ〉。
24 天明四年（一七八四）刊、几董編『蕪村句集』所収句。
七 享保元年（一七一六）—天明三年（一七八三）。子規に『俳人蕪村』（明治三二年〈一八九九〉、東京堂書店刊）。
25 『みなしぐり』所収句。「時鳥の二声三声おとづれければ」の前書。
八 承応三年（一六五四）—宝永四年（一七〇七）。蕉門。其角と併称される。『其袋』の編者。
26 『みなしぐり』所収句。
九 明暦二年（一六五六）—元文三年（一七三八）。大坂俳壇の中心人物。芭蕉と交流。

俳句の前途

数学を修《をさ》めたる今時の学者は云ふ。日本の和歌、俳句の如きは一首の字音僅《わづか》に二、三十に過ぎざれば、之《これ》を一錯列法《パーミユテーシヨン〈原〉より》に由て算するも、其《その》数に限りあるを知るべきなり。語を換へて之をいはゞ、和歌（重《おも》に短歌をいふ）、俳句は早晩其限りに達して、最早此《この》上に一首の新しきものだに作り得べからざるに至るべしと。世の数理を解せぬ人はいと之をいぶかしき説に思ひ、何《な》でう《（ふ）》さる事のあるべきや、和歌といひ俳句といふ、もと無数にしていつまでも尽くることなかるべし、古《いにしへ》より今に至るまで幾千万の和歌、俳句ありとも、皆其趣《おもむき》を異にするを見ても知り得べき筈なるに抔《など》云ふなり。然《しか》れども後説はもと推

27 貞享三年（一六八六）刊、荷兮編『はるの日』所収句。
一〇 ?―元禄三年（一六九〇）。蕉門。尾張の米商。芭蕉の愛弟。
28 『続虚栗』所収句。
一一 慶長一一年（一六〇六）―貞享三年（一六八六）。享年八一歳。伏見西岸寺住職。芭蕉は、任口を訪問。
29 延宝九年（一六八一）刊、常矩編『俳諧雑巾』所収句。
一二 生没年未詳。京の人。常矩門。『誹諧京羽二重』等に入集。
30 『常盤屋之句合』所収句。
31 『みなしぐり』所収句。
一三 生没年未詳。其角系俳人。武蔵八王子の人（『都曲』）。『東日記』等に入集。
32 『田舎句合』所収句。
33 『常盤屋之句合』所収句。
34 『みなしぐり』夏部所収句。
35 『野ざらし紀行』所収句。

一 順列総数（数学）。

理に疎《うと》き我邦在来の文人の誤謬にして、敢《あへ》て取るに足らず。其実、和歌も俳句も正に其死期に近づきつゝある者なり。試みに見よ、古往今来吟詠せし所の幾万の和歌俳句は、一見其面目を異にするが如しといへども、細かに之を観、広く之を比ぶれば、其類似せる者真に幾何《いくばく》ぞや。弟子は師より脱化し来り、後輩は先哲より剽窃《へうせつ》し去りて作為せる者、比々《ひひ》皆是《こ》れなり。其中に就きて石を化して玉と為すの工夫ある者は之を巧とし、糞土の中よりうぢ虫を摑み来る者は之れを拙とするのみ。終《つひ》に一箇の新観念を提起するものなし。而《しか》して世の下るに従ひ平凡宗匠、平凡歌人のみ多く現はるゝは、罪其人に在りとはいへ、一は和歌又は俳句其物の区域の狭隘なるによらずんばあらざるなり。人問ふて云ふ。さらば和歌俳句の運命は何《いづ》れの時にか窮まると。対《こた》へて云ふ。其《その》窮り尽すの時は固《もと》より之《これ》を知るべからずといへども、概言すれば俳句は已《すで》に尽きたりと思ふなり。よし未だ尽きずとするも、明治年間に尽きんこと期して待つべきなり。和歌は其字数俳句よりも更に多きを以て、数理上より算出したる定数も亦《また》遥かに俳句の上にありといへども、実際和歌に用ふる所の言語は雅言のみにして其数甚だ少なき故《ゆゑ》に、其区域も俳句に比して更に狭隘なり。故に和歌は明治已前《いぜん》に於て略《ほ》ぼ尽きたらんかと思惟するなり。

新題目

人或《あるい》は云ふ、人間の観念は時勢の変遷と共に変遷する者なり。そは古来文学の変遷と政治の変遷とを比較して知るべきなり。而して明治維新の如く著るしく変遷したることは、古より其例少なく、従つて文学上の観念も亦大に昔日と異なるが如し。単に外部の皮相のみより見るも、今日の人事、器物は前日の人事、器物と全く同じからず。刀槍《たうさう》廃《すた》れて砲礮《はうはう》[一]天に響き、籃輿《らんよ》[二]は空しく病者の乗りものとなりて、人車[三]、馬車、汽車、王侯庶人を乗せて地上を横行す。是等の奇観は到る処にありて枚挙に遑《いとま》あらず。此《この》[四]新題目、此新観念を以て吟詠せんか、和歌にまれ俳句にまれ、其尽くる所あるべからずと。対へて云ふ。そは一応道理ある説なれども、和歌には新題目、新言語は之を入るゝを許さず。俳句には敢て之を拒《こば》まずといへども、亦之を好むものにあらず。これは固より理の当然にして、徒《いたづら》に[五]天保老爺の頑固なる僻見より出づるものとの

一　「礮」は、「砲」の本字。大砲のこと。

二　山駕籠。

三　人力車。

四　和歌に明治一三年(一八八〇)刊、佐々木弘綱編『明治開化和歌集』が、俳句に同一四年刊、西谷富水編『俳諧開花集』があり、「新題目」の作品が見える。

五　天保老人。時代遅れの老人。夏目漱石の「文章の混乱時代」(明治三九年〈一九〇六〉)の中に「天保の老爺には三銭は解るが、三銭均一とは何の事やら!」と。

み思ふべからず。大凡《おほよそ》天下の事物は天然にても、人事にても雅と俗との区別あり（雅俗の解はこゝに述べず。通常世人の唱ふる所に従ふて大差なかるべし）。而して文明世界に現出する無数の人事、又は所謂《いはゆる》文明の利器なる者に至りては、多くは俗の又俗、陋《ろう》[一]の又陋なるものにして、文学者は終《つひ》に之を以て如何《いかん》とも為《な》し能《あた》はざるなり。例へば蒸気機関なる語を見て、我們《われら》[二]が起す所の心象は如何《いかん》。唯《ただ》精細にして混乱せる鉄器の一大塊を想起すると共に、我頭脳に一種眩暈《げんうん》[三]的の感あるを覚ゆるのみ。又試みに選挙競争懲戒裁判等の言語を聞きて後に、如何《いか》なる心象を生ずるかを見よ。袖裡[四]黄金を溢らせて低声私語するの遊説者と、思ひ内にあれば覚えず微笑を取り落したる被説者[五]と両々相対するの光景に非《あら》ざれば、則ち髯公《ぜんこう》[六]、

一 卑しいこと。

二 我々。

三 めまい。

四 袖の中。

五 「遊説者」の対。賄賂を目当てに演説を聴く者。

六 似而非（えせ）紳士。

七解語の花を携へて席上に八落花狼藉たるの一室を画き出《いだ》さんのみ。此《この》妄想に続きて発するものは、道徳九壊頽《くわいたい》、秩序一〇紊乱《びんらん》等の感情の外《ほか》更に一の風雅なる趣味、高尚なる観念あるべきやうなし。人或は云ふ、美術、文学は古に盛にして今に衰へたりと。以《ゆゑ》あるかな。

和歌と俳句

一一主人、小廝《こもの》、店《みせ》の一隅に立ちて、他の髪を結ひ一二月代《さかやき》を剃る。一三八公、熊公 傍《かたはら》に在り。相対して坐す。八公叫んで曰く、しめたり、しめたりと。熊公頭を垂れて一語なし。甲公乙公各〻《おのおの》語りて曰く、一四桂馬を以て王を釣り出すべし。曰く、王頭の歩兵を突くべしと。囂々《がうがう》市場の如し。是れ一五髪結床に将棋を弄するなり。一六九霞山樵の山水一幅を

七　美人（「ことばを解する花」の意）。
八　美人を相手の猥雑なる酒席の様子。
九　くずれること。
一〇　みだれること。
一一　ここでは髪結床の主人と小僧の意。
一二　額から頭の中央にかけて髪の毛を剃った部分。
一三　無学な庶民の代名詞。
一四　将棋の駒の一つ。「王」「歩兵」も同じ。
一五　今の理髪店。
一六　池大雅（享保八年〈一七二三〉—安永五年〈一七七六〉）の別号。南画家。蕪村との合作「十便十宜図」が知られる。

掛けて、下に[一]池坊流の立花一瓶をあしらふ。庭間に松石相雑《まじ》りて、[二]盆池青き処、金魚尾を揺《ゆる》がす。籠鳥一、二、盆栽三、四、皆な雅趣あらば(ざ)るはなし。而《しか》して主客両々笑はず語らず、時に[三]丁々の声あるのみ。是れ[四]別墅《べっしょ》の[五]竹房に碁を囲むの光景なり。

横町へ少し曲りて[六]最合井《もやひゐ》、[七]釣瓶《つるべ》縄《なは》朽つるの辺、昼顔蒔かぬ種をはえたるこなたの[八]掃溜に臨みて、[九]竹格子まばらなる中に[一〇]みいちゃんお花ちゃんを相手にして破れ三味線を鳴らす。絃声、板橋を踏み轟かすが如く、歌声犬の遠吠に似たり。裏店《うらだな》の奥[一一]比々此《この》類なり。玄関[一二]深く見こみて[一三]甃石《しきいし》遠く連《つらな》り、車馬門に満ちて[一四]小僮[一五]式台に迎ふ。左の方一帯の板屏を見越して春色爛熳たり。晩梅、早桜相交るの間、玉欄屈曲して玻瓈《はり》窓中、佳人[一六]瑶箏を弾ず。[一七]珠玉盤

一　室町時代中期、池坊専慶によって完成された華道の流派。
二　人工の小池。
三　碁を打つ音。
四　別宅。別荘。
五　庭に竹が植えられている家。
六　共同井戸。高橋五郎著『いろは辞典』(明治三一年〈一八九八〉刊)に「もやひ　共同」。
七　水桶を吊る縄。
八　塵芥を捨てる場所。
九　竹を組んで作った垣根。
一〇　程度の低いものに夢中になる女、子供。饗庭篁村の「下宿屋」(明治二三年〈一八九〇〉)の中に「尋常一様、世間通例、みイちやんはアちやんの類ひには非ずして、東洋の女権を拡張せんといふ」と。
一一　どれもこれも。皆。
一二　計算して。
一三　敷石。
一四　年若い召使。
一五　玄関の上がり口の板敷き。

上を走り、幽泉岩陰に咽《むせ》ぶ。[一八]鶯腔《あうかう》稍々《やや》渋なとり《（りと）》雖《いへど》も、終に百鳥の群鳴に勝る。

甲店の[一九]伴当《ばんたん》、[二〇]倉皇《さうくわう》として街上を走る。乙肆の[二一]主管、袖を扣《ひか》へて止《とど》めて曰く、僕、前日大坂の募集に応ず。[二二]入花料殆《ほと》んど[二三]五十銭を費す。而して一句の賞点に入るなし。何事の胸わるさぞ。甲曰く、前月の巻[二四]已《すで》に成るや否や。乙曰く、知らず。一行商傍《かたはら》に在り。曰く、彼《かの》巻已に開きたり。天は某、地は某なり、我句幸にして十内に在り云々。甲乙、皆失望の体あり。俳句を弄するもの皆、此流の人。[二五]一侯、[二六]一伯会々《たまたま》相逢ふ。侯曰く、前月の歌会貴下秀歌を詠ず。一坐感賞して[二七]三代集中のものとせり。[二八]健羨の至りなり。伯曰く、敢《あへ》て当らず。今夜、某々を弊家に召して『万葉』の講筵を開く。幸に[二九]駕を枉《ま》げられよ

一六　玉で飾った箏の琴。
一七　箏の琴の美しい音色の表現。
一八　鶯の調（しら）べ、の意の子規の造語か。
一九　召使。番頭の意で用いたか。
二〇　あわただしく。
二一　大番頭。
二二　投句料。応募料。
二三　明治二八年（一八九五）当時、天丼が四銭（週刊朝日編『値段史年表』参照）。
二四　月並俳句結果発表印刷物（鶯亭金升著『滑稽俳人気質』参照）。
二五　侯爵。
二六　伯爵。
二七　『古今和歌集』『後撰和歌集』『拾遺和歌集』の三勅撰集。
二八　非常にうらやましく思うこと。
二九　枉駕（御来訪）下さい。

云々。和歌を詠ずるは此種の人なり。嗚呼《ああ》何ぞ将棋、三絃[一]、俳句の相似て、碁、箏、歌の相類するや。前者は下等社会に行はれ、後者は上流社会に行はる。前者は其《その》起原新らしく、後者は其起原古し。新し、故に俚耳[二]に入り易し。古し、故に雅客[三]の興を助く。将棋盤は碁盤より狭く、而《しか》して其手[四]、碁より多し。三絃の糸は箏より少く、而して其音、箏より多し。俳句の字は歌より短く、而して其変化歌よりも多し。変化多ければ奇警斬新の事をなすべし。唯《ただ》卑猥俗陋[五]に陥るの弊あり。変化少ければ優美清淡の味あり。唯陳套[六]を襲ひ、糟粕[七]を嘗《な》むるの譏《そしり》を免がれず。随つて将棋、三絃、俳句は入り難く、碁、箏、歌は入り易し。入り難けれども上達し易く、入り易けれども上達し難し。此の六技は蓋《けだ》し奇対[八]といふべし。

一　三味線。
二　一般の人々の耳。
三　風雅を愛する人々。
四　打ち上げるまでの打ち方の種類。手数。
五　卑俗陋劣。
六　陳腐旧套。
七　先人の説を繰り返す。
八　奇妙に三対三の対をなす学芸。

宝井其角

「蕉翁の六感」[九]なるものに、六弟子[一〇]の長所を評するの語あり。されども其語簡単にして、未《いま》だ尽さゞるのみならず、往々其要を得ざるものあれば、漸次《ぜんじ》にこれが略評[一一]を試みんとす。初めに其角を評して「花やかなる事其角に及ばず」[一二]といへり。其角の句、固《もと》より花やかなる者少からず。例へば、

36 鶯の身をさかさまに初音かな
37 白魚をふるひよせたる四ッ手かな
38 名月や畳の上に松の影

九　宝暦一一年(一七六一)刊、桃鏡編『去来湖東問答』巻末の「芭蕉翁門人の六感」を嚆矢とする。明治二一年(一八八八)刊、錦花園玄生著『芭蕉翁一代鏡』に「蕉翁六感」があり、子規はこれに拠ったか。其角堂機一著『発句作法指南』、桃李庵南濤編『俳諧名家全伝』にも所収。

一〇　其角、嵐雪、去来、支考、丈草、野坡(『芭蕉翁一代鏡』の順番)。

一一　「蕉翁の六感」に対する概略的批評。

一二　『去来湖東問答』も『芭蕉翁一代鏡』も本文同じ。

36　元禄一一年(一六九八)刊、許六編『篇突』所収句。

37　『続猿蓑』所収句。「四ッ手」は、敷網の一種の四手網。

38　元禄五年(一六九二)刊、其角編著『雑談集』所収句。『去来湖東問答』『芭蕉翁一代鏡』は、この句を示している。

等の如し。然《しか》れども其角一生の本領は決して此《この》婉麗細膩《さいぢ》[一]なる所にあらずして、却《かへ》りて傲兀疎宕《ごうごつそたう》[二]の処、怪奇斬新の処、諧謔百出の処に在りしことは『五元集』[三]を一読せしもの丶能《よ》く知る所なり。其傲兀疎宕なる者を挙ぐれば左の如し。

39 鐘一ツうれぬ日はなし江戸の春

40 夕涼よくぞ男に生れける

41 小傾城行きてなぶらん年の暮

其角は実に江戸ッ子中の江戸ッ子なり。大盃[四]を満引[五]し、名媛[六]を提挈《ていけつ》[七]して、紅灯緑酒の間に流連[八]せしことも多かるべし。されば芭蕉も其《その》大酒を誡めて「42 蕣《あさがほ》に我は飯喰

一　こまやかでなめらか。

二　「傲兀」は、傲岸に同じ、屈しないこと。「疎宕」は、小さなことにこだわらないこと、疏宕。

三　旨原編の其角自選発句集。其角没後（宝永四年〈一七〇七〉没）の延享四年（一七四七）刊。

39　『五元集』所収句。

40　『五元集（拾遺）』所収句。左注に「此句をいづれの集にか他人の句にせり。予晋子の書かれし自画讃を見たり」と。

41　『雑談集』所収句。「なぶらん」は、からかってやろうの意。

四　竹内玄玄一著『俳家奇人談』（文化一三年〈一八一六〉刊）に「常に酒を飲んでその醒めたるを見る事なし」と。

五　なみなみとついだ酒をぐっと飲むこと。

六　名高い美女、遊女。

七　手を引くこと。

八　遊興にふけり遊郭に日を送

ふ男哉《かな》」といひし程の強《(剛)》の者なれば、是等の句ある固《もと》より怪しむに足らず。而《しか》してこれ即ち千古一人の達吟たる所以《ゆゑん》なり。其怪奇斬新なる者は、

43 世の中の栄螺《さざえ》も鼻をあけの春

44 枇杷の葉や取れば角なき蝸牛《かたつぶり》

45 初雪に此《この》小便は何やつぞ

等の如し。是等即ち巧者巧を弄し、智者智を逞《たくまし(う)》ふする所にして、其角が一吟、人を瞞着[九]するの手段なり。されば座上[一〇]の即吟に至りては、其角の敏捷、一座の喝采を博すること常に芭蕉に勝《すぐ》れたりとかや。其諧謔百出、人頤《じんい》[一一]を解《とか》するものもまた才子の余裕を示し、英雄の人を欺む

ること。

42 『みなしぐり』所収句。ただし「俳句分類」では『芭蕉句選』より採取。

43 『五元集(拾遺)』所収句。「鼻をあけの春」は、栄螺が蓋を開くことと「明けの春」を掛けているか。

44 元禄三年(一六九〇)刊、其角編『花摘』所収句。

45 『五元集(拾遺)』所収句。

九 欺くこと。

一〇 土芳著『三冊子』に芭蕉の言葉「其角は同席に連るに、一座の興にいる句をいひ出でて、人々いつとても感ず。師は一座その事なし」が。

一一 大笑いさせることも。

く所以なれば、其角に於てこれ無かるべけんや。例へば、

46 こなたにも女房もたせん水祝ひ

47 饅頭で人を尋ねよ山桜

48 み丶づくの頭巾は人に縫はせけり

等の如し。然れども多能なる者は必ず失す[一]。其角の句、巧に失し、俗に失し、奇に失し、豪に失する者少からず。而して豪放迭宕《がうはうてつたう》[二]なる者は常に暴露に過ぐるの弊あり。其角句中其骨《その》[三]を露はす者を挙ぐれば、

49 吐かぬ鵜のほむらに燃ゆる篝《かがり》哉

50 二《に》星《せい》私《ひそ》かに憾む隣の娘年十五

46 『五元集』所収句。「水祝ひ」は、新年に新郎に水を浴びせて祝福すること。

47 元禄一〇年(一六九七)刊、李由・許六編『韻塞』所収句。『去来抄』には「東叡山吟行」の前書。「なぞ(謎)」の句とある。

48 『五元集』所収句。「旅思」の前書。上五文字「み丶づくの」で小休止と見たい。

一 程度が過ぎる。

二 気性の豪快なこと。

三 気性。

49 元禄一四年(一七〇一)刊、其角編『焦尾琴』所収句。

50 『みなしぐり』所収句。「二星」は、牽牛星と織女星。

51 此秋暮文《もん》覚《がく》我を殺せかし

抔《など》あり。扨又《さてまた》其角句中に一種の澹嫺穏整《たんかんおんせい》[四]なる文字ありて、其調《しらべ》稍ゝ《やや》嵐雪、越人[五]に近きが如し。例へば、

52 あくる夜のほのかにうれし嫁が君

53 明星や桜定めぬ山かづら

54 秋の空尾の上《へ》の杉にはなれたり

抔《など》にして、前に連らねし十数句とは其の趣いたく変れり。之《これ》を要するに、其角は豪放にして、しかも奇才あり。奇才ありて、しかも学識あり。されば時として豪放の真面《しんめん》目《もく》を現はし、時として奇才を弄し、学識を現はすなど、

51 『五元集』所収句。「高雄にて」の前書。「文覚」は、鎌倉時代前期の真言宗の僧。高雄山神護寺を再興。高雄の美をかく表現。

四 しずかでおだやかなこと。「嫺」は「嫺」に同じ。しずかなこと。

五 明暦二年(一六五六)―享保末年。蕉門。北越に生まれ尾張名古屋に住す。

52 『続猿蓑』所収句。「嫁が君」は、鼠をいう正月詞。

53 『続の原』所収句。「山かづら」は、山にかかる暁の雲。

54 『すみだはら』所収句。

機に応じ、変に適して、[一]盤根錯節を断ずること大根、牛《ご》蒡《ばう》を切るが如くなれば、[二]芭蕉も之を賞し、同門も之に服し、終に児童走卒をして其角の名を知らしむるに至りたり。其角はそれ一世の英傑なるかな。

嵐雪の古調

[三]服部嵐雪は古文を好みしものと見え、其作る所の俳句も古書、古歌に憑《よ》りたるもの多く、其語調も亦《また》和歌に似たる者少からず。例へば、

55 ぬれ椽に《（や）》なづなこぼるゝ土ながら
56 蔀《しとみ〈原〉》あけて茎《くゝ》立《たち〈原〉》買はん朝まだき
57 石女《うまずめ〈原〉》の雛かしづくぞ哀れなる

一 わだかまった根と入り組んだ節。ここでは其角作品の多様性を称している。
二 『去来抄』に去来の言「其角は誠に作者にて侍る」、芭蕉の言「しかり。かれは定家の卿なり」が見える。
三 承応三年（一六五四）―宝永四年（一七〇七）。芭蕉の言葉に「門人にキ角・嵐雪有」（『桃の実』）。
55 『続猿蓑』所収句。「俳句分類」は、正しく〈ぬれ椽や〉。
56 『続虚栗』所収句。
57 『続虚栗』所収句。

58 みる房やかゝれとてしも寺の尼

等の如し。又同人の句に、

59 行灯を月の夜にせんほとゝぎす

といふは世の中へ知れ渡りたるものなるが、こは『万葉集』[四]にある家持[五]の、

[六]保《ほ》等《と》登《ゝ》芸《き》須《す》許《こ》欲《ゆ（よ）》奈《な》枳《き》和多《たわ（わた）》礼《れ》登《と》毛《も》之《し》備《び》乎《を》
都《つ》久《く》欲《よ》爾《に》奈《な》蘇《そ》倍《へ》曽《そ》能《の》可《か》気《け》母《も》見《み》牟《む》〈原〉

といへる歌をそのまゝ俗訳せしものにして、余り珍重すべきものとも思はれず。されど俳家者流の宗匠、及び其の門弟等は皆学問浅薄なる者のみ多かれば、さることのありとも知らず。よし之《こ》れを知る者あれば、却《かへ》つてそを

58 『其袋』所収句。「夏之部」。「善光寺にてみる喰尼に」の前書。「みる房」は、海松（みる）。濃緑色の海藻で、黒髪がイメージされる。

59 『其袋』所収句。享保三年（一七一八）刊、鬼貫著『独ごと』に「郭公（ほととぎす）の比（ころ）は誰もみな空に心を置て、月にあこがれ、雨にしたへど」と。

四 『万葉集』巻一八所収歌。

五 大伴家持。?—延暦四年（七八五）。万葉歌人。大伴旅人の子。『万葉集』に四七九首。

六 時鳥よここから鳴いて通り過ぎてくれ。灯をせめて月の光とみてその姿を見よう、の意。

賞讃して古歌にちなみたる名句なりなど、云ふこと、恰《あたか》も今日の平凡学者が、こは欧洲の学者某の説なりといはゞ、尤《もつと》も善き証論なりと思へるが如し。げにも片腹いたきことぞかし。余は此の嵐雪の句よりも、

60 蠟燭のひかりにくしや郭公　越人

61 提灯の空に詮なし郭公　杉風

などといふ句の、同じ意ながら古歌[一]を飜案したるこそいと妙なれと思ふなり。

服部嵐雪

「蕉翁六感」の中に[二]「からびたる事嵐雪に及ばず」と

60 元禄三年（一六九〇）刊、荷兮編『あら野』所収句。

61 元禄七年（一六九四）刊、子珊《さしん》編『別座鋪』所収句（『すみだはら』にも）。

一 「古歌」は、右の家持歌。元禄七年五月一三日付浪化宛去来書簡に「皆己が力を古詩・古歌の上ニせめ上《げあ》て用ヒ申候。さなく候へバ、たゞ詩を、歌を、発句に直したるまでニ候」と。子規のいう「飜案」は「せめ上る」に当ろう。

二 『去来湖東問答』『芭蕉翁一代鏡』とも同文。

あるは適評なるべし。嵐雪の句、温雅にして古樸、しかも時に従ふて変化するの妙は、其角の豪壮にして変化するものと相反照《はんせう》して、蕉門の奇観と謂《い》ふべし。其所謂《そのいはゆる》[三]からびたる句は、

62 梅一りん一りん程のあたゝかさ

63 相撲取ならぶや秋の唐錦《からにしき》

64 黄菊白菊其外の名はなくもがな

の類にして、此嵐雪[四]一家の格調は終《つひ》に他人の摸倣し能《あた》はざる所なり。

65 文もなく口上もなし粽《ちまき》五把

三　はやく「三体和歌」に「秋冬、此二は、からびほそくよむべし」と。越人句に〈雁がねもしづかに聞ばからびずや〉(『あら野』)。「からび」は、枯凋の美。

62　寛延三年(一七五〇)刊、嵐雪著、旨原編『玄峰集』所収句。「蕉翁六感」の例句。

63　『すみだはら』所収句。「秋の唐錦」は、秋の紅葉と、相撲取の舶来の錦の化粧回しの両方を一つに表現。

64　『其袋』所収句。「百菊を揃けるに」の前書。

四　独自の。

65　元禄七年(一六九四)刊、其角編『句兄弟』所収句。「六格」の中の「麗句」として。『すみだはら』にも所収。

66 蒲団着て寝たる姿や東山

是等の句は実景実情を有《あり》の儘《まま》に言ひ放しながら、猶《なほ》其《そ》の間に一種の雅味を有するものにして、是れ亦嵐雪の独り擅《ほしい》まゝにする所なり。蓋《けだ》し嵐雪は一見識ある人なれども、稍《やや》ゝ理想には乏しきものゝ如く、随つて宇宙[一]の事物を観察するに常に其の表面よりするの傾きあり。是を以て其《その》表面的の観察も亦重《お》もに些細なる事物に向つて精密なるが如し。例へば、

67 花に風軽《かろ》く来て吹け酒の泡《あは》

68 五月雨や蚯蚓《みみず》の通す（潜ル）鍋の底

69 白露や角に日（目）を持つ蝸牛

66 宝暦一三年(一七六三)刊、嘯山編著『俳諧古選』所収句。嘯山の「譬喩ノ句難シ矣。此ノ篇古今第一、温厚和平真ニ平安ノ之景ナル哉、真ニ平安ノ之象ナル哉」との評。

一 明治二二年(一八八九)刊、大槻文彦著『言海』には、「宇ハ天地四方、宙ハ古往今来」との訳語。

67 元禄三年(一六九〇)刊、其角編『いつを昔』所収句。

68 『玄峰集』所収句。元禄一〇年(一六九七)刊、桃隣編『陸奥鵆(むつちどり)』は〈五月雨や蚓(みみず)の潜(くぐ)ル鍋の底〉の句形。

69 元禄七年(一六九四)刊、嵐雪編『或時集』所収句。「蝸牛」で夏の句。

の如き、其一斑を知るに足るべきなり。猶ほ此種の観察の滑稽なる者には、

70 顔につく飯《めし》粒《つぶ》蠅に与へけり

71 門《かど》の雪臼と盥《たらひ》の姿かな

72 君見よや我手入るゝぞ茎《くき》の桶

等あり。又た人情の上に於ける観察も、曽《かつ》て[二]悽楚《せいそ》惨憺の処に向はず、はた勇壮豪放の処に向はずして、常に婦女若《も》しくは児童の可憐なる処に在るが如く見ゆ。そは、

73 ほつ〳〵と喰積《くひつみ》あらす夫婦《めをと》かな

70 『玄峰集』所収句。

71 『其袋』所収句。

72 『其袋』所収句。「冬の日客をもてなす」の前書。「茎の桶」は「茎桶」。「茎漬け」(大根やかぶを茎や葉とともに塩漬けにしたもの)を作る桶。

二 「悽楚惨憺」で悲しくあはれなこと。

73 『玄峰集』所収句。「喰積」は、年賀客に儀礼的に出す取り肴。蓬萊台や三方に米、熨斗鮑(のしあわび)、勝栗、昆布、野老(ところ)、干柿等を盛ったもの。関西では蓬萊。

(74)石女《うまずめ》の雛かしづくぞあはれなる
75 我恋や口もすはれぬ青鬼灯《あをほづき》
76 岡見すと妹つくろひぬ小家《こへ》の門
77 出代《でがはり》やをさな心にものあはれ
78 竹の子や児《ちご》の歯茎《はぐき》のうつくしき

等の数句を見ても知るべきなり。猶此外《このほか》に、

79 秋風の心動きぬ縄すだれ

の如く稍〻《やや》理想的の句なきに非《あらざ》るも、終に嵐雪の本色に非ず。又其奇抜なるもの、

80 順礼に打ちまじり行く帰雁かな

74 『続虚栗』所収句。「重三」の前書。57番の句と同一。
75 『其袋』「恋」の部所収句。「逢恨恋」の前書。「鬼灯」は、『其袋』に「ホヅキ」と振り仮名。
76 『其袋』所収句。「岡見」は、大晦日の夜、蓑を逆さに着て岡の上に登って自分の家を見ると来年の運勢がわかるという俗信。「小家」は、『其袋』は「こへ」と平仮名表記。
77 『猿蓑』所収句。「出代」は、一年または半年契約の奉公人が交代すること。春の季語（三月五日）。
78 『すみだはら』所収句。
79 『続の原』所収句。湖春の判に「縄すだれ寂寥たる事凄〻切〻として、肌身に通りて甘心す」と。明治二七年（一八九四）九月一九日、子規はこの句について、紅緑に「心という字が悪い」とし〈秋風の吹きそめにけり縄す

81 武士《もののふ》の足(臑)で米とぐ霰《あられ》かな

等の類あれども、其角の変幻極りなきとは大に異なりて、却《かへ》りて味深き処あり。されば嵐雪の変化は、其角の天地に渡りて縦横奔放するの類に非ずして、僅かに一小局部内に彷徨するものなれども、其雅味を存するの多きは、其角も亦一歩を譲らざるべからず。宜《むべ》なる哉《かな》「門[一]人に其角、嵐雪あり」と並称せしや。

向井去来[二]

「[三]実なる事去来に及ばず」とは、「蕉翁六感」の中に去来を評するなり。而《しか》して此評、実に去来を尽すものと謂ふ可《べ》し。去来、人と為《な》り温厚忠実、其芭蕉に事《つか》ふること親

だれ〉なら「まだしも善い」と〈佐藤紅緑稿「子規翁」〉。

80 『玄峰集』所収句。元禄五年(一六九二)刊、車庸編『をのが光』は、上五文字「順礼と」。

81 『玄峰集』所収句。「臑で」は、百里編『遠のく』(宝永五年〈一七〇八〉刊)の表記。

一 元禄六年(一六九三)刊、兀峰(こっぽう)編『桃の実』所収の芭蕉句〈両の手に桃とさくらや草の餅〉の前書に「艸庵に桃桜あり、門人にキ角・嵐雪有」と。

二 慶安四年(一六五一)—宝永元年(一七〇四)。肥前長崎に生まれる。京住。其角を通して芭蕉に入門。俳論に『去来抄』。

三 『去来湖東問答』も『芭蕉翁一代鏡』も同文。ただし『去来湖東問答』は、去来評を一番最後に置く。

の如く、又君の如く、常に親愛と尊敬とを失はざりしかば、[一]芭蕉も亦之《またこれ》を見ること恰《あたか》も吾《わが》愛児の如くにして、他の門弟子《もんていし》とは一様に思はざりき。されば芭蕉の去来に向つて或《あるい》は之を褒め、或は之を叱るも、皆師の弟子に於ける関係より出《い》でずして、親の子に於けるが如き愛情より発するものなり。去来、曽《かつ》て芭蕉と共に[二]正秀《まさひで》亭に会す。[三]其座の俳諧に去来第三を付けたるに、其句宜《よろ》しからずとて芭蕉これを添削しけるが、会はて丶後、芭蕉は去来を叱りて「斯《か》くのびやかなる第三を付くること、前句の景色を探らず未練の事なり。此度《このたび》の恥は是非一度雪《すす》がんと心がくべし」云々とて夜もすがら怒りたりと。正秀も弟子なり、去来も弟子なり。弟子が弟子の前にて仕そこなふたりとても、芭蕉に於て何か有らん。然るに斯くまで

一　明治二八年（一八九五）一二月一〇日頃付五百木（いおき）飄亭宛の書簡で、子規は、虚子を「親は子を愛せり、子を忠告せり。然れども神の種を受けたる子は世間普通の親の忠告など受くべくもあらず。子は怜悧也。親は愚痴也」と評している。芭蕉と去来の関係が念頭にあっての発言か。

二　明暦三年（一六五七）―享保八年（一七二三）。近江膳所（ぜぜ）藩士。蕉門。

三　『去来抄』〈先師評〉に、去来の第三句〈竹格子影もまばらに月澄て〉を芭蕉が〈中連子中きりあくる月影に〉と添削したエピソードが見え、芭蕉の言葉「かくのびやかなる第三付る事、前句（正秀句〈二ツにわれし雲の秋風〉）のけしきを探らず、未錬の事なり」「此度の膳所の恥を一度すゝがん事を思ふべし」が紹介されている。

叱責することは、弟子を以て之を見ず、骨肉の如く之を愛するが為なるべし。去来実に此《かく》の如き人なれば、其作る所の句も亦[四]優柔敦厚《とんこう》にして、曽て[五]軽躁浮泛《けいさうふはん》に流るゝの弊を見ず。其角の如く奇を求め新を探りて人目を眩《くらま》するの才なく、又[六]丈草の如く微を発《ひら》き理を究めて禅味を悟るの識なしといへども、却《かへつ》て平穏[七]真樸の間に微妙の詩歌的観念を発揮せしが為に、其句を読む者一たび之を誦すれば終に復《また》忘るゝ能《あた》はざるに至る。蓋し其意匠の幽遠に馳せずして却て高尚なるのみならず、其格調極めて自然にして敢《あへ》て人工[八]斧鑿《ふさく》の痕《あと》なければなるべし。其景を叙するの処、情を叙するの処、[九]神理天工、[一〇]一心一手の間に融会して、外面一片の理想を着けず、裏面一点の塵気を雑《まじ》へざるに至りては、芭蕉も亦之を模倣すること能はず。況《いは》

四　「優柔」はやさしくものやわらかなさま、「敦厚」は親切誠実で人情に厚いさま。
五　「軽躁」は思慮浅いさま、「浮泛」はうわついたさま。
六　寛文二年(一六六二)—元禄一七年(一七〇四)。五八頁「内藤丈草」参照。許六編『本朝文選』の「作者列伝」に「蕉門ノ之騒客ナリ也」と見える。「騒客」は、風雅人。
七　誠実一筋。
八　斧と鑿のあと。詩文を作るに自然によらず彫斲(ちょうたく彫りけずること。技巧)を加えてそのあとをあらわにする(それが見えない)。
九　「神理」は、人知をこえた道理。「天工」は、天帝のわざ。自然の働き。
一〇　一途の手段。

んや其嵐[一]二子をや。況んや其他の、作家[二]を以て自ら任ずる許六[三]、支考の輩をや。試みに其句数首を挙ぐれば、

82 上《のぼ》り帆《ほ》の淡路はなれぬ汐干《しほひ》哉

83 涼しさや《(よ)》夕立ながら入日影

84 乗りながら秣《まぐさ》はませて月見哉

85 応《おう》〱といへど叩くや雪の門《かど》

芭蕉の、鉢叩[四]聞かんとて落柿舎を音づれけるに、折節《をりふし》鉢敲の来ざりければ。

86 箒こせまねて〈も〉見せん鉢叩

是等の句は皆其句の妙霊なるのみならず、去来其人の

一 其角、嵐雪。
二 一流の俳家を自負している。
三 明暦二年(一六五六)－正徳五年(一七一五)。蕉門十哲の一人。彦根藩士。去来との論争『俳諧問答』(元禄一〇・一一年成立)が。
82 元禄九年(一六九六)刊、史邦編『芭蕉庵小文庫』所収句。「三月三日堺の海辺に遊て」の前書。「上り帆」は帆をかけた上り船。
83 安永三年(一七七四)刊、蝶夢編『類題発句集』所収句。『あら野』は、上五文字「涼しさよ」。
84 元禄九年(一六九六)刊、風国編『初蟬』所収句。
85 元禄八年(一六九五)刊、浪化編『有磯海』所収句。同年一月付許六宛去来書簡に「此句のさびのつきたるやうにぞんじられて、此句を自讃仕候」と。
四 時宗における空也僧の勧進。一一月一三日の空也忌より大晦日まで鉦や鉢・瓢を叩き洛中を勧進し、墓所をめぐった。

性質躍然として現れたるを見るべし。去来の句、今日に伝ふる者僅《わづか》に二百句許《ばか》りにして、随ひて一題数句ある者は稀《まれ》なり。只《ただ》秋月と時雨の二題は吟詠各十句の多きに及び、而《しか》して他の些事微物に至りては、一句だに無き者少からず。是を以て見るも、去来の観念は毎《つね》に那辺《なへん》に向ひしかを知るに足らん。又去来は武士[五]なる者の意気凜然たる所を忘れざりしと見え、これを証するの句多し。

87 元日や家に譲りの太刀はかん
88 笋《たけのこ》の時よりしるし弓の竹
89 鎧着てつかれためさん土用干
90 秋風や白木の弓に弦はらん
91 鴨啼くや弓矢をすてヽ十余年

86 『いつを昔』所収句。『本朝文選』所収の去来「鉢扣ノ辞」に「鉢たゝき聞むと例の翁わたりましける。こよひは風はげしく雨そぼふりてとみにも来らねば」と。「こせ」は寄こせの意。
五 『本朝文選』所収の支考稿「落柿先生ノ挽歌」に「誠に此人よ、風雅は武門より出れば、かたき所にやはらみありて、先師もそれをゆるし給へり」と。
87 『続虚栗』所収句。
88 『あら野』所収句。『去来発句集』には「武士の子の生長をいはうて」の前書。
89 『続虚栗』所収句。「土用干」は、立秋前一八日間の夏の土用に鎧も含めて衣類に日を当て、風を通すこと。虫除け。
90 『あら野』所収句。
91 元禄一〇年(一六九七)序『俳諧錦繡緞』所収句。「番匠の入口に俳諧に力なき輩かたく入べからずと定たるもの」の前書。

92 老武者《おいむしや》と指やさゝれん玉霰

時として豪壮の気を帯ぶる者あり。然《しか》れども終《つひ》に粗糲《それい》[一]に失せず。

93 湖の水まさりけり五月雨《さつきあめ》

時として教誨《けうくわい》[二]の意を含む者あり。

94 何事ぞ花見る人の長刀《ながかたな》

時として稍ゝ《やや》繊巧にして奇創[三]なる者あり。然れども其《その》妙味は奇創繊巧の処に非《あら》ずして、却て神韻縹渺[四]、自然に渾成[五]する処にあるが如し。

92 安永三年(一七七四)刊、蝶夢編『去来発句集』所収句。

一 本来は粗末な食物の意であるが、ここでは「粗厲」(あらくはげしいこと)の意で用いている。

93 『あら野』所収句。「名所」の部。「湖」は琵琶湖。巻之七。

二 教えさとすこと。

94 『あら野』所収句。

三 奇抜な着眼の意の「奇想」と同義で用いているか。

四 「神韻」はすぐれた趣、「縹渺」はかすかなさま。

五 ひとまとまりに作り上げられること。

95 痩せはてゝ香にさく梅の思ひ哉

96 時鳥啼くや雲雀の十文字

97 卯の花の絶間叩かん闇の門

芭蕉曰く、「上[六]手にして始めて仕そこなひあり」と。蓋《けだ》し去来も亦其一人なり。其奇に失する者、

98 年の夜や人に手足の十許り

上臈の山荘に候し奉りて

99 梅が香や山路猟入《かりい》る犬のまね

其俗に失する者、

95 『有磯海』所収句。

96 宝永三年(一七〇六)刊、許六編『本朝文選』所収句(許六稿「去来ガ誄」)。元禄七年(一六九四)五月一三日付浪化宛去来書簡によれば、本歌は伝定家の〈大原や小塩の山の横がすみ立つは柴屋の煙なりけり〉。

97 『すみだはら』所収句。『去来抄』〈修行教〉に「句の位《くらゐ》」の例句として。

六 許六著『俳諧問答』(「俳諧自讃論」)に芭蕉の言葉「名人はあやふき所に遊ぶ。俳諧かくのごとし。仕損ずまじき心あくまであり。是れ下手の心にして、上手の腸にあらず」が。また「予が云、名人師の上にも仕損じありや。答て云、毎句あり」が。

98 『続虚栗』所収句。

99 『猿蓑』所収句。

100 賽銭も用意顔なり花の杜《もり》

101 時鳥きのふ一声けふ三声

従兄弟に逢ふて

102 昔思へ一ッ畠の瓜茄子《なすび》

内藤丈草

僧丈草は犬山の士なり。[一]継母に仕へて孝心深し。家を異母弟に譲らんとて、わざと右の指に疵をつけ刀の柄《つか》、握り難き由を言ひたて家を遁れ出で丶、道の傍に髪押し斬り、それより禅門に入る。[二]其《その》時の詩あり。

多年負屋一蝸牛。　多年屋を負ふ一蝸牛。

化做蛞蝓得自由。　化して蛞蝓《なめくじ》と做《な》り自由を得る。

---

100 宝永元年(一七〇四)成立(安永四年〈一七七五〉刊)、去来著『去来抄』所収句。芭蕉の見解が見える。

101 『類題発句集』所収句。

102 『類題発句集』所収句。前書は「従兄弟の筑紫より上けるに」。『去来発句集』にも。「従兄弟」は、叔父久米諸左衛門利品(升顕)の長男久米元察(大内初夫編著『向井去来・野沢凡兆』参照)。

一 文化一三年(一八一六)刊、竹内玄玄一著『俳家奇人談』の「僧丈草」の項に「継母に仕へて孝心なり。弟はその生める所なれば、家をゆづりてその意を慰む。かつて右の指に疵つけ、刀の柄握りがたしと譌り、壮年武を辞して禅を宗とす」と。寛政二年(一七九〇)刊、伴蒿蹊著『近世畸人伝』の「僧丈草」の項にも同様の記述。ただし『近世畸人伝』は「継母に仕へて孝あり」の書き出し。

火宅最惶涎沫尽。　火宅最も惶《おそ》る三涎沫《せんばつ》尽きんことを。

偶尋法雨入林丘。　偶《たまたま》四法雨を尋ねて林丘に入る。

五其後芭蕉の弟子となりて俳句を学びしが、斯《かか》る心だての大丈夫なればにや、芭蕉もいたく之を愛し「六人の上に立たんこと月を越ゆべからず」とはじめより喜べりとぞ。されば丈草も深く芭蕉に懐《なつ》き、其死後も七義仲寺のほとりに草廬を結びて一生を終へたり。明和の頃、八蝶夢なる俳人、九『去来発句集』、『丈草発句集』を編み、其端書《はしがき》に記するに、蕉風の正統を得し者は去来、丈草二子なり。されども此二子は名聞を好まず、弟子をも取らざれば、後世之《これ》を祖述するものなく、却りて其角、嵐雪の流派のみ盛に行はれたり云々、の意を以てせり。是れ実に去来、

二　『近世畸人伝』『俳家奇人談』ともに詩を掲出。

三　つばきやあわ。ここでは粘い汁のこと。

四　救いの雨。慈雨。仏法の直喩として。

五　元禄二年(一六八九)一二月、史邦(ふみくに)に従って落柿舎に芭蕉を訪ね入門(石川真弘編『蕉門俳人年譜集』参照)。

六　去来稿「丈草ガ誄」(『本朝文選』所収)に、芭蕉の言葉「此僧此道にすゝみ学ばゝ、人の上にたゝむ事、月を越べからず」が。「僧丈草」(『俳家奇人談』所収)中にも見える。

七　去来稿「丈草ガ誄」に「先師遷化の後は、膳所松本の誰かれたふとみなつきて、義仲寺の上の山に草庵をむすびければ」と。「僧丈草」(『俳家奇人談』)中にも。

八　享保一七年(一七三二)―寛政七年(一七九五)。京の僧。芭蕉顕彰に尽力。

丈草の[一]知己と謂《い》ふべし。

丈草の俳句を通覧する者は、其禅味に富むことを心づかぬ者は非ざるべし。少くとも諸行無常といふ仏教的の観念は常に丈草の頭脳を支配せしものと思《おぼ》しく、其種の作句実に多し。併《しか》しながら丈草の句は所謂《いはゆる》坊主の坊主[二]臭きものにして、多くは暴露に過ぎ稍《やや》厭ふべきものあり。之を[三]芭蕉の禅味を消化して一句の裏面に包含せしむるものに比すれば、及ばざること遠し。例せば、

103 啄木鳥《きつつき》の枯木探すや花の中
104 真先に見し枝ならん散る桜
105 聖霊《しやうりやう》も出て仮の世の旅寐かな
106 ぬけ殻とならんで死《しぬ》る秋の蝉

九 安永三年(一七七四)刊、蝶夢編『去来発句集』(『丈草発句集』と一組)の蝶夢序文中に「去来、丈草は、蕉翁の直指のむねをあやまらず、風雅の名利を深くいとひて、たゞ拈華微笑のこゝろをよく伝へて、一紙の伝書をも著さず、一人の門人をもとめざれば、ましてその発句を書集べき人もなし」と。

一 蝶夢を指す。
二 いかにも坊主らしい作品。「臭き」(臭し)は、偏する性向を否定的に示す接尾語。
三 其角著「芭蕉翁終焉記」(『枯尾花』所収)に「根本寺仏頂和尚に嗣法して、ひとり開禅の法師といはれ、一気鉄鋳生(いなす)いきほひなれども、老身くづほるゝまゝに、句毎のからびたる姿までも自然に山家集の骨髄を得られたる、有がたくや」と。
103 『類題発句集』所収句。宝

107 着て立て夜の衾《ふすま》も無かりけり

108 帰り来る魚のすみかや崩れ簗《やな》

其尤《もつとも》巧妙にして蘊雅《うんが》[四]なる者は、

109 取りつかぬ力で浮ぶ蛙かな

其尤拙劣にして平浅なる者は、

贈新道心

110 蚊屋を出て又障子あり夏の月

此《この》外禅味を含まずして格調の高きこと、去来の塁[五]を摩する者あり。

永元年(一七〇四)刊、卯七・去来編『渡鳥集』(「春の部」)が初出。紫白女編『菊の道』(元禄一三年〈一七〇〇〉刊)は〈木つゝきや枯木尋ぬる花の中〉の句形。

104 『猿蓑』所収句。

105 『有磯海』所収句。「聖霊」は、死者の霊魂。

106 『類題発句集』所収句。『続猿蓑』は〈ぬけがらにならびて死ぬる秋のせみ〉の句形。

107 『俳家奇人談』所収句。『丈草発句集』は〈着て立てば夜の衾もなかりけり〉の句形。

108 『韻塞』所収句。「崩れ簗」は秋の季語。

四 ゆたかでおだやかなこと。

109 享保一〇年(一七二五)刊、渡部狂(支考)著『十論為弁抄』所収句。

110 『本朝文選』(『風俗文選』・「贈ル二新道心一辞」)所収句。

五 匹敵する。

111 子規《ほととぎす》なくや湖水のさゝ濁り
112 黒みけり沖の時雨の行《ゆき》どころ
113 水底《みなぞこ》の岩に落ちつく木の葉哉《かな》

の類なり。又軽快流暢の筆を以て日常の瑣事を拈出《ねんしゆつ》するは丈草の長所なるが如く、

114 春雨やぬけ出たまゝの夜着の穴
115 ひまあくや蚤の出て行く耳の穴
116 つゝ立て帆になる袖や涼み舟
117 夜咄の長さを行けばどこの山
118 屋根ふきの海をねぢむく時雨哉

111 『芭蕉庵小文庫』所収句。『続猿蓑』にも。「さゝ濁り」は、わずかのにごり。
112 『すみだはら』所収句。
113 『類題発句集』所収句。初出は、元禄一三年(一七〇〇)刊、除風編『青莚』。
114 『類題発句集』所収句。初出は、元禄八年(一六九五)刊、支考著『笈日記』。
115 『猿蓑』所収句。「ひまあく」は、ホッとした気分か。
116 『類題発句集』所収句。『篇突』にも。
117 『類題発句集』所収句。『韻塞』にも。『韻塞』では「夜咄」は、秋八月の季語。
118 『有磯海』所収句。

抔《など》の例あり。又丈草の好題目として択《えら》ぶ所のものは動物にして、丈草句中の三分の一は皆禽獣虫魚に関係せり。是れ即ち芭蕉、去来が好んで天象地理の大観を吟詠するとは大に異なりて、丈草の一籌《いっちう》を輸する所以《ゆゑん》亦こゝに在る可《べ》し。俳句に擬人法を用ふるは後世に多くして、元禄前後には少き様なるが、丈草は例の動物を取りて擬人的の作意を試みたり。

119 我事と泥鰌《どぢやう》のにげる根芹かな
120 大原や蝶の出て舞ふ朧月
121 夕立に走り下るや竹の蟻
122 啼きはれて目ざしもうとし鹿の形

一　劣る。「籌」は、中国で勝負の時、得点を数える道具。「輸する」は、負けるの意。

119　『猿蓑』所収句。
120　元禄五年(一六九二)刊、句空編『北の山』所収の巻頭発句。『すみだはら』にも。
121　元禄一一年(一六九八)刊、風国編『泊船集』巻之六所収句。「夕だち」の項にこの一句。
122　『有磯海』所収句。「目ざし」は、目つき、まなざし。

等のたぐひにて、是れ恐らくは[一]禅学の上より得来りしものならんか。

東花坊支考

東花坊支考は蕉翁晩年の弟子なり。人と為《な》り磊落奇異、敢《あへ》て[二]法度《はつと》に拘《かか》はらず。芭蕉世に在るの間は吟詠妙境に到りて、他の高弟をも凌駕し、いと頼もしく見えたり。然るに芭蕉死して後は自ら門戸を構へ、学識に誇り、多才を頼み、妄《みだ》りに芭蕉の遺教と称して数十巻の俳書を著し、甚だしきものは[三]自ら書を著し、自ら解釈と批評とを加へて、以て天下に刊行するに至れり。是《ここ》に於て其《その》句多く軽佻浮《ふ》泛《はん》に流れて、往々芭蕉正風の外に出でしが、其極終《つひ》

一 「芭蕉翁門人の六感」(『去来湖東問答』)には「閑なる事丈草におよばず」と。「蕉翁六感」(『芭蕉翁一代鏡』)には「軽きこと丈草に及ばず」と。共に「禅学」を意識しての評か。あるいは「蕉翁六感」評は、誤記か。

二 ここでは規則、規律ほどの意。

三 享保四年(一七一九)刊『俳諧十論』と同一〇年刊『十論為弁抄』の関係を指す。

四 支考を祖とする俳諧流派。獅子門とも。俗談平話を主とする平明な俳諧。四世五竹坊琴左の後、再和派と以哉派に分裂し明治期に至る。

五 「軽佻浮泛」(落ちつきなく、うわついたさま)の俳風。「芭蕉翁門人の六感」は「ほどけたること支考におよばず」と。「蕉

に[四]美濃派の一派を起し、今日に至るまで多少の勢力を有して全国に蔓衍せりといふ。文考の性行此の如くなれば、其吐く所の俳句も亦一種の理想を含む者十中八、九まで[五]是れなり。

123 月花の目をやすめばや春の雨
124 鶴に乗る支度は軽し衣がへ
125 世の中をうしろの皺《しわ》や更衣《ころもがへ》
126 灌仏やめでたき事に寺参り
127 魂棚にこちらむく日を待つ身かな
128 名月やけふはにぎはふ秋の暮
129 一俵も取らで案山子《かかし》の弓矢かな
130 臘八や痩せは仏に似たれども

翁六感」の「静なること支考に及ばず」は、如何。誤記か。
123 『類題発句集』所収句。『篇突』にも。
124 元禄一五年(一七〇二)刊、支考編『東西夜話』所収句。巻頭(序文中)。同一四年刊、白雪編『きれぎれ』にも。
125 『韻塞』所収句。四月巻頭句。
126 『俳諧古選』所収句。「明秀」の評。「灌仏」は、陰暦四月八日の釈迦誕生日の法会。
127 享保一七年(一七三二)刊、廬元坊編『文星観』所収句。「魂棚」は、盂蘭盆会の精霊棚。
128 『文星観』所収句。
129 『類題発句集』所収句。初出は、宝永五年(一七〇八)刊、柳士編『桃盗人』。「一俵」は、武士(弓矢取)の知行高。
130 『文星観』所収句。「臘八」は、陰暦一二月八日の釈尊成道の日に行う法会。

此の如きもの数《かぞ》ふるに暇あらず。其《その》、

131 笠着せて見ばや月夜の鶏頭花

と云ふに至りては、理想已《すで》に極《きは》まりて稍《やや》狂に近きものなり。此他理想といふべからざるも、其意匠自然に出でずして斧鑿《ふさく》の痕を存するものあり。即ち、

132 梅が香の筋に立ちよる初日かな

133 野は枯れてのばすものなし鶴の首

134 二ッ子も草鞋《わらぢ》を出すやけふの雪

等の類なり。擬人法はもと理想より生ずるものにして、

131 『類題発句集』所収句。『篇突』にも。

132 『すみだはら』所収句。

133 『続猿蓑』所収句。

134 『続猿蓑』所収句。

丈草の此法を用ひしことは已に言へり。文考に至りて此種の俳句実に夥多《あまた》にして、動物植物を形容するの慣手段《くわんしゆだん》[一]と為《な》せしが如し。其例を挙ぐれば、

135 花の咲く木はいそがしき二月かな
136 鶯の肝《きも》潰したる余寒かな
137 虻の目の何か悟りて早合点
138 片枝に脉《みやく》や通ひて梅の花
139 百合の花たゞものあちら向きたがる
140 物思ひ〳〵鳴く鶉かな
141 腸《はらわた》に秋のしみたる熟柿かな
142 節《ふし》々《ぶし》の思ひや竹に積る雪

一　慣用手段。常套手段。

135　『篇突』所収句。

136　天明七年(一七八七)刊、烏明編『故人五百題』所収句。「余寒」の項。『類題発句集』は〈鶯の肝潰したる寒さ哉〉の句形(子規の「俳句分類」も)。

137　『十論為弁抄』所収句。

138　『俳諧古選』所収句。

139　『類題発句集』所収句。元禄一六年(一七〇三)刊、文考・牧童編『草刈笛』は〈ゆりの花生(ケイ)ればあちらむきたがる〉の句形。

140　『類題発句集』所収句。初出は、元禄一四年(一七〇一)刊、十丈編『射水川(いみずがわ)』。

141　『類題発句集』所収句。初出は、元禄一二年(一六九九)刊、支考編・著『梟日記』。

142　『類題発句集』所収句。初出は、『笈日記』。

等の如し。又多少の理想なきに非《あらざ》るも、意匠諧謔に陥りて風雅の趣に乏しきものあり。例へば、

143 蓮の葉に小便すれば御舎利《おしやり》かな
144 牛になる合点じや朝寐夕涼み
145 凩《こがらし》や鼻を出し行く人はなし
146 寒ければ寐《ね》られず寐ねば猶寒し

の類にして、支考が一生の本領も亦こゝに在りしなるべし。されば後来美濃派の起りしも、主として此処より入りしが如し。蓋《けだ》し[一]支考は固《もと》より一個の英俊なる俳家たるを失はず。其《その》賦する所、稍神韻に乏しと雖《いへど》も、滑稽諧謔の中に一定の理想ありて、全《まつ》たく卑俗に陥るを免れたり。

143 宝暦五年(一七五五)刊、一浮編『蓮二吟集』所収句。前書に「還俗の吟」。「御舎利」は、仏舎利であるが、元も子もなくなるの意の「御釈迦になる」と同義に使われているか。
144 『俳家奇人談』所収句。『篇突』は、中七文字「合点ぞ」。
145 『故人五百題』所収句。
146 『韻塞』所収句。

一 許六稿「同門評判」(『俳諧問答』所収)に「支考、器すぐれてよし。花実大方(おほかた)兼備せり」と。

然れども後世無学の俗輩、一片の理想無くして此諧謔を学ぶ、[二]俗陋平浅《ぞくろうへいせん》ならざらんと欲するも得んや。支考の多能なる俳句に於て到る処必ずしも前に論じたる境涯に止《とど》まらず、時として其角、去来を学び、時として[三]尚白、[四]涼菟に擬する者あり。是れ支考の支考たる所以なるべし。其の例、

147 これ迄かくとて春の雪
148 水澄て籾の芽青し苗代田
149 餅くはぬ旅人はなし桃の花
150 里の子の燕《つばくら》握る早苗かな
151 我笠や田植の笠にまぎれ行く
152 裸子よもの着ばやらん瓜一つ

二 「俗陋」は、卑俗で下劣なこと。「平浅」は、深みがなく浅いこと。
三 慶安三年(一六五〇)—享保七年(一七二二)。蕉門。芭蕉への入門は、貞享二年(一六八五)。大津住。医師。
四 万治二年(一六五九)—享保二年(一七一七)。蕉門。伊勢神宮の下級神職。支考と親交。
147 『有磯海』所収句。
148 『類題発句集』所収句。季は「苗代田」で春。
149 享保一三年(一七二八)刊、盧元坊編『桃の首途』所収句。
150 『蓮二吟集』所収句。『続猿蓑』は、上五文字「里の子が」の句形。
151 『類題発句集』所収句。「留別」の項。支考編・著『梟日記』は〈我影や田植の笠に紛れ行〉の句形。
152 『類題発句集』所収句。「画讃」の項に「躶子の讃」の前書。

153 初霜や蘆折れ違《ちが》ふ浜堤

154 一つ葉や一葉《ひとは》〱にけさの霜

志多野坡

志多野坡の俳句は、意匠の清新奇抜なるものを取りて作するを常とす。故《ゆゑ》に其句多くは、

155 初午や鍵をくはへて御戸開《みとびらき》

156 苗代や二王のやうな足の跡

(157) 郭公《ほととぎす》顔の出されぬ格子かな

158 崖端《がけはな》を一人が覗けば花の山

159 夕涼みあぶなき石に上りけり

160 落椿余りもろさについで見る

153 『類題発句集』所収句。中七「ちかふ」と平仮名表記。

154 『続猿蓑』所収句。「一つ葉」は、シダ類の常緑多年草。冬季にも枯れない。

155 『類題発句集』所収句。「御戸開」は、神殿の扉を開く行事。

156 『類題発句集』所収句。

157 『すみだはら』所収句。13番の句と同一。

158 『韻塞』所収句。

159 『すみだはら』所収句。『故人五百題』は〈夕涼あぶなひ石へ登りけり〉の句形。

160 『類題発句集』所収句。『続猿蓑』は〈ちり椿あまりもろさに続(つい)で見る〉の句形。

161 飛びかへる竹の霰や窓の内

の類なり。其尤《もつとも》諧謔を弄する者に至りては、

162 長松が親の名でくる御慶《ぎよけい》かな

163 鉢巻を取れば若衆《わかしゆ》ぞ大根引《だいこひき》

の如き者あり。其句法の警抜人を駭《おどろ》かす者は、

164 ほの〴〵と鴉黒むや窓の春

165 つゝまれて水ものびたる蓮《はちす》かな

166 這《はひ》梅《むめ》の残る影なき月夜かな

161 『類題発句集』所収句。「飛びかへる」は、はずんでもどる、の意。

162 『すみだはら』所収句。「長松」は、町家の少年に多く用いられた名。文政三年(一八二〇)刊、太笻(たきよう)編『俳諧発句題叢』に少汝の〈長松も乗行く月の鵜舟哉〉。「御慶」は、新年の挨拶。

163 『すみだはら』所収句。

164 『類題発句集』所収句。

165 『類題発句集』所収句。『続の原』は、作者名「野馬」(前号)と表記。

166 正徳六年(一七一六)刊、知足稿、蝶羽補正『千鳥掛』所収句。「這梅」は、「臥梅」(『梅品』)のことか。不詳。子規は「俳句分類」において「這梅」として立項。

等なり。之を要するに野坡は常に滑稽を以て人頤《じんい》を解《と》かんとする者の如く、其の理想に至りては甚だ低きかと思はる。偶《たまたま》、

167 葉がくれて見ても朝顔の浮世かな

168 豆とりて我も心の鬼打たん

等の句あれども、恐らくは其真面目《しんめんもく》にあらざるべし。されば恋の句に、

169 振袖のちらと見えけり闇の梅

170 娘ある隣の衣《きぬ》とうたればや

167 『類題発句集』所収句。「雑」の「述懐」の部。

168 『続虚栗』所収句。「節分」の前書。作者名「野馬」と表記。

169 『韻塞』所収句。「寄梅恋」の前書。

170 『類題発句集』所収句。「雑」の「恋」の部。

とあるが如きは浅薄暴露、殆《ほと》んど読むに堪へず。其理想は斯《か》く低しといへども、其度量快豁《くわいくわつ》なるは、曽《かつ》[一]て其家に忍び入りし盗賊を相手に談笑せし一事を以ても知るべく、従つて其句も亦《また》[二]紆余迫らざる処ありて、仮令《たとへ》上乗に非《あらざ》るも蕉風の特色を存して大に愛すべきものあり。即ち、

171 押して見る山の乾きや蕗の薹
172 食《めし》の時皆あつまるや山桜
173 静かには啼かれぬ雉の調子かな
174 猫の恋初手《しよて》から啼て哀れなり
175 秋もやゝ雁おりそろふ寒さかな
176 此頃の垣の結《ゆ》ひ目や初時雨
177 力なや膝をかゝへて冬籠

一　『俳家奇人談』に「ある夜盗、その家に忍び入りたり。坡相対して云く、われ一物の貯へなし。ただ茶一斤とゝのへ置けり。今夜寒ければ柴折焚べて心よく寛語すべし」と。
二　余裕のある様子。

171　『類題発句集』所収句。
172　『すみだはら』所収句。
173　『類題発句集』所収句。
174　『すみだはら』所収句。「初手から」は、発端からの意。
175　『類題発句集』所収句。「良寒（ややさむ）」の項。子規の「俳句分類」は「秋寒」の項に。
176　『続猿蓑』所収句。
177　元禄七年（一六九四）刊、其角編『枯尾花』所収句。

等の句を見て其一斑《いっぱん》を知るべし。歳暮の句に、

178 年のくれ互にこすき銭づかひ

とあるが如きは、元商家に生れたる故に其観察のこゝに及びしものなるべけれども、此等の意匠は其人情を穿つに拘《かか》はらず、卑俗に流れて偶ゝ《たまたま》嫌厭を生ぜしむるに足るのみ。「蕉翁六感」に[一]「おどけたる事野坡に及ばず」とあるは、中《あた》らずといへども遠からざるの評なり。

武士と俳句

諸侯にして俳諧に遊びし者、[二]蟬吟《せんぎん》、[三]探丸、[四]風虎、[五]露沾、[六]肅山《しゆくざん》、[七]冠里、諸公あり。武士にして俳諧に遊びし者、芭

178 『すみだはら』所収句。「こすき」は、けちな、けちけちした、の意。

一 『芭蕉翁一代鏡』所収の「蕉翁六感」に「おどけたる事野坡に及ばず」と(『発句作法指南』所収のものも、『俳諧名家全伝』のものも同)。『去来湖東問答』所収の「芭蕉翁門人の六感」では「かろき事野坡におよばず」と。

二 寛永一九年(一六四二)—寛文六年(一六六六)。季吟門の俳諧作者。芭蕉を俳門へと。伊賀藤堂藩士。藤堂良忠。

三 寛文六年(一六六六)—宝永七年(一七一〇)。俳諧作者。芭蕉と親交。伊賀藤堂藩士。蟬吟の長男。藤堂良長。

四 元和五年(一六一九)—貞享二年(一六八五)。貞門。内藤義概(よしむね)。磐城平藩主。

五 明暦元年(一六五五)—享保一八年(一七三三)。貞門。芭蕉とも交流。内藤政栄。風虎の次男。

蕉をはじめ比々皆然らざるはなし。されど中に就きて俳諧のみならず武士としても亦名高き人々は、[八]大高子葉、[九]富森春帆《しゅんぱん》、[一〇]神崎竹平、[一一]萱沼曲翠、[一二]神野忠知等なり。蕉門十哲の中、性行の清廉と吟詠の高雅とを以て古今に超絶する二豪傑、向井去来、内藤丈草も亦武士のはてにして、殊に丈草は[一三]継母に孝を尽し、弟に家を譲らんが為に我指に疵をつけ、刀の柄《つか〈原〉》握り難き由いひたて丶、禅門に入りたる人なりとぞ。夫《そ》れ風流は弓馬、剣槍《けんさう》の上に留《とどま》らず。雅情は電光石火の間に宿らず。否これらは寧《むし》ろ風雅の敵にして、芭蕉も「[一四]行脚の掟」には「腰に[一五]寸鉄たりとも帯《たい》すべからず。惣《さうじ》て物の命を取る事なかれ」といひ、去来も亦た、

六　承応元年(一六五二)—宝永三年(一七〇六)。其角門。久松貞知。松山藩士(家老)。
七　寛文一一年(一六七一)—享保一七年(一七三二)。安藤信友。其角門。備中松山藩主。
八　寛文一二年(一六七二)—元禄一六年(一七〇三)。沾徳(せんとく)門。其角と交流。源五。赤穂藩士。
九　寛文一〇年(一六七〇)—元禄一六年。沾徳門。赤穂藩士。助右衛門。
一〇　寛文六年(一六六六)—元禄一六年。沾徳門。赤穂藩士。与五郎。
一一　万治三年(一六六〇)—享保二年(一七一七)。蕉門。定常。膳所藩士。
一二　寛永二年(一六二五)—延宝四年(一六七六)。貞門。芭蕉は「白炭の忠知あり」(『初蟬』)と。
一三　五八頁注一参照。
一四　享和元年(一八〇一)刊、石兮編『芭蕉翁七書』他に見える。その第二条に見える言葉。
一五　小さな刀。

(179)何事ぞ花見る人の長《なが》刀《がたな》

と詠じて人口に膾炙せり。然りといへども誠実なきの風流は浮華[一]に流れ易く、節操なきの詩歌は卑俗に陥るを免れず。文学美術は高尚優美を主とするものなり。而《しか》して浮華卑俗を以て作られたる文学美術ほど面白からぬものはあらじ。否これほど世を害するものはまたとあるまじと思はる。後世、和歌俳諧の衰へたるも職[二]としてこゝによらずんばあらず。享保年間は芭蕉を去る事遠からず。而して已《すで》に三笠付[三]といふ事もはら行れて、一種の博奕《ばくえき》となり、従つて徳川氏[四]も亦法律を設けて博奕と同じく之《これ》を禁ずるに至れり。近時に至り此《この》三笠付なる者は余り流行せずといへども、宗匠のあとつぎも、発句の点も、皆金

179 『あら野』所収句。94番の句と同一。

一 うわついて華やかなこと。

二 もっぱら、主として。

三 正徳時代、三句一組で勝負を競った笠付（雑俳で、はじめの五文字を題として出し、これに七・五を付けて一句とするもの）。

四 文政八年（一八二五）成立、加藤曳尾庵著『我衣』に「金かけの博奕になり、堅く御停止被二仰付一、難レ有御事也」と見える。

五 思ったようにいかず、もどかしい指針。

180 元禄一〇年（一六九七）刊、挙堂著『真木柱』所収句。『俳家奇人談』にも。

181 『有磯海』所収句。

銭に比例する世の中、扠《さて》もうるさし。今初めにあげたる数家の俳句を左に連ねて二階からの目薬となさん。五

180 しら炭や焼かぬ昔の雪の枝　忠知
181 馬叱る声も枯野の嵐哉　曲翠
182 なんのその巌《いはほ》も通す桑の弓　子葉
183 とんでいる手にもたまらぬ霰哉　春帆
(184)鴨啼くや弓矢をすてゝ十余年　去来
(185)啄木鳥《きつつき》の枯木探すや花の中　丈草

女流と俳句

女流、俳句を嗜む者少からず。其の風調亦た一種のやさしみありて句作の強からぬ所に趣味を存すること多く、六

182 安政二年(一八五五)刊、緑亭川柳編『俳人百家撰』所収句。子規「俳句分類」未確認句。
183 『俳家奇人談』所収句。『俳人百家撰』にも。
184 『俳諧錦繍緞』所収句。91番の句と同一。
185 『類題発句集』所収句。「春之部」の「花」の項。元禄一三年(一七〇〇)刊、紫白女編『菊の道』は〈木つゝきや枯木尋る花の中〉の句形。〈啄木鳥の〉の句形の初出は、宝永元年(一七〇四)刊、卯七・去来編『渡鳥集』。安永三年(一七七四)刊、蝶夢編『丈草発句集』は〈木啄や枯木をさがす花の中〉の句形(子規稿「俳家全集」参照)。103番の句と同一。
六 『古今和歌集』「仮名序」に「小野小町は、古の衣通姫の流なり。哀れなる様にて、強からず。言はゞ好き女の悩める所有るに似たり。強からぬは、女の歌なればなるべし」と。

却《かへつ》て男子の拈出《ねんしゆつ》し能《あた》はざる細事に着眼して心情を写し出すこと、其微に入り、以て読者を悩殺せしむるものあり。大凡《おほよそ》世の人は、女は歌こそよまゝほしけれ、歌はいみじうみやびたるわざにて鬼神一をもひしぎ、たけきものゝふの心をも和《やはら》ぐるものなれども、なまなかに心ひなび二て、詞もむくつけき三俳諧などしたらん女は、よろづに男めきてあらあらしくなりなんとぞいふなる。これ固《もと》より一理ある論なれども、さのみ一概にはいふべからず。古《いにしへ》四と今とは言語の変りあれば、深閨に養はるゝ上臈すら古学を修めぬものは、たやすく和歌をよみいづべくもあらず。まして下〻のいとなみにひまなききはゝ、歌よむすべもしらねば、卅一文字をつらぬることだにわきまへず。さるものは、心まかせに俳句など口ずさまんことつき〴〵

一 『古今和歌集』「仮名序」に「目に見えぬ鬼神をも哀(あはれ)と思はせ、男女の仲をも和らげ、猛き武人の心をも慰むるは、歌なり」と。

二 やぼったく。

三 無作法な。

四 文政八年(一八二五)識語の甲斐の俳人早川漫々著『俳諧発句雅俗伝』に「歌は今の世には詞みだれて、常の詞と歌詞と別のものになり行たれば、別にまなばざればいひがたく、まなぶ事のいとおほくむつかしければ、(俳諧は)俗談をまじへてかくべつものまなびなくともまづ入やすく、田夫野人に風情を学ばしむる道也」と。子規は披見の機があったか。

しく興ある楽なるべし。且《まし》や《て》古今の相違は言語の上のみにあらず、生活の方法、眼前の景物まで尽《ことごと》く変りはてたれば、日常の事又はそれより起る連想のたぐひも古人の窺ひ得ざる所多し。而してそを詠み出でんとするには、是非とも今日の俗語を用ひざるべからず。殊に女子の目撃する瑣事に至りては、いよいよ之を雅言に求めて得られざるものゝみ多きを奈何《いかん》せん。たゞ古今に渡り、東西に通じて、一点の相違なき者は人情[五]なり。故《ゆゑ》に恋歌の類は必ずしも鄙語《ひご》を用ふるに及ばずといへども、其他は最《も》早之《はやこれ》を用ふるの已《や》むを得ざるなり。和歌には伊勢、[六]小町、[七]相摸、[八]紫式部、[九]清少納言[一〇]の如き雲上の女傑輩出せしかども、俳諧には上臈なき故に、卑俗の二字を以て排し去る者多きはひが事[一一]也。言葉俗なりとも、心うちあがりたら

五　土芳著『三冊子』に「俳諧はなくてもあるべし。ただ世情に和せず、人情通ぜざれば、人調はず」と。
六　生没年未詳。平安時代前期の女流歌人。三十六歌仙の一人。
七　生没年未詳。平安時代前期の女流歌人。六歌仙の一人。
八　生没年未詳。平安時代中期の女流歌人。中古三十六歌仙の一人。
九　生没年未詳。平安時代中期の物語作者、歌人。『源氏物語』の作者。中古三十六歌仙の一人。
一〇　生没年未詳。平安時代中期の随筆家、歌人。『枕草子』の作者。
一一　間違い。心得違い。

んは如何《いか》ばかり高尚ならまし。只此《ただ》評を受くる者は、俳諧社会に[一]俗客《ぞくかく》入り来りて、[二]俗気の紛々たるが為ならんのみ。

元禄の四俳女

元禄前後の俳諧に遊ぶ婦女子の中、まづ[三]捨女、[四]智月、[五]園女《そのめ》、[六]秋色《しうしき》を以て四傑とも称すべし。すて女は燕子花《かきつばた》の如し。うつくしき中にも多少の勢ありて、[七]りんと力を入れたる処あり。智月尼は蓮花の如し。清浄潔白にして泥に染まぬ其《その》色、浮世の花とも思れず。秋色は撫《なで》し子の如し。ゆら〱と風に立ちのびてやさしうさきいでたる、中ゝに[八]くねりならはぬあどけなさに、其人柄まで思ひやられてなつかし。園女は紫陽花《あぢさゐ》の如し。姿強くして心お

一 風流文雅の道を解しない客。俗人。
二 名誉や利益に惹かれる俗人の気風。
三 寛永一〇年(一六三三)―元禄一一年(一六九八)。季吟、湖春、松堅(しょうけん)に学ぶ。
四 生没年未詳。蕉門。乙州(おとくに)の姉。
五 寛文四年(一六六四)―享保一一年(一七二六)。蕉門。一有の妻。
六 寛文九年(一六六九)―享保一〇年(一七二五)。其角門。
七 「凜と」。きりっと。
八 「くねり」(くねる)は、女の艶(なま)めく動き。鬼貫著『独ごと』の「女郎花」の条に「あるは風に狂ひてくねりなんどしたるけしきは、恨るに似たり」と。

となしきは俳諧の虚実にかなひ、日々夜々の花の色は風情の変化を示して、終《つひ》に閑雅[九]の趣を失はずともいはん。而《しか》して四女の中、句作にては、余は園女を推して第一とす。園女は見識気概ありて男子も及ばざる所あり。其某[一〇]禅師に答ふる書の如き、曽《かつ》て婦女子の婉柔謙遜なる所を失ふて、唯《ただ》剛慢不遜なる一丈夫の趣あり。されど其俳句に遊ぶ[一一]に際しては、決して婦女子の真面目《しんめんもく》を離れず。蓋《けだ》し得難きの女傑と謂《い》ふべし。近時の女学生[一二]、以て如何《いかん》となす。これらの人々の俳句に就て、三、四を抜萃して左に掲げん。

186 うき事になれて雪間の嫁菜かな　すて

187 日くらしや捨て丶おいても暮る日を　同

九　優にやさしいこと。

一〇『俳家奇人談』中「園女」の項の「雲虎和尚に答ふる書」に「法臭き事は嫌ひにて、わが平日の行は、念仏と句と歌となり。極楽へ行くはよし。地獄へ落つるは目出度し」と。

一一　楽しむ。

一二　明治三一年(一八九八)刊、落合直文著『ことばの泉』に「学問する女」と。子規の明治二五年(一八九二)稿「歳暮」に「女学生は今を盛りと市中を横行す」と。

186『類題発句集』所収句。

187『類題発句集』所収句。「日くらし」は『増補下学集』『書言字考節用集』は「ヒクラシ」。『節用集大全』等「ヒグラシ」。

188 思ふ事なき顔しても秋のくれ　同
189 粟の穂や身は数ならぬ女郎花《をみなへし》　同
190 我年のよるともしらず花盛　智月
191 有《ある》と無《なき》と二本さしけりけしの花　同
192 盆に死ぬ仏の中の仏かな　同
193 木枯や色にも見えずちりもせず　同
194 井戸端の桜あぶなし酒の酔　秋色
195 恋せずば猫の心の恐ろしや　同
196 雉の尾のやさしうさはる菫かな　同
197 仏めきて心おかるゝはちす哉　同
198 山《やま》松《まつ》のあはひ〱や花の雲　その
199 鼻紙の間《あひだ》にしぼむすみれかな　同
200 あるほどのだてしつくして紙衣《かみこ》哉　同

188 『類題発句集』所収句。
189 子規の「俳句分類」は『八仙伝』所収句とするがこの書、不詳。天保三年(一八三二)刊、玄玄一著『続俳家奇人談』所収句。
190 『類題発句集』所収句。
191 『続猿蓑』所収句。蕾の有無か。花か。
192 『類題発句集』所収句。子規は、明治二七年(一八九四)七月一五日付「小日本」廃刊号の「俳諧一口話」を、この智月句をもって結んでいる。
193 『続猿蓑』所収句。
194 享保一七年(一七三二)刊、菊岡沾凉著『江戸砂子』所収句。『俳家奇人談』にも。
195 『類題発句集』所収句。
196 『類題発句集』所収句。
197 『類題発句集』所収句。鬼貫著『独ごと』の「蓮の花」の条に「此華仏の物にこゝろうつりてみれば、さかり久しからずしてちりぎはのもろきもたう

当麻《たいま》のまんだらを拝みて

201 衣《ころも》がへ自ら織らぬ罪深し　同

加賀の千代

加賀の千代[一]は俳人中尤《もつとも》有名なる女子なり。其《そ》の作る所の句も今日に残る者多く、俳諧社会の一家として古人に譲らざるの手際は幾多《あまた》の鬚髯《しゆぜん》[二]男子をして後に瞠若《だうじやく》[三]たらしむるもの少からず。俳諧の上にも男子にあらざれば言ふべからざることと、女子にあらざれば言ふべからざることとあり。今、千代の句を以て両者を対照するも亦《ま》た一興なるべし。

（ふ）とし」と。

198 『其袋』所収句。「夏之部」に「伊賀越」の前書。中七文字の表記「間〳〵や」。

199 『類題発句集』所収句。

200 『俳諧古選』所収句。「だて」は、伊達で粋（きい）な好み。

201 『其袋』所収句。「卯月朔日当麻にまふ(う)でゝ、まんだらをおがみ侍りて」の前書。「当麻」は、奈良葛城の当麻寺。綴織当麻曼荼羅がある。

一　元禄一六年（一七〇三）―安永四年（一七七五）。支考・乙由門。加賀松任の人。表具師福増屋六兵衛の娘。

二　あごひげとほおひげ。

三　あっけにとられること。

202 母方の紋めづらしやきそ始　山蜂[一]
203 我裾の鳥も遊ぶや着衣《きそ》はじめ　千代

前者は男にして始めて言ふべく、後者は女にして後《の》ち作し得べきものなり。

204 馬下りて若菜つむ野を通りけり　一具[二]
205 仕事ならくるゝをしまじ若菜摘　千代

206 妻にもと幾人《いくたり》思ふ花見かな　破笠[三]
207 足跡は男なりけり初桜　千代

208 子もふまず枕もふまず時鳥　其角
209 男さへきかれぬものを郭公　千代

202 『続猿蓑』所収句。「きそ始」は、正月三が日の吉日に着物を着始めること。
一 生没年未詳。其角門。江戸の人。
203 宝暦一四年(一七六四)刊、既白編『千代尼句集』所収句。「歳旦」の部。
204 出典未詳。村上幹太郎編『俳人一具全集』所収。祖郷撰『近世俳諧十家類題集』(弘化四年〈一八四七〉刊)未掲出。
二 天明元年(一七八一)―嘉永六年(一八五三)。乙二門。信天山大円寺住職。
205 『千代尼句集』所収句。
206 『続虚栗』所収句。井月句〈妻によし妾(めかけ)にもよし紅葉狩〉は、同趣向か。
三 寛文三年(一六六三)―延享四年(一七四七)。蕉門。乃雲編『芭蕉林』(寛保三年〈一七四三〉刊)に破笠描く芭蕉像が。
207 『千代尼句集』所収句。

210 折からの嫁くらべ見ん田植哉　麁言[四]
211 けふばかり男をつかふ田植かな　千代

212 早乙女に足洗はするうれしさよ　其角
213 早をとめや若菜つみたる連《つれ》もあり　千代

214 出《で》女《をんな》の口紅をしむ西瓜かな　支考
215 紅さいた口もわするゝ清水哉　千代

余所目《よそめ》に見る支考の句はをかしく、我身の上を思ひかへしたる千代のはいとほし。

216 白菊の目にたてゝ見る塵もなし　芭蕉
217 白ぎくや紅さいた手の恐ろしき　千代

208 元禄一〇年(一六九七)刊、其角編『末若葉(うらわかば)』所収句。『韻塞』にも。
209 『千代尼句集』所収句。
210 『続の原』所収句。調和判四番右句。
四 生没年等未詳。雪松老山編『名所百物語』(元禄十三年〈一七〇〇〉刊)に一句入集(『元禄時代俳人大観』参照)。
211 『千代尼句集』所収句。
212 『俳諧錦繡緞』所収句。
213 『千代尼句集』所収句。
214 『類題発句集』所収句。「秋之部」「七月」。元禄一三年(一七〇〇)刊、支考編『東華集』所収。「出女」は、宿場で客引きをした売春婦。とめ女(おんな)。
215 『千代尼句集』所収句。「さいた」は、「さした」のイ音便。紅を差した。
216 『笈日記』所収句。
217 『千代尼句集』所収句。

一芭蕉は園女をほめて吟じ、千代は己を卑下して詠ず。

218 妹《いも》なくてうたゝね悔ゆる火燵《こたつ》哉　二浅山

尼になりしとき

219 髪を結ふ手のひまあいてこたつ哉　千代

時鳥

連歌発句及び俳諧発句の題目となりたる生物の中にて最《もつとも》多く三読みいでられたるものは時鳥《ほととぎす》なり。此《この》時鳥といふ鳥は如何《いか》なる妙音ありけん、昔より我《わが》国人にもてはやされて、『万葉集』の中に入りたるもの既に百余首に上る位なれば、其《その》後の歌集にもこれを二《に》なく目出度《めでたき》ものに詠みならはし、終には人数を分けて初音の勝負せんと

一　『笈日記』に「是は園女が風雅の美をいへる一章なるべし」と。元禄七年(一六九四)九月二七日の園女亭での吟。

218　『続の原』所収句。巻末諸家発句の「冬」の部。

二　生没年等未詳。等躬編『荵摺』(元禄二年刊)に二句入集。

219　天明三年(一七八三)刊、維駒編『五車反古』所収句。

三　天正一四年(一五八六)成立(寛永四年(一六二七)版)、紹巴著『連歌至宝抄』に「時鳥はかしましき程鳴き候へども、希(マ)にきゝ、珍しく鳴、待かぬるやうに詠みならはし候」と。

四　飛鳥井雅有日記『春能深山路(はるのみやまじ)』(続群書類従本・弘安三年(一二八〇)成)四月の項に「十日。ひるつけて東宮(脚注者注・後の伏見天皇)にまいりたれば、ことに人すくなゝり。ひさしにてうちこはづくれば、やがていでさせおはしまして、こ

て、雲上人の時鳥きゝにと出で立てることなど古[四]きものゝ本に見えたり。されば其余流をうけたる連歌俳諧に此題多きも尤《もつとも》の訳にて、若《も》し古今の発句の中にて時鳥に関したるものを集めなば、恐らくは幾万にもなるべからんと思はるゝなり。支那の詩にも子規を詠じたるもの多けれども、多くはこれ[五]を悲しきものにいひなせり。西洋の詩にも我子規《ほととぎす》に似たる鳥を詠みたるものありて、[六]こは皆其声をうれしきかたに聞くが如し。あはれ果報なる鳥よ、なの一[七]声は命にもかへて聞かんことを思はれ、千余年前より今日に至るまで幾千万の詩人をして其の脳漿を絞り出さしめたり。世の鳴蛙噪蟬、果して何の顔[八]かある。はた空しく川柳、都々逸《どどいつ》の材料となりて一生を送了する阿房鴉《あはうがらす》の面《つら》の皮のあつさよ。

としはいまだ郭公（ほととぎす）こそきかね。たれかきゝたると御たづねあれば、御もとに女房たちもいまだきかぬよし申さる。いづくになくとだにいまだうけ給り及ばず。その所をさだめ人数をわかちて、はつねの勝負をし侍らばやと申いだしたれば、まことにけふあるべきことなり」と。

五　例えば『三体詩』中、李商隠七律「錦瑟」中の詩句「望帝春心託二杜鵑一」に対して説心素隠著『三躰詩鈔』（寛永三年〈一六二六〉刊等）は「望帝ノ旅ニテ死シテ故郷へ帰タク思ヒタマヒシ一念ニテ、化シテ杜鵑（ほととぎす）トナリテ、今ノ世マデニ、不如帰ト哀ミナクヤウナゾ」と。

六　子規に『竹乃里歌』所収「時鳥（カックー）（西詩翻訳）」がある。

七　『拾遺和歌集』源公忠歌〈行やらで山地暮らしつ郭公（ほととぎす）今一声の聞かまほしさに〉等。

八　面目。名誉。

時鳥に関する古人の発句十数首をあぐれば、[一]

220 時鳥なかぬ初音ぞめづらしき　一遍上人[二]
221 山彦の声よりおくや郭公《ほとゝぎす》　宗碩[三]
222 ほとゝぎす思はぬ波のまがひ哉　宗牧[四]
223 鶯の捨子ならなけほとゝぎす　守武[五]
224 郭公大竹原をもる月夜　芭蕉
225 時鳥〳〵とて寐入りけり　涼菟
(226)ほとゝぎす啼や湖水のさゝ濁り　丈草
(227)蜀魄《ほとゝぎす》なくや雲雀の十文字　去来
228 ほとゝぎす雲踏みはづし〳〵　露川[六]
229 目には青葉山ほとゝぎす初鰹　素堂[七]
230 子規《ほとゝぎす》二十九日も月夜哉　蓼太[八]

一　子規に「時鳥」の諸作品(漢詩、和歌、散文、連歌、発句、川柳等)を総合的に収集編集した大著作「八千八聲(はっせんやこえ)」がある。

220　文和五年(一三五六)成立、二条良基編『菟玖波集』所収句。

二　延応元年(一二三九)―正応二年(一二八九)。鎌倉時代の僧。時宗の開祖。伊予の人。

221『大発句帳』(連歌集)所収句。

三　文明六年(一四七四)―天文二年(一五三三)。尾張茨江(うばえ)の人。宗祇に師事。

222『大発句帳』所収句。「まがひ」は雑り区別がつかないこと。

四　？―天文一四年(一五四五)。越前一乗谷の人。宗長、宗碩に師事。『当風連歌秘事』など。

223『類題発句集』所収句。『守武千句』には〈鶯のむすめかなかぬほとゝぎす〉が。

五　文明五年(一四七三)―天文一八年(一五四九)。伊勢内宮一禰宜。連

231 川舟やあとへ成たる郭公　士朗[九]
232 子規啼て江《かう》上《じやう》数峰青し　道彦《みちひこ》[一〇]
233 この雨はのつ引《ぴき》ならじ時鳥　一茶[一一]

扨はあの月がないたか時鳥

時鳥の句の中にて世人の尤《もつと》も能《よ》く知りたるものは、

234 扨《さて》はあの月がないたかほとゝぎす

といふ句なり。此句[一二]の初五文字を「一声は」として、或《あるい》は芭蕉の作といひ、或は其角の作といふは杜撰なる俗説なり。『俳家奇人談』には瓢水[一三]の作なりといひ、『温故集』[一四]に藻風[一五]とあれば、藻風は瓢水の別号かといへり。余、近頃挙堂[一六]の著せる『真木柱』(元禄十年刊)を見るに、は

歌師。俳諧師。宗鑑とともに俳諧の鼻祖。

224『類題発句集』所収句。『笈日記』にも。『嵯峨日記』は、中七文字「大竹藪を」。

225『類題発句集』所収句。元禄九年(一六九六)刊、詠嘉編『反故集』では、作者は調和。

226『続猿蓑』所収句。111番の句と同一。

227『本朝文選』所収句。96番の句と同一。

228『類題発句集』所収句。
六　寛文元年(一六六一)―寛保三年(一七四三)。蕉門。伊賀の人。尾張に。
229『あら野』所収句。
七　寛永一九年(一六四二)―享保元年(一七一六)。甲斐の人。芭蕉と親交。
230『俳諧発句題叢』所収句。
八　享保三年―天明七年(一七八七)。信濃の人。雪中庵三世。
231　文化九年(一八一二)刊、卓池・秋挙編『枇杷園句集後編』所収句。

じめに中古の発句として挙げたる中に、

(235)扨はあの月がないたか郭公　一三

とあり。又終りの方に、

舟のつくまであとを見かへる

(236)扨はあの月が啼たかほとゝぎす　藻風

中興の発句を取合《とりあはせ》たる可ㇾ謂二奇妙一云々。

とあり。されば此の句の作者は一三にして、藻風は付合《つけあひ》の節《をり》に此成句を応用したる者なること明らけし。そはとまれ、此句は人口に膾炙して後徳大寺の和歌を翻案して、更に巧妙なりと称ふる人も少からず。然《しか》るにさきつ頃

九　寛保二年(一七四二)―文化九年(一八一二)。暁台門。尾張の人。別号、枇杷園。

232　『俳諧発句題叢』所収句。

一〇　宝暦七年(一七五七)―文政二年(一八一九)。白雄門。仙台藩医。

233　文政一二年(一八二九)刊、『一茶発句集』所収句。

一一　宝暦一三年(一七六三)―文政一〇年(一八二七)。葛飾派。信濃の人。著作に『おらが春』など。

一二　『続俳家奇人談』中「瓢水居士」に「あるひは初句一こゑと直して、蕉翁とし其角となすは知らぬ者のいつはりなり」と。

一三　貞享元年(一六八四)―宝暦一二年(一七六二)。淡々門。

一四　『誹諧温故集』。延享五年(一七四八)刊、蓮谷編『続俳家奇人談』に「温故集には藻風とあり。不審。瓢水、初名藻風と云うたるか不ㇾ知」と。

一五　生没年等未詳。『彼これ集』(元禄六年〈一六九三〉刊)、『誹諧道

『[三]宗牧発句帳』を繙《ひもと》きしに、

237 月や声き、てぞ見つる郭公

といふ句を見つけたり。之を前の句に比するに、其調は連歌と俳諧との区別あれども、其命意《めいい》[四]は則ち符を合すが如し。其剽窃なるか、はた暗合[五]なるかは知るによしなけれども、百余年前に在りて已《すで》に此句ありとすれば、前の句が得たる名誉の過半は之を宗牧に譲らざるべからざるなり。文学に限らず、天下此の如きたぐひ多し。其冤《えん》[六]を雪《そそ》ぎ、其微[七]を闡《ひら》くは学者の義務なるべし。洋書を抜萃飜訳して著作と号し、古書を翻刻出板して我編纂といひ、以て初学者、田舎漢を惑はさんとする当時の紳士学者は、果して何する者ぞ。

橋大全』(元禄一三年刊)所収の俳人(『元禄時代俳人大観』参照)。

一六　生没年未詳。伏見の人。『誹諧をだまき』『真木柱』に作品。

一　生没年等未詳。維舟門。讃岐の人(『新選俳諧年表』)。門下に寸木。『其袋』『翁草』等に作品。

二　『千載和歌集』中の〈郭公なきつるかたをながむればたゞ有明の月ぞのこれる〉を指す。

三　〈月や声〉の句、宗牧句集『孤竹』未収載。『大発句帳』には収録。子規は写本に拠ったか。

237　「八千八聲」でも、子規は『宗牧発句帳』よりとして、この句を採録している。

四　工夫。主意。

五　偶然の一致。

六　手柄を挽回すること。

七　微妙な所を闡明にすること。

時鳥の和歌と俳句

伊勢の勾当《こうたう》[一][二]杉田望一《もいち》は盲人にして俳諧の達者なりしかども、寛永中に没せし人なれば、其作亦《また》幼稚にして、今日《こんにち》よりいへばこれといふべきものなし。只《ただ》其、

238 それときく空耳《そらみみ》もがなほとゝぎす

といふ句ばかりは後世にてもほむるものなるが、こは『後撰集』の歌に、

時鳥はつかなる音《ね》をきゝそめて
あらぬもそれとおぼめかれつゝ[三]　伊勢

一 盲人の官。別当の下、座当の上。
二 正しくは杉木望一。天正一四年(一五八六)―寛永二〇年(一六四三)。貞門。伊勢俳壇を代表する人物。
238 寛永一〇年(一六三三)刊、重頼編『犬子集』所収句。
三 疑わしくなることよ。

とあるより得来りしものなるべし。又後世の句なるが、

239 時鳥なくやこぼるゝ池の藤　抱儀[四]

箱根山

240 郭公人も名のりをしつゝ行　雨考[五]

といふあり。前者は家持[六]の、

はる〴〵[七]に鳴く時鳥たち[八]くゝと
羽ぶれにちらす藤波の花なつかしみ云々

といふより来り、後者は『千載集』中の、

239 出典未詳。『抱儀句集』か。子規編「八千八聲」に掲出。

四 文化三年(一八〇六)—文久元年(一八六一)。蒼虬門。

240 出典未詳。子規編「八千八聲」に掲出。

五 寛延二年(一七四九)—文政一〇年(一八二七)。桃祖門。奥州須賀川の人。

六 『万葉集』巻第一九所収の家持の長歌(四一九二)の一節。

七 「遥ゝ尓」。遥か遠く。

八 飛び翔けって。

あふ坂の山時鳥名のるなり
[一]関もる神や空に[二]とふらん　[三]師時《もろとき》

とあるより脱化したるものなり。又[四]近頃出板せしある俳書を見しに、

[五]時鳥初声きけばめづらしき
友まちえたる心地こそすれ

といふ[六]千蔭の歌を取りてか、

241 よい友にあふた心地よ時鳥

とありしが如きは、拙の又拙なるものなり。発句も俗客

一　関の明神。
二　関の明神が誰何(すいか)したのであろう。
三　承暦元年〈一〇七七〉―保延二年〈一一三六〉。源氏。平安時代後期の歌人。公卿。
四　未詳。
五　子規編「八千八聲」に『千蔭翁歌集』よりとして掲出。前書「初聞郭公」。
六　江戸時代後期の歌人加藤千蔭(享保二〇年〈一七三五〉―文化五年〈一八〇八〉)と思われるが、『うけらが花』等、現在知られている千蔭歌には〈時鳥初声きけば〉の歌は見えない。
241　子規編「八千八聲」に春生(明治三五年〈一九〇二〉没。享年七一)の句として掲出。
七　量産されて。
八　文化五年〈一八〇八〉刊、洞斎著『改正月令博物筌』に「初秋の末より中秋の中比(ころ)までの嵐をいふ」と。

又は無学者の悪戯場《わるしばゐ》となりしより、[七]愈〻《いよいよ》出で〻、愈〻陳腐なるものとはなれりけり。

[八]初　嵐

一年の内風多し。[九]春風はこそぐられるが如く、秋風はつめらる〻に似たり。こそぐられてはては[一〇]しだらなく睡り倒れ、つめられて後は身体りんとしまりて警《めざ》む所《とこ》ろあり。況《いは》んや初嵐、[一一]野分、[一二]二百十日なんどありて[一三]秋の天気は男の心にもたとへたるをや。二百十日の頃は稲つくる[一四]作男《さくをとこ》ならぬも、米あきなふ商人ならぬも、[一五]気象台の役員ならぬも、如何に〱と空のみ打ち仰ぐ夕暮に、一点の黒雲[一六]丑寅の方に出《いで》、没せしが、見る〱墨を流してはや頭の上に見あぐる程にもなりぬ。何程の事があらんと

九　文政一〇年(一八二七)刊、仏兮・湖中編『俳諧一葉集』所収「芭蕉翁の口授」に「春風は朝に寒し」「秋風は夕に寒し」と。ここは、子規独自の把握。

一〇　だらしなく。

一一　『改正月令博物筌』に「八月(脚注者注・陰暦)に吹く大風をのわきといへり。草木を吹わくるゆへといひつたへたり。又山下より出る風也といへり」と。

一二　『改正月令博物筌』に「立春より二百十日めをいふなり。今日を恐る〻ハ、二百十日八早稲の花ざかり」と。

一三　「男の心と秋の空」(『世諺拾遺』等)。

一四　雇われて田畑を耕作する男。

一五　石井研堂著『増訂明治事物起原』に「明治八年、器械を外国に注文し、尚英国より斯道の専門家ヘンリージヨイネルを聘し、東京赤坂葵町三番地に東京気象台なるものを設置したり。

枕に就きしが、雨戸烈しく吹きはなす音に目覚めて、

242 山風に野分かさなる寐覚かな　奇淵[一]

と驚きしも[二]五風十雨《ごふうじふう》、順を失はざる[三]大御代《おほみよ》の癖とて、

243 朝露はさりげなき夜の野分哉　宗長

244 冷ゝと朝日うれしき野分かな　支考

と晴れ渡りて、嬉しや胸のすきたる心地なり。

245 君が代も二百十日はあれにけり

萩

是ぞ吾国気象台の嚆矢にして、即ち今の中央気象台の起源なり」と。

六 北東の方角。

---

242 文化一〇年(一八一三)刊、俳諧堂耒耜・阿里園六轡編『俳諧新十家発句集』所収句。

一 明和二年(一七六五)—天保五年(一八三四)。二柳門。

二 天候が順当なこと。

三 天皇の御治世のならわし。

243 宗長著『東路のつと』所収句。

244 『類題発句集』所収句。

245 明治二五年(一八九二)作の子規句。古島一念稿「日本新聞における子規君」(『子規言行録』所収)参照。

[四]我書窓の下に竹垣にそふて一本の萩生《お》ひひろごりて、軒端近く風に打ち返さるゝさま、けふや花咲くらん、あすや花乱すらんと、朝な夕な打ち見やる程に、それかあらぬか置き乱す白露の間より紫のほのかに見えそむるに、

246 ほつ〳〵と花になるなり萩の露　[五]月居

といふ句ぞまづは思ひ出されける。うれしさに庭下駄穿《うが》ちて近より見れば、今日咲きそめしと思ひしに、

247 萩の花咲くといふ日は乱れけり　[六]禹洗

机の下《もと》に帰りてしばしは書読みしも、いつしかに又萩の方のみ見られて、

四　『獺祭書屋俳話』執筆当時の子規の住所は、下谷区上根岸八八番地。

246　『俳諧新十家発句集』所収句。

五　宝暦六年（一七五六）―文政七年（一八二四）。蕪村門。京の人。

247　『類題発句集』所収句。

六　生没年等未詳。『類題発句集』には江戸の人とある。

248 白露もこぼさぬ萩のうねりかな　芭蕉

実によくも萩の風姿を形容したりけりと坐《そぞ》ろに歎賞せらる。翌朝[一]まだきに起き出でゝ見れば、けふもや真盛りなるらんと思ふ許《ばか》りなるに、

249 あたりへもよられぬ萩の盛りかな　序志[二]

よらば散らなん風情なり。

250 雞《にはとり》の引き出す萩の下枝《したえ》かな　闌更[三]

雞なども出でよと打ち興ずる折から、此頃の癖とて小雨そぼふりて、小庭の秋も何となくものさびたり[四]。こなたの垣ごしには隣の白萩いと気高く咲きこぼるゝさま、

248 『芭蕉庵小文庫』所収句。
一 早々。未明。
249 『類題発句集』所収句。
二 生没年等未詳。『類題発句集』には江戸の人とある。
250 寛政一二年(一八〇〇)刊、嘉会室亭編『新五子稿』所収句。
三 享保一一年(一七二六)―寛政一〇年(一七九八)。希因門。加賀金沢の人。俳論書『有の儘』。
四 静かで古風な趣である。子規句に〈物の寂(さび)猿簑冬にはじまりぬ〉(明治三四年〈一九〇一〉)。
251 『類題発句集』所収句。
五 鬼貫著「禁足旅記」(『鬼貫句選』)に「日〳〵こゝろばかりを脱(もぬ)けてゆかば」と。
六 文政一〇年(一八二七)刊、岡山鳥著『江戸名所花暦』に「向島花屋敷、秋草の中にも七草と唱へて愛翫するをこの園中には、みなそろへて植ゑこみたり」と。子規句に〈見に行くや野分のあとの百花園〉(明治三〇年)。

251 白萩や露一升に花一升　蓼太

の句意にもかなへりや。兎角《とかく》するうち我《わが》[五]魂はこゝにあらで、[六]向島の百花園、[七]亀戸の萩寺とさまよひありけば、

252 泥水の上に乱すや萩の花　[八]蒼虬

と口ずさまれ、遂には曽《かつ》[九]て遊びにし大宮の公園、[一〇]榛名山上の草原など思ひつゞけられて、

253 草刈りよそれが重いか萩の露　[一一]李由

と吟ずれば、刈草高く背負ふたる翁も、あとにつゞく童も、共にふり向きてほゝゑむ心地ぞすなる。

七　文政一二年(一八二九)序、斎藤長秋著『江戸名所図会』に「庭中萩を多く栽ゑて中秋の一奇観たり。ゆえに俗呼んで萩寺と称せり」と。亀戸天神裏龍眼寺。

252　天保一〇年(一八三九)刊、蒼虬著『対塔庵蒼虬句集』所収句。

八　宝暦一一年(一七六一)―天保一三年(一八四二)。闌更門。加賀の人。京住。天保俳壇を牽引。

九　子規は、明治二四年(一八九一)九月五日ごろより大宮公園「万松楼」に十日程滞在、九月一六日付河東碧梧桐宛書簡に「小生数日間大宮氷川公園(これは上野停車場より丁度一時間の汽車程なり)へ閑居致候。(中略)萩の名所ともいふべく一面の萩薄のみの広漠たる原野も有之」と。

一〇　子規は、明治一九年(一八八六)八月二〇日、榛名山に登る。

253　『猿蓑』所収句。

一一　寛文二年(一六六二)―宝永二年(一七〇五)。蕉門。近江平田村の光

254 ぬれて行く人もをかしや雨の萩　芭蕉

255 萩原や花とよれ行く爪《つま》さがり　一暁台《けうたい》

と誦ずれば、菅笠打ちかたげて萩薄を押し分け〳〵行くさま、けふの雨にたぐへて目の前にあり〳〵と見ゆるが如し。はてはまだ見ぬ玉川、二宮城野三まで思ひやられて、

256 花を重み萩に水行く野末かな　四紹巴

257 白萩や細谷川の浪がしら　五羅人

とは何処のけしきにやあらん。はた旅中に病んで、

258 行き〳〵て倒れふすとも萩の原　六曽良

明遍照寺住職。許六と親交。『韻塞』等、共編。

254 元禄一一年(一六九八)刊、風国編『泊船集』所収句。「かゞ小松にて」の前書。

255 文化六年(一八〇九)刊、臥央編『暁台句集』所収句。

一 享保一七年(一七三二)―寛政四年(一七九二)。白尼門。尾張名古屋の人。蕪村と交流。

二 ここは「野田の玉川」か。

三 陸奥宮城郡の平野。歌枕。萩の名所。『古今和歌集』に〈宮木野のもとあらの小萩つゆをおもみ風をまつごと君をこそまて〉。

256 永禄一〇年(一五六七)成立、紹巴著『紹巴富士見道記』所収句。

四 大永四年(一五二四)―慶長七年(一六〇二)。連歌師。著作に『連歌至宝抄』など。

257 安永二年(一七七三)刊、嘯山・太祇編『俳諧新選』所収句。

と詠じたる人の心まで思へば、萩ほどやさしく哀れなるものはまたとあらざりけり。

女郎花

秋の七草は皆それ〴〵の趣《おもむき》あるが中に、女郎花《をみなへし》[七]ほど淋しく哀れなるものはあらじ。されば古来歌人もいろ〳〵に読みならひ、俳人も多く詠じ出《いだ》せるが、其たけたかく伸びすぎて淋しく花のさかりたるを見て、

259 ひよろ〳〵と猶露けしや女郎花　芭蕉
260 身の上をたゞしほれけり女郎花　涼菟

といひ、其黄に咲きいでたる色をめでゝは、

五　元禄一二年(一六九九)—宝暦二年(一七五二)。淡々門。京の書肆。
258　元禄一五年(一七〇二)刊『おくのほそ道』所収句。
六　慶安二年(一六四九)—宝永七年(一七一〇)。蕉門。信濃上諏訪に生まれ、江戸住。芭蕉の奥羽行脚同行者。
七　鬼貫は『独ごと』で「女郎花はあさはかにながむる時はさのみもあらじ。よりそひてしばし心をうつしてみれば、立のきがたし」と。
259　宝永六年(一七〇九)刊『笈の小文』付載『更科紀行』所収句。
260　元禄一七年(一七〇四)刊、支考編『白陀羅尼』所収句。

261 いたづらの色を去りけり女郎花　亀世[一]

とよむ。又[二]女郎花となんいへる名も聞きすてがたくて、

262 女郎花都はなれぬ名なりけり　士朗

と吟ぜし人の心多さよ。そこらあたりの野も何となうなつかしく覚えて、

263 井戸の名も野の名もしらず女郎花　蒼虬

とは風雅の本意なるべく、

264 撫でられて牛も眠るやをみなへし　百花[三]

とよみたらんを思へば、落[四]ちにきと戯《たはむ》れし法師[五]も物かは。

261『千鳥掛』所収句。「いたづらの色」は、刺激的な色、煽情的な雰囲気。

一 元禄元年(一六八八)—明和元年(一七六四)。知足の四男。

二『初学和歌式』に「をみなへしは、いづれの歌もみな女に比してよめり」と。

262『俳諧発句題叢』所収句。

263 弘化四年(一八四七)刊、梅通編『訂正蒼虬翁句集』所収句。

264 享保一六年(一七三一)刊、盧元坊編『藤の首途』所収句。子規は「牛」を女郎愛用の「張形」の隠喩と解しているか。

三 ?—延享三年(一七四六)。除風の別号。支考門。備中倉敷の真言僧。

四〈名にめで、をれる許ぞをみなへし我おちにきと人にかたるな〉(『古今和歌集』)の作者僧正遍昭を指す。

五 物の数ではない。

風のそよ吹く毎《ごと》に我れさきに揺《ゆら》ぎそめし女郎花の、風静まりて後までも猶《なほ》揺れ残るわびしさよ。

265 吹くかたへ心の多し女郎花　涼袋[六]
266 松風をかづきて臥せり女郎花　暁台
267 何事のかぶり〳〵ぞ女郎花　一茶

[七]くねるといふ名は男の喜ぶべきを、

268 身を恥ぢよくねるとあれば女郎花　秋色

と警《いまし》めたる秋色の徳の高さは、此《この》一句にても知られたり。

269 わがものに手折れば淋し女郎花　蓼太

265 『類題発句集』所収句。
六 享保四年(一七一九)―安永三年(一七七四)。俳諧師、国学者、読本作者。建部綾足。弘前藩家老の次男。
266 『俳諧発句題叢』所収句。
267 『俳諧発句題叢』所収句。「かぶり〳〵」は、頭を左右に振ること。
七 「女ノナマメク躰也」(『歌林樸樕』)。鬼貫著『独ごと』に「風に狂ひてくねりなんどしたるけしきは、恨るに似たり」と。
268 安永三年(一七七四)刊、蕪村編『たまも集』所収句。
269 『類題発句集』所収句。

270 兎角して一把《いちは》になりぬ女郎花　蕪村

折り易きものは折らるゝ世の慣ひとはいひながら、折られて喜ぶ花もあるべし。わけては、

271 原中にひとりくるゝか女郎花　秋瓜[一]

272 暮たがる花のやうすや女郎花　文角[二]

と夕暮の魂を見つけたる詩人の多情には、花も恥ぢらひてあちらむくなるべし。

芭蕉

こゝに芭蕉[三]といふものあり。木に似て枝なく、草に似

270 『新五子稿』所収句。『俳諧新選』等は、「なりぬ」が「折ぬ」の句形。

271 『類題発句集』所収句。

一 生没年未詳。江戸の人、二世秋瓜（寛政一一年〈一七九九〉没）か。

272 『俳諧発句題叢』所収句。

二 生没年等未詳。元禄七年（一六九四）刊、不角編『蘆分船』等に入集。不角門の俳人か。

三 『改正月令博物筌』の「三秋之部」に立項。慈円歌〈山おろしの風にはたえぬはせを葉をかき根にたのむ宿ぞものうき〉、一晶句〈舟と成り帆となる風の芭蕉哉〉、洞水句〈はびこりて風の苦になるばせを哉〉を掲出。

て遥かに高し。幹は大きやかなれど、霜枯れにはいち早く枯れて形ものうく[四]、葉は広けれど、いつしか雨に破れ風に吹かれて、秋の扇にさも似たり。山寺の庭に植ゑられて、老僧坐禅の夜深《ふ》くれば、雨の音物すごく、隠栖の書窓にそふて閑人[五]棋[六]を囲むの時、月出でゝ涼影枰上《へいじやう》[七]に揺《ゆら》ぐ。秋草は皆さゝやかに花咲くものばかりなるに、誰か[八]は此《この》芭蕉を取りて秋の季には入れたりける。むかし桃青[九]、深川の草庵に芭蕉を植ゑて其《その》雅号となせしより以来、ばせをといへば何となう尊とくかしこきやうに思はるゝも、此草の幸なりや。されば古今の俳人多く芭蕉を詠じ出《い》だせるが中に、

273 秋風に巻葉折らるゝ芭蕉かな　加生[一〇]

四　見苦しく。
五　閑雅な人。
六　囲碁。
七　碁盤の上。
八　『夫木和歌抄』中に藤原教長歌〈秋風にあふばせをばのくだけつゝ、有にもあらぬ世とは知らずや〉が。天正一四年(一五八六)成立、紹巴編『連歌至宝抄』の「初秋」の項に「はせを」が見える。
九　延宝八年(一六八〇)、深川の草庵に移った時、門人李下が贈った芭蕉が繁茂、芭蕉号が誕生した(『続深川集』等)。
273　『花摘』所収句。
一〇　元禄四年(一六九一)頃までの凡兆の別号。

といふ句もさることながら、

274芭蕉葉は何になれとや秋の風　路通[一]

と詠じたる手柄[二]は又一《ひと》きはにて、路通[三]一生の秀逸は此句にとゞめたりとかや。

275風の夕《ゆふべ》芭蕉葉提げて通りけり　保吉[四]

とあるは、

276雨の日や門さげて行く燕子花《かきつばた》　信徳[五]

より脱化し来りたれど、猶見るべき所なきに非《あら》ず。

277稲妻の形《なり》は芭蕉の広葉かな　一風[六]

274『猿蓑』所収句。

一 慶安二年(一六四九)―元文三年(一七三八)。乞食僧。膳所(ぜぜ)松本にて『野ざらし紀行』の行脚中の芭蕉に出会い入門。芭蕉没後、『芭蕉翁行状記』を執筆。

二 蕉風俳諧における俳諧的独創性にかかわっての評価の言(復本一郎著『俳句源流考』参照)。

三 元禄五年(一六九二)刊、支考著『葛の松原』に「一生の風雅をこの中にぞとゞめ申されけむ」と。

275『俳諧発句題叢』所収句。

四 生没年未詳。白雄門。

276 貞享三年(一六八六)刊、清風編『誹諧一橋』所収句。

五 寛永一〇年(一六三三)―元禄一一年(一六九八)。貞門から談林へ。蕉門へも接近。京の人。

277 元禄四年(一六九一)刊、北枝編『卯辰集』所収句。

六 生没年未詳。延宝五年(一六七

といふも奇なれども、

278 稲妻は棕櫚や芭蕉のそよぎかな　巨海[七]

と詠みしは平穏にして更に妙なり。さるを又、

279 はら〳〵と稲妻かゝる芭蕉かな　樗堂[八]

といひかへたる器量、をさ〳〵[九]芭蕉翁の遺響あり。

280 垣越しに引導のぞくばせをかな　卜枝《ぼくし》[一〇]

281 芭蕉葉や在家の中の浄土寺　露川

露川、やゝト枝の糟粕を嘗《な》めたり。蓼太更に之を翻案して、

七)刊の俳諧撰集『木津乗合船』の編。

278 『真木柱』所収句。

七 生没年未詳。元禄一〇年(一六九七)刊『をだまき大成』等に作品が。

279 文化九年(一八一二)刊、樗堂編『萍窓集』所収句。文政三年(一八二〇)刊、雀堂来曽編『俳諧近世発句類題集』にも。

八 寛延二年(一七四九)—文化一一年(一八一四)。暁台門。伊予松山の人。子規は「俳諧に栗田樗堂あり」と記す(「ほとゝぎすの発刊を祝す」)。

九 たしかに。

280 『あら野』所収句。「引導」は、僧が棺の前で唱える経文、法語。

一〇 生没年未詳。蕉門。近江日野の人。

281 『類題発句集』所収句。「在家」は、民家。

282 七堂の外に大破のばせをかな　蓼太

とせしは、奇に過ぎて狂体[一]に陥りたるが如し。

283 芭蕉葉や打ちかへし行く月の影　乙州《おとくに》[二]

とは、月と風との景色を言ひおほせ、

284 雨蛙芭蕉にのりてそよぎけり　其角

とは異な処を見付けられたり。

285 染かねて我と引きさく芭蕉かな　蓼太

286 裏打のしたく成《なり》たる芭蕉かな　碩布[三]

282 天明五年(一七八五)刊、三駱(さんろ)等編『蓼太句集二編』所収句。

一 常軌を逸した俳風の作品。子規は『俳諧大要』において「狂体亦文学に属す。然れども意匠の狂と言語の狂と相伴ふを要す」と述べている。

283 『猿蓑』所収句。『卯辰集』には〈芭蕉葉の折かへされし月夜かな〉の乙州句が。

二 生没年未詳。蕉門。智月の弟。

284 『五元集』所収句。「雨後」二句中の一句。

285 『俳諧新選』所収句。

286 出典未詳。『碩布発句集』所収か。未見。

三 寛延三年(一七五〇)―天保一四年(一八四三)。白雄門。

二句稍《やや》奇抜に過ぐれど、[四]新意を出《い》だしたるは妙なり。

[五]『俳諧麓の栞』の評

[六]撫松庵兎裘《ぶしょうあんときゅう》なる人あり。一書を著して『俳諧麓の栞』といふ。之《これ》を一読するに、終始日本古代の文法論を述べて俳諧上に応用したるなり。蓋《けだ》し古《いにしへ》より俳人、[七]古学を修め文法を知る者少く、随つて文法語意の点に於て誤謬をなす者比ゝ皆是なり。況《いは》んや近世の俳人、漫《みだり》に[八]自分免許の宗匠を以て愚者を惑はす者をや。[九]著者、こゝに見る所ありて此文法論を著し、今時の俳人の[一〇]迷夢を破り、且《か》つ古の俳書の杜撰を罵る。[一一]卓見識ありと謂《い》ふべし。而《しか》して文法に至りては余も無学の一人なり。故《ゆゑ》に敢《あへ》て之が批評を試みず、唯《ただ》著者に向つて[一二]吾人に学問の[一三]好方便を与へら

四　新意匠。江戸期すでに俳論用語。
五　『俳諧麓廼栞　全』。明治二五年(一八九二)七月、同楽堂刊。同三一年八月、博文館より四版が。
六　池永兎裘。生没年未詳。本名厚。本郷区千駄木住。書肆同楽堂の俳号か。
七　『俳諧麓廼栞』に「古学の道ハ朝廷にも殊更に尊み重みじたまひけれバ」と。
八　自分勝手な判断。
九　撫松庵兎裘。
一〇　迷い。
一一　卓見、卓識。
一二　私(子規)。
一三　よい手段。

れたるを謝するのみ。然れども今日の俳諧に古代の文法を其《その》まゝ用ひよ、と云ふに至りては余は著者に向つて一問答を煩はさゞるを得ざるなり。抑《そもそ》も著者が文法といふものは、何の時代の文法なりや。太古か、奈良か、平安か、はた近古か。孰《いづ》れの時代にもせよ、何故に其時代の文法を固守するや。文法は時代と共に変遷し得べからざるものか。是等の疑問は従来余が胸間に蟠《わだかま》りて解けざるものなり。著者は一心に文法を確守[一]せらるゝが如し。故に敢て教を乞はんとす。同書第二百六頁の終はりに曰く、「俳諧ニテハ俗習ニ従フモ妨《さまたげ》ナキガ如クナレドモ、故意ニ定格ヲ犯スベキニ非《あらざ》ルナリ」云々ト。是に於て著者は稍《やや》ゝ俳諧を見ること寛なるを知る。而して著者の主義愈《いよいよ》ゝ糢糊たり（其「故意に云《（ママ）》々」と云ふに至りては余も

一　しっかり守ること。

之を賛成するなり）。又著者は[二]『俳諧苧環《をだまき》』等を駁撃するに拘《かか》はらず、[三]却《かへ》りて芭蕉、越人等を庇護して此《この》「かな」は筆者の誤なるべし、此「や」は感歎の「や」には非るべし、と云ふは不公平の論たるを免れず。余は信ず、芭蕉、越人の如き[四]譬《たと》ひ古文法を知るとも、故意に之を犯したる場合あるべしと。何となれば芭蕉時代には古文法一変して「や」「かな」等の用法、意義共に、古の「や」「かな」に非るを以てなり。[五]其角の、

287 此人数《にんず》舟なればこそ納涼《すずみ》かな

の如きは、[六]『真木柱』には[七]「納涼なれ」と書きたり。然れども余は寧《むし》ろ「納涼かな」の句を以て其角の作なるべしと思惟す。よし其角の作は兎もあれ、余は此《これ》を以て彼

二　初版は元禄四年（一六九一）刊、竹亭著『誹諧をだまき』。以後、版を重ねる。俳諧作法書。

三　『俳諧麓廼栞』中で兎裘が芭蕉句〈梅さくらさぞ女かなわか衆かな〉、越人句〈行く年や親に白髪をかくしけり〉を弁護していることへの指摘。

四　正しくは「仮令」。下の「とも」と呼応して「よしんば」の意。

五　『俳諧麓廼栞』二一六頁の記述。

287　『五元集』所収句。元禄七年（一六九四）刊、泥足編『其便』にも。

六　元禄一〇年（一六九七）刊、挙堂著の俳諧作法書。

七　兎裘は「此人数舟なればこそ涼まるれ、とすれば留まるなり」との見解を示している。

より善しと考ふるなり。蓋し近世俳諧の習慣として「なれ」よりは「かな」の方語気強ければなり。斯《か》くいへばとて、余は全く古文法を廃する意にもあらず。此の事は思考中にて、自ら判決し難き処あれば、こゝに詳言せず。只《た》だ大方の教を俟《ま》つ。

『俳諧麓の栞』は二百五十頁に渡るの一冊子なれども、其内百六十頁は十二品詞[一]の説明（殊に動詞の分類）を以て塞がりたり。故に其他に就きて疑はしき数点を挙げん。第五頁に「通常ノ句体ニ於テ切字ヲ用ヰルハ、無形ナル風情ヲ以テ有形ナル風姿ヲ判断センガ為ニシテ、詩ニハ之ヲ実虚[二]ト称へ、無形ヲ以テ有形ヲ裁制《サバ》ケリ」云々とあるが如きは説き得て甚だ容易なるが如きを覚ゆと雖《いへど》も、余は再三再四読み返して、猶ほ其の何事なるやを解する能《あた》

一　名詞（ナコトバ）、代名詞（カヘナコトバ）、動詞（ハタラキコトバ）、形容詞（サマコトバ）、副詞（ソヘコトバ）、接続詞（ツキコトバ）、感嘆詞（ナゲキコトバ）、助動詞（ウゴクテニヲハ）、助詞（テニヲハ）、冒頭詞（カシラニツクコトバ）、接尾詞（シリニツクコトバ）、枕詞（マクラコトバ）の十二の言語の種類。

二　『俳諧麓廼栞』では「虚実」。『獺祭書屋俳話』の誤植。

はず。徒《いたづら》に神文《しんもん》[三]を読み、読経《どきやう》を聴くの感あり。無形の風情とは主観的観念の如く、有形の風姿とは客観的万象の如し。然れども切字なる一虚語[四]が此主客両観の間に立ちて、何程[五]の功用を為すかを怪まざるを得ざるなり。古来の歌書、俳書には此の如き曖昧《（ママ）》なる論固《もと》より多し。然れども明治の今日、此種の説明を見るは奇怪至極と謂ふべし。文学は論理にて説明し尽すべき者に非ざれば、全く之を論ぜざるは則ち可なり。苟《いやしく》も之を説明する以上は、今少し論理的の明晳を要すること勿論なるべし。著者の意、果して如何《いかが》。又第二百二頁に、

288 更科や。月はよけれど田舎にて

のや字を、「玉鉾[六]や。道」抔《など》の例とするは甚だ心得ぬこと

三　誓詞。

四　具体的には、助詞、助動詞、形容詞等。

五　子規は、明治三五年（一九〇二）二月刊『俳句問答　下之巻』において「既に切字といひて『字』の字を置く上は、字其者を指す語にて、意味と関係せず」との見解を示している。

288　『誹諧をだまき』が「発句切字」の項の「はのや」の例として示すが、作者未詳。「のや」とも。

六　「玉鉾や道」が「玉鉾の道」となるごとく「更科の月」と解せるというのが兎裘の見解。

なり。此[一]やは感歎のやといふべきや否やは知らざれども、俳句にては其重《おも》なる語を極めるの用を為すなり。此句にては、更科といふ語が主にして題ともいふべきものなり。芭蕉の、「古池の句」[二]の「や」もこれに同じ。越人[三]の、

289行く年や親に白髪を隠しけり

のやも同じ事なり。別に変りたる意義あるに非ず。又第二百二十二頁に、

290鳴く鹿もさかるといへば可笑《をかし》けれ　団雪[四]

のけれを攻撃[五]しあれども、これは俳諧の上に用ふる一種の意義を含むものなれば、あながち攻むるには及ばざるべし。況《いは》んやこそ[六]その係りありて結び語なき古例さへある

一 『俳諧麓廼栞』の中で、この「や」を兎裘は「唯句調を整ヘンが為に用ヰルノミ」とし「よけれどノ語ニテ感歎ノやニ非ザルコト甚明ナリ」としている。
二 〈古池や蛙飛こむ水のおと〉を指す。
三 四三頁注五参照。
289 『あら野』所収句。
290 『誹諧をだまき』所収句。
四 享保一六年(一七三一)―安永八年(一七七九)。江戸の人。
五 『俳諧麓廼栞』には「起語ナクシテ結語ヲ置ク理ナシ。若シ強ヒテ之ヲ置クモ徒ニ贅語トナリテ何ノ要モナキコトナリ」と。『誹諧をだまき』は、「けれ」を切字として掲出。
六 例えば『古今和歌集』中の「よみ人しらず」歌〈津の国のなには思はず山城のとはにあひ見むことをのみこそ〉など。

位なれば、其係り語なくしてけれの結語ありとも左迄《さまで》珍らしきことに非るべし。又第二百二十三頁より以後に「新定十体」[七]なる者を論じたり。其論は皆文法に関する美辞学[八]中の一小部分なれば、余はこゝに之を講究するの労を取らざるべし。『俳諧麓之栞』を把《と》りて之を読むに、はじめに厭倦《えんけん》を生じ、はては嘔吐を催さしむるものは、作例として挙げたる俳句の甚だ拙劣浅陋なることなり。蓋《けだ》し此書は普通の俳書の如く古句を引きて例となさず、尽《ことごと》く今人（著者をも含む）の作を列ねたる故にぞありける。同書の凡例に曰く「作例[九]ハ、今少シク思フ所アレバ、故意ニ近世ノ諸名家及余ガ社友ノ佳什[一〇]ニシテ、法則ニ適合スルモノヲ以テ之ニ充テタリ」云々と。余等、其何故に斯《か》く近人の句計《ばか》りを挙げたるかは知るに由なけれども、

七　「俳諧新定十体」として立項。
八　修辞学（美的、効果的表現に関する学問）。
九　この文章の前に「発句ノ作例ニハ古人ノ句ヲ用ヰルコト通常ノ習慣ナレドモ」が。
一〇　すぐれた詩歌（俳句作品）。

思ふに古人の作例許りにては文法の変化の例として一々之れを挙ぐるに便なければなるべし。さるにても今少しは句の選び方もあるべきを、初学の楷梯《かいてい》[一]とはいひながら、余りなることと思はるゝなり。余は初めに此書を読みし時は、故意に今人の拙劣なるを示さんとの著者の諷刺に出でたるものならんと思ひしが、凡例を再読して佳什云々の字あり。且つ作例中著者[二]自身の俳句さへあるを見て、始めて其選び方の真面目《まじめ》なるを知りたり。余は、作例中其僅《わづか》に可[三]なる者を求めしに二十余句を得たり。若《も》し夫《そ》れ秀逸[四]なる者に至りては、一句だも見出すこと能《あた》はず。又「拾遺金玉[五]」と題して挙げられたる諸作家の句にても、過半は平句凡調のみ。然れども初学[六]の余輩《よはい》、妄《みだ》りに盲評を呈して大家を褒貶せんはあたら罪つくるわざなれば、

一　普通「階梯」と表記。物事を学ぶ段階。

二　〈雨露のいく夜へぬらんかれ尾花〉等、全一四句の兎裘作品が例句として示されている。

三　一応水準に達している作品。

四　最高水準の作品。

五　明治二二年(一八八九)刊、渡邊桑月編『明治俳諧金玉集』が意識されているか。『俳諧麓廼栞』巻末に「金玉」は、六〇句示されている。すぐれた詩歌(俳句)の意。

六　子規自身を指している。

一旦は思ひ止らんとせしも、人の勧めによりて次に一斑［七］を論ずべし。之を要するに、著者は文法に精《くは》しき人なるべし。而《しか》して俳諧の趣味を解し得るの人ならざるが如し。『俳諧麓の栞』の末に「拾遺金玉」なる一節あり。蓋し方今《はうこん》大家の名句を拾ひ集めたるの意なるべし。されども余輩の愚見を以てすれば、箸にも棒にもかゝらぬと云ふべき者だに少からず。例へば、

291 赤蟇《あかひき》のかしこまりけり神の前
292 夏の月頻りに出たうなりにけり
293 笹啼にいよ〳〵春の待たれけり
294 はらわたにほろりと染みぬ桐一葉
295 春風のあぢはひ知りぬ東山

七　一部分。

291　作者は故人兎玉（東京）。「赤蟇」は、蟇蛙の赤みをおびたもの。
292　作者は、其研（東京）。
293　作者は、柳村（豊前）。
294　作者は、朝寝坊（東京）。
295　作者は、露屋（東京）。

296 花の山日の永いでもなかりけり

297 頭巾きた人さきだちて柳橋

298 うき秋も月に忘れて草枕

等の如し。其他発句といへばいふもの丶、発句とも何ともつかぬ者亦《また》少からず。

299 行灯もしたし夜長のふみ机

300 朴訥は仁者に近し毛見の衆

右二句の如き一は韓愈の詩を飜訳し[一]、一は論語の語を応用したるまでにて[二]何の手柄もなし。

296 作者は、一壽(信濃)。

297 作者は、稲処(京都)。正しくは〈づきん着た人さき立つや柳ばし〉。「柳橋」は、神田川が隅田川へ出る川口に架かる橋。

298 作者は、緑峯(上野)。

299 作者は、阿門(東京)。

300 作者は、寒雨(東京)。

一 韓愈「符読書城南」(『韓昌黎詩集』)の一節「時秋積雨霽、新涼入ニ郊墟一、灯火稍可レ親、簡編可ニ巻舒一」を指す。

二 『論語』巻第七「子路第十三」の「子曰、剛毅木訥近仁」を指す。芭蕉の『おくのほそ道』日光の条に、「仏五左衛門」を評して「剛毅木訥の仁にちかきたぐひ、気稟の性質尤尊ぶべし」と。

301 こゝろ練る窓や木の葉の障る音

302 黒髪の乱れはづかし朝ざくら

303 義にはてし髑髏まつるや枯薄

304 南朝の御運なげくや榾《ほた》のぬし

右四句の如き、月並社会の俗調に落ちずといへども、[三]亦意到りて筆到らざるものなり。

305 戸の透《すき》に蓑かけ替へて榾火哉　[四]藤丸

「かけ替へて」の語、巧を求めて却《かへり》て失す。「押しつけて」等と改めては如何。

306 余の木皆手持無沙汰や花盛り　[五]芹舎

301 作者は、知来(駿河)。

302 作者は、ゐみら(東京)。

303 作者は、司月(東京)。

304 作者は、茶仙(横浜)。「南朝」は、南北朝時代、近畿南部に置かれた朝廷で、後醍醐天皇にはじまる。「榾」は、炉でたくたきぎ。

三 「意到りて筆随う」を踏まえての逆の表現。

305 透間風を詠んだもの。

四 生没年等未詳。

306 この句も「拾遺金玉」の中の一句。「京都　芹舎」として掲出。「手持無沙汰」は、することがなく退屈なこと。桜以外の木の様子を擬人化。

五 文化二年(一八〇五)―明治二三年(一八九〇)。蒼虬門。花の本七世。

「手持無沙汰」とは尤《もつとも》拙劣なる擬人法にして、此類の句は月並集中常に見る所なり。故に余は私に之を称して[一]月並流といふ。余曽《かつ》て句あり、

307 大かたの枯木の中や初ざくら

凡調見るに足らずといへども、猶ほ或《あるい》は手持無沙汰の[二]いやみに勝るべきか。呵々。

308 初秋のくるやまばらの松林　　[三]藍山

稍〻幽趣あれども、惜い哉《かな》句法備らず。拙句甚だ相似たる者あり。録して[四]一粲《さん》を博す。

309 行く秋やまばらに見ゆる竹の藪

一　子規の最初の「月並」についての発言。『俳諧大要』には「天保以後の句は概ね卑俗陳腐にして見るに堪へず。称して月並調といふ」と。なお、明治三四年(一九〇一)刊『俳句問答　上之巻』でも詳述。
307　子規の俳句稿『寒山落木』巻一の明治二五年(一八九二)春の条に掲出。
二　「いやみ」は、子規の多用する批評用語。『獺祭書屋俳句帖抄』(明治三五年〈一九〇二〉刊)に「平凡な句が多いけれども何となく厭味がなくて垢抜がした様に思ふて自分ながら嬉しかつた」など。
308　「や」は、切字(詠嘆)と見てよいか。
三　生没年等未詳。薩摩の人。
四　お笑いぐさまでに示す。
309　『寒山落木』巻一の明治二五年(一八九二)秋の条に掲出。

余「拾遺金玉」を採りて秀句五首を得たり。即ち、

310 から草のかれ〳〵淋し薄蒲団　[五]柳仙
311 月花の遊びはじめや歌がるた　[六]機一
312 山畑や雲退《の》くあとに蕎麦の花（[七]其角より来る）　[八]永機
313 行く秋や籠に残りし虫のすね（[九]荷兮より脱化す）　[一〇]睡子
314 白魚《しらを》とはこよなき鰭《ひれ》の狭物《さもの》かな　[一一]蟹川

或は奇警、或は蒼勁、皆老練の筆なり。余輩後進の及ぶ所にあらず（蟹川の句中「白魚とは」の「と」字除きたきものなり）。

310 「から草」は唐草。蒲団の唐草模様。「かれ〳〵」は、「枯枯」で、枯れているさま。
五 生没年等未詳。
311 「月花の遊び」は、風流韻事。「歌がるた」は、小倉百人一首を用いてのカルタ遊び。
六 田辺機一。安政三年（一八五六）―昭和八年（一九三三）。江戸の人。別号、老鼠堂。八世其角堂。
312 「山畑」は、山間の畑地。
七 子規の指摘。其角句〈山畑の芋ほるあとに伏猪哉〉（『句兄弟』）を指している。
八 穂積永機。文政六年（一八二三）―明治三七年（一九〇四）。江戸の人。七世其角堂。田辺機一は、門人。
313 「すね」は、脚。
九 子規の指摘。荷兮句〈草の葉や足のお（を）れたるきり〴〵す〉（『あら野』）を指している。
一〇 生没年等未詳。
314 「狭物」は、小さい魚。
一一 生没年未詳。東京の人。

『発句作法指南』の評

近頃其《き》角堂《かくだう》機《き》一《いち》なる宗匠あり。『発句作法指南』[一]と云ふ一書を著して世に刊行す。余之《これ》を繙《ひもと》て一読するに、秩[二]序錯乱して、条理整然ならず。唯《ただ》思ひ出づるがまに〳〵記し付けたるが如き書きぶりは、猶《なほ》明治以前の著書の体裁にして、今日の学理発達したる世に在りては、余り珍重すべきの書にあらずといへども、此《この》[三]著者にして余が想像するが如く明治以前の教育をのみ受けし人ならしめば、余は此書を賛美して一読の価値を有するものなりといふを憚らざるなり。蓋《けだ》し今日の如く腐[四]敗し尽せる俳諧者流の中より此一人現れ出でゝ、同学者の汚点と浅識とを指摘したるの勇気と見識とは、局外者の万言を呶々《どど》[五]するに

一 田辺機一著、明治二五年(一八九二)三月、穎才新誌社刊(越後敬子稿「明治期俳書出版年表(一)」参照)。同一〇月に増補訂正版刊。

二 子規も自ら「獺祭書屋俳話小序」に「前後錯綜せる者を転置して、稍〻俳諧史、俳諧論、俳人俳句、俳書批評の順序を為すといへども、固と随筆的の著作、条理貫通せざること多し」と。

三 明治四五年(一九一二)刊、霞流庵淡秋著『明治俳豪之俤』(霞吟場)には「機一は東京向島三囲社内の住、幼より斯道に入り永機翁に学びたり」と。

四 野々口湖海は「芭蕉に起り蕪村に復興せる十七字詩は、天保以来陋匠俗客の弄ぶ所となり(中略)古人の糟粕を嘗めて得々たる無学文盲の所謂月並宗匠連が射利の具と為す」(『子規言行録』)と。

勝《まさ》りて愉快なるを覚ゆるなり。然れども之を読んで猶不満足を感ずるの箇処多きは勿論の事にて、之を詳評するに勝《た》へずといへども、一読の際思ひあたりしことのみを挙げて、著者の教を乞はんと欲するなり。

此書の始に俳諧の起原を説く中に「連歌は詞を和歌に取れる故《ゆゑ》（略）只《ただ》中等以上の社会にのみ行はれしを、我《わが》正風の祖師芭蕉翁、大にこゝに慨歎する所ありて」云々と云ふは順序を転倒せるものにて、連歌を俳諧に変じたるは芭蕉にあらずして、貞徳にあること勿論なり。されど後段に猶芭蕉の意向を述べて「今の俳諧の如きは作意に六なれる者のみなれば、自然の妙は絶て無き者なり」と云ひたるは確論にして、且《か》つこれによつて観れば前段の誤謬は著者の誤解にあらずして、叙述の粗漏に出づること

五　口数多く言うこと。

六　土芳の『三冊子』に「物あらはにいひ出でても、その物より自然に出づる情にあらざれば、物と我二つになりて、その情誠に至らず。私意のなす作意なり」と。

明らけし。又著者は稍々《やや》「俳諧は滑稽なり」[一]と云ふ釈義に拘泥して、故《ことさ》らに戯謔[二]に傾きたる俳句を引用して例となし、且つ其《その》主旨を演繹[三]して「蕉翁が晋子を賞せられしも、此道の第一義と立たる滑稽の他に抜でたる故ならん」と云ふに至りては、其論甚だ妙なるが如しといへども、終《つひ》に我田[四]へ水を引くの誹《そし》りを免がれず。其角[五]の滑稽に妙を得たるは真実にして、著者の言当れり。唯滑稽を以て発句[六]の本意とするに至りては、其説甚だ誤れりと謂《い》ふべし。然れども著者の滑稽の意義を解すること太《はなは》だ曖昧（ママ）にして、時として意を異にするなきかの疑を存ぜざるを得ざるなり。

『発句作法指南』に、「発句の調格」と題して、其中に「発句は纔《わづか》に十七字なれば（略）和歌の如くひたすら優美

一 許六の俳諧史論『歴代滑稽伝』（正徳五年〈一七一五〉刊）に「滑稽のおかしみを宗とせざればはいかいにあらず」と。機一は『発句作法指南』に「俳諧とも名（づ）けられしは、全く古今和歌集にもとづきて、滑稽の意を帯るを旨とせられたる者と覚ゆ」と。
二 おどけ。
三 敷衍して。
四 自分の都合のよいように説明する。我田引水。
五 機一は〈ゆきの日や船頭どのゝ顔のいろ〉〈にくまれてながらふる人冬の蠅〉等、全一一句の其角滑稽句を示している。
六 本書一五頁以下「俳諧といふ名称」参照。
七 機一は「俳諧は俗言平語をもて滑稽妙味を含め、貴賤上下

なる姿を述る能《あた》はざる者あり。故に和歌よりは一層区域を弘めて、[七]俗言平語を交へ、嫌ふなきなり。かゝれば姿は第二義として、[八]感を第一義とす。されば優美を嫌ふ者と思ふべからず」云々とあるが如きは至当の論なり。然れども姿の乱れたる例として、

315 枯枝に烏のとまりけり秋のくれ　芭蕉
316 ひなのさま宮腹ゝにまし〳〵ける　其角
317 柳散り清水かれ石ところ〴〵　蕪村

といふ字余りの三句を挙げたるは、未《いま》だ以て読者の心を[九]飽かしむるに足らず。何となれば姿、即ち句調の善悪は必ずしも字数のみに関せざるなり。若《も》し句調は字数の上

を問はず押しくるめて早く心に会得せしむる、是れ翁の目的と推測せらる」と述べている。土芳の『三冊子』に「俳諧の益は俗語を正す也」と。

八 『発句作法指南』の「結論」部で「俳諧の発句ハ、感の一字を命とするものなる事は、通篇の処々いひ置つれど、やゝもすれば、此大事を忘れ、或ハ故事古言をいひ入れて、巧を先とし、或は只事をいひ放して、これも発句なりとするが如きハ、発句者の通弊なれば、此結局に至りては、猶其感の大事なる事を反復すべし」と。

315 『あら野』所収句。

316 『続の原』所収句。

317 『蕪村句集』所収句。西行歌〈道のべに清水ながるゝ柳かげしばしとてこそ立ちどまりつれ〉（『新古今和歌集』）を意識しての作品。

九 満足させる。

のみにありとせば、三十一文字に限りたる和歌の上に姿を論ずるの必要も無く、随って定家卿[一]杯《など》が姿に就きて喋々《てふてふ》と言葉を費さるゝ事も無き筈なり。和歌既に然りとせば、発句亦これなくして可《か》ならんや。例へば、

318 川中の根木《ねき》によろこぶ《（よころぶ）》涼み哉　芭蕉

といふ句を試みに、

319 よろこんで《（よころんで）》涼むや川に出《いづ》る根木

といひかへんか。其心は同じ事なれども、其の格調に至りては天壌[二]の差あること勿論なるべし。又、

320 黙礼にこまる涼みや石の上　正秀[三]

一　例えば定家の『毎月抄』に「歌に秀逸の躰と申し侍るべき姿は、万機をもぬけて物に滞らぬが、この十躰の中のいづれの躰とも見えずして、しかもその姿を皆さしはさめるやうにおぼえて、余情浮かびて心直く衣冠正しき人を見る心地するにて侍べし」と。

318　正しくは〈川中の根木によころぶすゞみ哉〉（「よころぶ」は、休息のために仮寝すること」）で公羽句（元禄一一年〈一六九八〉刊、種文編『猿舞師』参照）。『すみだはら』は、誤って芭蕉句とする。子規は「俳句分類」では、正しい句形で掲出。

319　子規が仮りに作った句。

二　天地。

320　『続猿蓑』所収句。「こまる」は、石上での自堕落な恰好での「涼み」だからであろう。

三　五二頁注二参照。

といふ句を、

321 石の上もく礼こまる涼み哉

と改めなば如何《いかが》。僅かに言語の位置を顚倒せしに過ぎざれども、猶其句調は原作に劣るを見るべし。近時の書生にして俳諧を学ぶ者、皆[四]意到りて筆随《したが》はざるの憾《うらみ》あり。蓋し其思想は豊富なれども、未だ格調に於て到らざるものあるによらざるを得んや。

『発句作法指南』の中に「発句に雅調と俗調の別あり」と題して其中に「卑俗とは詞の上をいふにはあらず、心の卑俗なるをいふ。(略)其の卑俗の調といふは縦令《たとへ》ば、

322 家内皆まめでめでたし歳の暮

321　子規が仮りに作った句。

四　慣用句「意到りて筆随ふ」から。心のままに作品化し得ないこと。

322　作者未詳。『改正月令博物筌《かいせいげつりょうはくぶつせん》』一二月の条に「豆打」。「豆打」は一二月晦日の行事。「豆」と「忠実《まめ》」が掛けてある。

といへる類是れなり。此句の如きは詞の上卑しといふべき処は露ばかりもなけれど、其心は無下に浅ましき俗調なり。此句を或人が、

323 何事もなきを宝ぞ歳の暮

と直したるは雅致浅からず、姿もいと高し」云々とあり。余は一読して稍《やや》怪しむ所あり。乃《すなは》ち再三之《これ》を読む。而《しか》して終に其意を得ず。初めに心の卑俗といへるは善し。然れども家内云々の句を、何事も云々と改めて、其心に幾《いく》何《ばく》の差異ありや。余は両句を比して、其心は全く同じく、只《ただ》其姿変ぜりといはんとするなり。又其姿は孰《いづ》れが可なるといふに、著者は「姿もいと高し」と判断して後句[一]を誉めたれども、余は後句に比して寧《むし》ろ前句[二]の真率なるを

323 「或人」の添削句。

一 323〈何事も〉句。

二 322〈家内皆〉句。

取る者なり（尤《もっとも》三 其句の凡俗なるはいふまでも無し）。此《かく》の如き甚だしき過誤は、後生を誤ること多からんに注意ありたき者なり。又同書に「発句の沿革」と題して「発句の世に行はるゝ事、凡《およ》そ二百余年、其間を大別して三となさんに、守武、宗鑑四より貞徳、季吟五に及ぶ之を其一とす」云々と説き出したり。然るに守武、宗鑑は今を去る事大略三百五十年位前の人なれば、二百余年とは痛く違ひたり。又時代を三に分つとありて、第一のみを挙げ、第二、第三の区別無きは不審なることなれど、大方は活字の誤植か校正の粗漏六によりしなるべし。さはいへ、数字の誤謬程害の多き者あらざれば、著作編輯に従事する人は尤謹《つつし》まざる可《べか》らず。又同書に「七発句の切字并《ならび》にてにをは」を論じて「此発句の切字といふは、一種格別に設

三　322〈家内皆〉句。

四　生没年未詳。『犬筑波集』（『誹諧連歌抄』）の編者とされる。洛西山崎住。

五　寛永元年（一六二四）―宝永二年（一七〇五）。貞徳門。京の人。編著に季寄『山の井』。芭蕉の師。

六　手ぬかり。

七　「発句の切字并にてにをはの事」の項がある。

けたるものにて、歌と同様に論ずべき者に非《あら》ず」と云ひしは卓見なれども「てにをはと唱ふる者は自ら其詞に備りてある故、真心のまゝに云ひ出れば知らず〳〵自ら叶ふ者なり」といひ「変格といふ者を設け、分らぬ者は皆此部にあて入れる[一]など笑止の限りなり。(略)格に変あらば格にあらず」といふが如き、余り[二]文法を軽蔑したる言ひ方にして、余は其の一理あるに拘《かか》はらず、之《こ》れを評して『俳諧麓栞』と共に両極端[三]に走る者なりと云はんとす。『発句作法指南』の中に「発句の感[四]あると感なきと」と題を掲げて、白全[五]といふ人、

324 背《せな》向けて眠り催す榾火《ほたび》かな

と作りしを、ある人一読して扨《さて》もあぶなき句を詠まれた

一 当嵌め入れる、の意か。

二 其角堂機一の文法に対しての粗漏な姿勢。

三 撫松庵兎裘の文法重視の姿勢と其角堂機一の文法軽視の姿勢。

四 機一は「俳諧の発句は、感の一字を命とする」との立場を表明している(『発句作法指南』)。

五 生没年等未詳。美濃の魯松庵門か。

324 「榾火」は、たき火。榾は、木の根や枝きれ。作者は、白全。

りといへば、白全忽《たちま》ち悟りて、

325 背向てあぶながらる、榾火哉

と改めたることを記載し、それにて一座の秀吟[六]となりし由をも言ひたり。然れども余が見る所を以てすれば、後句稍《やや》曲折[七]を求めて却て卑俗に陥り、一の妙味なし。寧ろ前句の淡泊[八]無味なるこそ面白かるべけれと思ふなり。

同書に「蕉翁の六感[九]」と題して其角、嵐雪、去来、丈草、支考、野坡の六門弟の句を芭蕉の感賞せしよし記し、且つ其句を掲げたり。こは誰が言ひ伝へしことか知らねども、蕉翁の感賞せりと云ふは誤謬なるべし。其証は、去来の部に「[一〇]実なること去来に及ばず」と書きて、

325　即興句。背中に火が点くということ。作者は、白全。

六　すぐれた詩歌(ここでは、325の発句)。

七　趣向の工夫変化。

八　有の儘の作品。324句への子規の評価。

九　三九頁注九参照。

一〇　五一頁注三参照。

(326)応《おう》々《おう》といへど叩くや雪の門《かど》　去来

といふ句を載せたり。然るに去来の此名什[一]は蕉翁歿後の作なる事『去来抄』[二]に詳なれば、爰《ここ》に『去来抄』の一部を抄出して示さん。同書[三]に曰く、

丈草曰、「此句(去来が雪の門の句なり)不易にして流行のたゞ中を得たり」。支考曰、「いかにして斯《かく》安き筋よりは入たるや」。正秀曰、「たゞ先師の聞給はざるを恨るのみ」。曲翠曰、「句の善悪をいはず、当時作せん人を覚えず」といへり。其角曰、「真の雪の門也」。許六曰、「尤佳句也。いまだ十分ならず」。露川曰、「五文字妙也」。去来曰、「人々の評、亦

326　去来の例句として示されている。子規は「俳句分類」で『有磯海』『真木柱』『句兄弟』を出典として示している。85番の句と同一。

一　すぐれた俳句。「什」は、詩歌のこと。

二　去来による俳論。宝永元年(一七〇四)成、安永四年(一七七五)刊。子規は版本『去来抄』を架蔵しており、明治二五年(一八九二)七月虚子に貸与、同年八月、碧梧桐も筆写している。

三　子規は、本文を版本『去来抄』に拠っている。

おの〱其位より出づ。此句は先師遷化の冬の句なり。其頃同門の人も[四]難《かた》しと思へり。今は自他ともに此場にとゞまらず」。

これを読めば芭蕉[五]の此句を聞くに及ばざること明《あきら》けし。又右「六感」の中に支考の句として、

(327)蚊屋を出て又障子あり夏の月

を挙げたり。されど此句は『風俗文選』[六]に載せたる「贈新道心辞」[七]といふ文の終りに付けたる句なれば、丈草の作なること論を俟《ま》たず。恐らくは著者[八]誤りて、丈草と支考とを入れ違へたるものには非《あらざ》るか。『発句作法指南』の中に「家人挙《こぞつ》て風雅」といへる一項ありて「世に俳句

四　版本、正しくは「人ゝも」。

五　正秀の発言「たゞ先師の聞給はざるを恨るのみ」を指す。

327　『類題発句集』「雑之部」の「釈教」所収句。「魯九が剃髪せし時垂辞す」の前書。『近世畸人伝』にも。丈草句。『去来湖東問答』の「芭蕉翁門人の六感」では、丈草句となっている。110番の句と同一。

六　正しくは『本朝文選』。『風俗文選』は、宝永四年(一七〇七)刊の改題本。

七　丈草作の俳文。『本朝文選』巻之一「辞類」所収。

八　『発句作法指南』の著者其角堂機一。

を好む人多し。されども夫之《をつとこれ》を好むも妻はさる心なきあり、父之を好むも子其《その》道を知らぬあり」[一]云々とこと〴〵しく説き出しながら、其例として僅かに曲翠一家をのみ挙げたるはいと飽き足らぬ心地すれば、今余が知れるまゝに之を補はんと欲すれども、尽《ことごと》く列挙せんは余りくだ〳〵しければ、其有名ならぬ者と、且つ疑はしき者とを闕《のぞ》きて、ありふれたる者のみを挙げんとす。先づ其[二]父子共に俳句を嗜《たしな》む者は左の如し。

紹巴《ぜうは》……玄仍《げんじよう》　倫里……来川
　　　　　　　玄仲　智月尼……乙州

昌琢……昌程　千那……角[三]上

一『発句作法指南』に「近江国膳所の士、曲翠と聞えし人の如きは、挙家志を同じうして、しかも皆有名の人物なりき」と。

二 智月尼と乙州は、母子。

三 延宝三年（一六七五）―延享四年（一七四七）。蕉門。千那の養嗣子。堅田本福寺第一二世住職。

蟬吟……探丸　[四]巴《は》静《じやう》

季吟……湖春　荊口……此筋
　　　　正《しやう》立《りふ》　　　千川
　　　　　　　　　　文鳥

未得……未琢

東順……其角　堤亭……苔翁

風虎……露沾　風麦……梢風尼

又其父子共に相聞こゆるに非るも兄弟共に俳家たるもの少からず。即ち、

玄陳……[五]心前　[六]仙風……杉風

望《も》一《いち》……正《しやう》友《いう》　牧童……北枝

等の如し。又叔姪[七]共に之を嗜むものは、

[八]正秀……曲翠　[九]半残……車来

等あり。又夫も妻も之を嗜むもの多きが中に、

四　延宝六年(一六七八)―延享元年(一七四四)。露川門。荊口の息ではない。季吟門可政の息。美濃住。子規は何に拠ったか。

五　生没年未詳。連歌師。紹巴門。子規は何に拠ったか。玄陳(天正一九年(一五九一)―寛文五年(一六六五))も、連歌師。

六　杉風の父幕府御用商人杉山賢永の俳号。

七　姪男(てつだん)。男子をもこの呼称を用いた。おい。

八　曲翠の伯父は、膳所藩士菅沼修理定知(幻住老人)。正秀とは別人。牧野望東・星野麦人共著『俳諧年表』(明治三四年(一九〇一)一〇月、博文館刊)は、正秀を「菅沼曲翠の伯父」としている。

九　車来の父とも兄とも。「叔姪」の関係ではない。

嵐雪……妻[一]　凡兆……登《と》[二]米《め》
惟中……園[三]　千《ち》春《はる》……綾《あや》戸《こ》
加《か》生《せい》……とめ[四]　光貞……みつ[五]

等尤有名なり。又一家数人を出《い》だすものには、

去来……風国（姪）[六]
　├ 弟 魯町
　└ 妹 千《ち》子《ね》

永参女……知足（子）
　├ 子 蝶羽……春（女）[七]
　└ （蝶羽妻）つね（女）[八]

の如きあり。此外家奴《しもべ》にして俳諧に入る者、其角の奴《しもべ》に[九]是吉あり。[一〇]仙化の奴に[一一]吼雲あり。尚白の奴に[一二]与三あり。蓋し父子夫妻叔姪主従にして共に之《これ》を好む者は、一は其《その》

一 後妻烈女(遊女)。元禄一二年(一六九九)没。
二 俳号、羽紅。生没年未詳。
三 誤り(『俳諧年表』等)。園女は、医師で俳人の一有(渭川)の妻。
四 加生は、凡兆の前号。とめは、俳号、羽紅。子規は重複して記載。
五 美津女。天正一一年(一五八三)—正保四年(一六四七)。望一門。伊勢山田の人。
六 誤り(『俳諧年表』に見える)。去来の兄向井元端と親しかった伊藤宗恕の子か。『俳諧問答』に「去先生の引廻し給ふ俳友」と。
七 生没年等未詳。
八 生没年未詳。阿常。
九 『いつを昔』に「其角奴　是吉」と。
一〇 生没年未詳。江戸の人。蕉門。『蛙合』の編者。
一一 『いつを昔』に「仙化奴

遺伝により、一は其薫陶に出でずんば非ざるなり。

『発句作法指南』の中に「延宝前にも名吟なきにあらず」といふ一項ありて、著者の名句と認めたる俳句を挙げて之を評論したり。然れども此中の過半は延宝[一三]以後の作ならんと思はる丶なり。今、手許に参考書無きを以て一々之を証明する能はずと雖《いへ》ども、是等の句は歴史的に考ふるに決して貞享以前に於て此《かく》の如く多くある可《べか》らざるなり。蓋し、貞享の頃芭蕉の一派を開きしより、後は天下之が為に風靡し、仮令《たとひ》他門の俳家といへども多少蕉風の余響を受けぬものは之れ無きに至れり。故《ゆゑ》に貞享以後には蕉門以外にも名句多けれども、延宝以前に於ては此種の句決して此の如く多からざるなり。且つ又此項中に却《かへ》りて、

吼雲」と。

一二 『いつを昔』に「尚白奴与三」と。

一三 例えば機一が列挙する作品例の一つ鬼貫の〈蛛の巣は暑き者なり夏木立〉の句は、元禄三年(一六九〇)刊『生駒堂』所収、といった具合。

328 元日や神代の事も思はるゝ　守武
329 元日の見るものにせん不二の山　宗鑑
330 草も木もめでたさうなりけさの春　貞徳
331 いざのぼれ嵯峨の鮎くひに都鳥　貞室[一]
332 これは〳〵とばかり花の芳野山　同

等の如き延宝以前の名句を挙げざるは、余りありふれたりとてわざとせし事にや如何《いかん》。又、

333 ねぶらせて養ひ立てよ花の雨　貞徳

と云ふ句を評して「此句は子を設けたる人にと端書あり。此[二]ねぶらせてといふ一句、実に嬰児を養育する情を尽せ

328 「俳句分類」では『俳諧古選』から採取。
329 「俳句分類」未収録。『俳諧古選』所収句。
330 「俳句分類」未収録。『類題発句集』所収句。
331 「俳句分類」では『あら野』から採取。
一 慶長一五年(一六一〇)—寛文一三年(一六七三)。貞徳門。京の人。
332 「俳句分類」では『笈の小文』から採取。ただし、全句形が見えるのは『あら野』。
333 「俳句分類」によると、子規は『俳諧古選』『犬子集』によって、この句を披見。
二 『発句作法指南』は「眠らせて」の表記。

り。（略）夫《そ》れ[三]嬰児は乳汁の養ひ足れば眠る、若《も》しいさゝかにても不足すれば眠り得ぬのみにもあらず、種々の疾《しつ》病《ぺい》是れより起り、よし幸に死せずとも生涯多病の者となる。此句は之を思ひて春時花を催す雨を乳に比していへる、凡骨にあらざるなり」と長々しくいはれたり。されども余の考にては是れ大なる誤解なりと思はる。評者[四]は「ねぶらせて」を「眠らせて」と解し、「雨」を「乳」に比したるが如く見ゆれども、余は「ねぶらせて」は「舐らせて」と解し、「雨」は「飴」にかけたるものと思ふなり。即ち飴をねぶらせて養ひたてよといふ事を、花の雨に取り合はせたるものなるべし。総て貞徳時代の俳句は発音[五]の同じきものにたよりて他の語をかけるが通例の詠み方にして、唯《ただ》其物に類似の点ありて雨を乳に比する

三　『発句作法指南』は「蓋し」と。

四　其角堂機一のこと。

五　貞門俳諧で主要技法として多用された「言掛け」（掛詞）。

が如き事は余り見当らぬなり。俳句に限らず、総て詩歌文章を解するには其作者と其特性と其時代の風調とを知らざれば大なる誤謬を来たすは常のことなり。

『発句作法指南』に「芭蕉句解」[一]を作りて、

334 行く春や鳥啼き魚の目は涙　芭蕉
335 鰒《ふぐ》汁《じる》や鯛もあるのに無分別　同
336 七月《ふみづき》や六日も常の夜には似ず　同
337 あか〱と日はつれなくて《（も）》秋の風　同

の数句をも名吟の如く評し、殊に秋風の句を取りて劇賞[二]せしが如きは其意を得ざるなり。芭蕉如何《いか》に大俳家たりしとも、其俳句皆金科玉条[三]ならんや。又、

一　正しくは「芭蕉翁の句の解」。
334　天保七年(一八三六)刊、松什編『類題芭蕉句集』所収句(『おくのほそ道』所収)。
335　『類題芭蕉句集』所収句。ただし誤伝句。延宝九年(一六八一)刊、賀子編『みつがしら』中の賀子の付句〈世の中に鯛有ながら無分別〉がアレンジされて流布したか。
336　『類題発句集』『類題芭蕉句集』所収句(『おくのほそ道』『猿蓑』所収)。
337　『類題芭蕉句集』所収句(『おくのほそ道』所収)。
二　機一は『発句作法指南』において〈あか〱と〉の句を「是れ発句中の最上乗といふべし」と評している。「劇賞」は、激賞に同じ。絶賛。
三　絶対的名吟(「金科」も「玉条」も重要な規則)。

338青くてもあるべきものを唐辛子　芭蕉

といふ句を解して「唐辛子は青くても辛き者なれば、青くてもあるべきに、さも辛さうに燃たつ如く赤くなる事よ、と飽《あく》まで辛きさまなるを言ひ顕したる処」云々とあれどもこは全く反対に誤解したるものにはあらざるか。愚考によれば、此句の意は「唐辛子は固《もと》より辛き者なればせめて青きまゝにあらば目にも立たずしてよかるべきに、なまじひに赤くなるが故に人の目にも立つなり。目に立つ程うつくしければ甘くもあらんかと思へば、さはなくて甚だ辛き者なる故に其赤き色に染まるだけが憎らし」となるべし。若し単に辛き形容とのみせんには「あるべき者を」の廻し方[四]ゆるやかに聞こえて面白からざる

338『類題芭蕉句集』所収句（元禄六年〈一六九三〉刊、洒堂編『深川』所収）。

四　明和元年（一七六四）刊『うやむやのせき』の「を廻し」の条に〈青くても〉の句を示し「此切は、心に赤くと云へる余情を、をの字に含て、下の唐がらし、転る所少なけれども、上へかへして切り侍る也」と。

様に覚ゆ。

又同書「其角伝」[一]の終りに、

「同(宝永)四年二月青流[二]、病《やまひ》を草庵に訪ふ。

春暖閑炉に坐の吟とて、

339 鶯の暁さむしきり〴〵す

此句解し難きよし世上には云へど、去来並に文考の評に」云々。

とあれども、去来は既に宝永元年[三]に死したれば、此の宝永四年の句を評すべきよしなし。こは何かの間違ひなるべし。

一 『発句作法指南』中の「其角翁伝」を指す。

二 其角門祇空の初号。寛文三年(一六六三)―享保一八年(一七三三)。

339 『俳家奇人談』所収句。

三 去来は、宝永元年(一七〇四)九月一〇日没。

又同書の「或俳書にてにをはをいへる」と題せる一項は九頁の長きに渡りながら、其の解説甚はだ必要ならず。「「陣[四]中へは便りも無用とかたく云ひつけ置たるに」（略）これもてにはをのけて「陣中たより無用かたく云ひつけ置たる」（略）かくして聞ゆべきか（略）」といふが如き、解釈にも及ばざる事をいくつともなく例を引きて無用の弁を費したる、実に児戯に類するものにして、余りといへば余りといふべし。

又同書に諸家の略伝を叙し、又は略評を下す処、多くは『[五]俳家奇人談』の文章を取りて、処々助辞、接続辞抔《など》を僅かに書き替へたり。古書を其儘《そのまま》採り用ふること既に見識なきが如くなれども、其文を全く引用して、これは何の書によれりと明言し置かば固《もと》より何の罪も無き事な

四　「一谷陣屋の浄瑠璃に」とあって、この文に続く。「一谷陣屋の浄瑠璃」は、宝暦元年（一七五一）刊、並木宗輔等合作『一谷嫩軍記（いちのたにふたばぐんき）』を指す。

五　文化一三年（一八一六）刊、竹内玄玄一著。明治三三年（一九〇〇）に「俳諧文庫」（博文館）の一冊として活字化されているが、機一や子規は版本で読んだわけである。

るに、其文章の大方は採用しながら、処々の言語を書き替へたるが如きは、古文を剽窃《へうせつ》一して己れの文と偽り称するの嫌疑を免れず。著者の意必ず此《かく》の如くならざるべけれど、少くとも其不注意の罪は之を負はざるべからざるなり。猶此外《このほか》多少の瑕瑾二多かれども、一々之を指摘するも煩はしければ其評論は止《や》めつ。

獺祭書屋俳話　終

一 他の文章を自分のものとして発表すること。

二 欠点。誤り。

芭蕉雑談

○年齢

古今の歴史を観、世間の実際を察するに、人の名誉は多く其《その》年齢に比例せるが如し。蓋《けだ》し文学者、技術家に在りては殊に熟練を要する者なれば、黄口[一]の少年、青面[二]の書生には成《な》し難き筋もあるべく、或《あるい》は長寿の間には多数の結果（詩文又は美術品）を生じ得るが為に、漸次《ぜんじ》に世の賞賛を受くる事も多きことわりなるべく、はた年若き者は一般に世の軽蔑と嫉妬とによりて其生前には到底名を[三]成し難き所あるならんとぞ思はる。

我邦《わがくに》古来の文学者、美術家を見るに、名を一世に揚げ[四]、誉《ほまれ》を万歳《ばんぜい》に垂るゝ者多くは長寿の人なりけり。歌聖と称[五]せられたる柿本人麿の如き、其年齢を詳《つまびら》かにせずと雖《いへど》も、

一　幼い。
二　「青衿（せいきん）」（学生）に倣っての子規の造語か。未熟な。
三　業績をあげ、世間に知られにくい。
四　その時代で有名になり。
五　匹敵する者のいないすぐれた歌人。

数朝に歴仕せりといへば、長寿を保ちたる疑ひなし。其外《ほか》年齢の詳かなる者に就《つい》て見れば、

九十歳以上　土佐光信　俊成　北斎
八十歳以上　信《のぶ》実《ざね》[一]　鳥羽僧正　季吟　雪舟　肖柏
　宗長　宗鑑　元信　梅室　貞徳
　宗祇　也有　蒼虬　馬琴　定家
　兼《かね》良《よし》　蓼太　兆《てう》殿《でん》司《す》[二]
七十歳以上　紹巴　蘆庵　杏《きやう》坪《へい》[三]　宗因　野坡
　雅《まさ》望《もち》　秋成　常信　文晁　守武
　南海　光起　千代　景樹　一蝶
　真淵　鵬斎　探幽　巣《さう》林《りん》[四]　宣長
　千蔭　心敬　其磧
六十歳以上　一九　抱一　通《みち》村《むら》[五]　支考　蕪村
　美《よし》成《しげ》[六]　出雲　春《はる》海《み》　一茶　貞室
　貫之[七]　契冲　笛《てき》浦《ほ》[八]　許六　種彦
五十歳以上　半二　竹田　お通[九]　昭乗　其角

一　藤原信実。治承元年（一一七七）―文永二年（一二六五）（有吉保編『和歌文学辞典』〈桜楓社〉参照）。鎌倉時代の画師、歌人。『信実朝臣家集』。

二　明兆。字（あざな）は、吉山（きつざん）。文和元年（一三五二）―永享三年（一四三一）。室町時代前期の画僧。

三　頼杏平。宝暦六年（一七五六）―天保五年（一八三四）。江戸時代後期の儒学者。

四　近松門左衛門（承応二年〈一六五三〉―享保九年〈一七二四〉）の別号。

五　中院通村。天正一六年（一五八八）―承応二年（一六五三）。江戸時代前期の歌人。

六　山崎美成。寛政八年（一七九六）―安政三年（一八五六）。江戸時代後期の随筆家。

七　紀貫之。?―天慶八年（九四五）。七〇歳以上か。平安時代中期の歌人。

八　野田笛浦。寛政一一年（一七九九）―安政六年（一八五九）。江戸時代

凌岱　京伝　光《みつ》則《のり》　光琳　嵐雪
四十歳以上　大雅　白雄　山陽　西鶴　芭蕉
[一〇]浜《はま》臣《おみ》　崋山　三馬　李由　[一一]蘆雪
丈草　[一二]甚五郎
三十歳以上　浪化　[一三]重《しげ》恭《たか》
二十歳以上　[一四]実朝　[一五]保《やす》吉《よし》

尤《もつとも》有名なる者のみにて此《かく》の如し。外邦《とつくに》にても格別の差異あるまじ。崋山の如き、三馬の如き、丈草の如きは、世甚《はなは》だ稀なり。[一六]バーンスの如き、[一七]バイロンの如き、実朝の如きは、更に稀なりと謂《い》ふべし。是に由《より》て之を観れば、人生五十を超えずんば名を成す事難く、而《しか》して六十、七十に至れば名を成す事甚だ易《やす》きを知る。然《しか》れども千古の[一八]大名《だいみやう》を成す者を見るに、常に後世に在らずして上世にあり。蓋し人文未開の世に在て、特に一頭地を出《い》だす者は、

後期の儒学者。
九　小野お通。生没年未詳。『浄瑠璃御前物語』の作者と伝えられてきた。
一〇　清水浜臣。安永五年(一七七六)—文政七年(一八二四)。江戸時代後期の国学者。
一一　長沢蘆雪。宝暦四年(一七五四)—寛政一一年(一七九九)。江戸時代中期の画家。
一二　左甚五郎。文禄三年(一五九四)—慶安四年(一六五一)。江戸時代前期の名工。
一三　川崎重恭。寛政一〇年(一七九八)—天保三年(一八三二)。江戸時代後期の国学者。平田篤胤門。
一四　源実朝。建久三年(一一九二)—建保七年(一二一九)。享年数え年二八歳。鎌倉幕府三代将軍。歌人。家集『金槐和歌集』。
一五　生没年未詳。俳諧作者。白雄門。子規は通説である天明四年(一七八四)没、享年二五に従ったもの。

衆人の尊敬を受け易く、又千歳の古人は、時代といふ要素を得て、嫉妬を受くる事少きなめり。独り彼《か》の松尾芭蕉に至りては、今[一]より僅々二百[二]余年以前に生れて、其一門は六十余州に広まり、弟子数百人の多きに及べり。而して其齢《よはひ》を問へば則ち五十[三]有一のみ。

古来多数の崇拝者を得たる者は、宗教の開祖に如《し》くはなし。釈迦、耶蘇、マホメットは言ふを須《もち》ひず、達摩の如き、弘法の如き、日蓮の如き、其威[四]霊の灼[五]々たる実に驚くべきものあり。老子、孔子の所説は宗教に遠しと雖も、一たび死後の信仰を得て後は、宗教と同じ愛情を惹起せるを見る。然れども是れ皆世上[六]に起りたる者なり。日蓮の如き、紀[七]元後二千年に生れて、一宗を開く。其困難察すべし。況《いは》んや其後三百年を経て、宗教以外の一閑地に

一六 ロバート・バーンズ。一七五九―九六年。イギリスの詩人。

一七 ジョージ・ゴードン・バイロン。一七八八―一八二四年。イギリスの詩人。

一八 大きな名声。

一 明治二六年（一八九三）一一月一三日付「日本」発表。

二 寛永二一年（正保元年〈一六四四〉）生まれ。

三 元禄七年（一六九四）一〇月一二日没。享年数え年五一。

四 威光。

五 盛んなさま。

六 「上世」の誤り。「獺祭書屋俳話正誤」で訂正（本書二五六頁）。

七 承久四年（貞応元年〈一二二二〉）生まれ。皇紀一八八二年。子規の勘違いか。

立ち、以て多数の崇拝者を得たる芭蕉に於てをや。人皆芭蕉を呼んで翁となし、芭蕉を画くに白髪白鬚六、七十の相貌を以てして毫も怪まず。而して其年齢を問へば、則ち五十有一のみ。

○平民的文学

多数の信仰を得る者は必ず平民的のものならざるべからず。宗教は多く平民的の者にして、僧侶が布教するも説教するも、常に其目的を下等社会に置きたるを以て、仏教の如きは特に方便品[八]さへ設け、其隆盛を極めたるなり。芭蕉の俳諧に於ける勢力を見るに、宛然《えんぜん》[九]宗教家の宗教に於ける勢力と其趣《おもむき》を同じうせり。其多数の信仰者は、あながちに芭蕉の性行を知りてそを慕ふといふにあ

八　法華経において衆生を真の教えに導くために用いた便宜的な手段。
九　そっくりそのまま。

らず、芭蕉の俳句を誦してそを感ずといふにもあらず。唯《ただ》芭蕉といふ名の自《おのづか》ら尊とくもなつかしくも思はれて、かりそめの談話にも芭蕉と呼びすつる者はこれ無く、或は翁と呼び或は芭蕉翁と呼び或は芭蕉様と呼ぶこと、恰《あたか》も宗教信者の大師様[一]お祖師様[二]など丶称ふるに異ならず。甚だしきは神[三]とあがめて廟を建て、本尊と称して堂を立つること、是れ決して一文学者として芭蕉を観るに非《あら》ずして、一宗の開祖として芭蕉を敬ふ者なり。和歌に於ける人丸[四]を除きては外《ほか》に例のなき事にて、しかも堂宇[五]の盛《さかん》なる、芭蕉塚の夥《おびた》だしきは夐《はる》かに人丸の上に出でたり（菅原の道真の天神[六]として祭らる丶は、其《そ》の文学の力に非《あ》らずして、主として其の人の位地と境遇とに出でたるものなれば、人丸、芭蕉と同例に論ずべからず）。

一　弘法大師を尊敬しての称。
二　日蓮上人を尊敬しての称。
三　子規稿「芭蕉翁の一驚」（明治二六年〈一八九三〉一一月六日付「日本」発表）参照。
四　柿本人麻呂。歌聖。「和歌三神」（住吉明神・玉津島明神・柿本人麻呂）として尊崇された。柿本神社、人丸神社が存在する。
五　芭蕉堂。
六　菅原道真（承和一二年〈八四五〉―延喜三年〈九〇三〉）を祭神とした天満宮。北野天満宮、太宰府天満宮、湯島天神など。
七　北村透谷は「明治文学管見」（明治二六年〈一八九三〉「評論」誌上発表）の中で「平民は自由の意志（ウイル）に誘はれて、放縦なる文学を形成せり。爰に至り

されば芭蕉の大名を得たる所以《ゆゑん》の者は、主として俳諧の著作其物に非ずして、俳諧の性質が平民的なるによれり。平民的とは第一、俗語を嫌はざる事、第二、句の短簡なる事をいふなり。近時これに付するに平民文学[七]の称を以てするも亦《また》偶然に非ず。然れども、元禄時代（芭蕉時代）の俳諧は、決して天保以後の俳諧の如く平民的ならざりしは、多少の俳書を繙《ひもと》きたる者の尽《ことごと》く承認する所なり。元禄に於ける其角、嵐雪、去来等の俳句は、或は古事を引き、成語を用ゐ、或は文辞を婉曲ならしめ、格調を古雅ならしむる抔《など》、普通の学者と雖《いへど》も解すべからざる所あり、況んや眼に一丁字《いつていじ》[八]なき俗人輩に於《お》てをや。天保に於ける蒼虬[九]、梅室[一〇]、鳳朗《ほうらう》[一一]に至りては、一語の解せざる無く、句の注釈を要するなく、児童走卒[一二]と雖も好んで

て平民思想なるもの、始めて文学といふ明鏡の上に照り出づるものあり、これ日本文学史に特書すべき文学上の大革命なるべし」と。子規自身も「棒三昧」（明治二八年一一月二一日付「日本」）の中で「国民文学」とのかかわりでこの言葉に触れている。

八　全く文字が読めない。無学の。

九　「天保三大家」と称された。蒼虬、梅室句を集めての『雙玉類題集』（嘉永三年〈一八五〇〉刊）がある。また祖郷編『近世俳諧十家類題集』（弘化四年〈一八四七〉刊）の十家中に蒼虬、梅室、鳳朗が。

一〇　明和六年（一七六九）―嘉永五年（一八五二）。加賀金沢の人。後、京、大坂住。

一一　宝暦一二年（一七六二）―弘化二年（一八四五）。肥後熊本藩士。後、江戸住。

一二　はしりづかいをする下僕。

之《これ》を誦し、車夫馬丁[一]と雖も争ふて之を摸す。正に是れ俳諧が最《もつとも》平民的に流れたるの時にして、即ち最広く天下に行はれたるの時なり。此間に在て芭蕉は其《その》威霊を失はざるのみならず、却《かへつ》て名誉の高きこと前代よりも一層二層と歩を進め来り、其作る所の俳諧は完全無欠にして神聖犯すべからざる者となりしと同時に、芭蕉の俳諧は殆《ほとん》ど之《これ》を解する者なきに至れり。偶《たまたま》ゝ其意義を解する者あるも、之を批評する者は全く其跡を断ちたり。其様恰も宗教の信者が経文の意義を解せず、理不理[二]を窮《きは》めず、単に有難し勿体なしと思へるが如し。

○智識徳行

平民的の事業、必ずしも貴重ならず、多数の信仰、必

一 「車夫」は、人力車をひくことを職業とする者。「馬丁」は、馬子。「しやふべつたう」と、職業を蔑んでの呼称。

二 道理に合わないこと。

ずしも真成の価値を表する者に非ず、と雖も苟《いやしく》も万人の崇拝を受け、百[三]歳の名誉を残す所以《ゆゑん》の者を尋ぬれば、凡俗に異なり、尋常に超ゆるの技能無くんばあらざるなり。況んや多数の信仰は、あながちに匹夫匹婦[四]、愚痴《ぐち》蒙味（ママ）の群衆に非ずして、其間幾何《いくばく》の大人《たいじん》、君子を包含するをや。[五]顔子の徳、[六]子貢の智、[七]子路の勇、皆他人の企て及ばざる所なり。然れども三人を一門下に集めて、能《よ》く之を薫陶し、之を啓発し、之を叱咤し、綽々《しやくしやく》として余裕ある者は[八]孔仲尼《こうちゆうぢ》其人ならずや。蕉門に英俊の弟子多き、恰も十哲[九][一〇]七十二《しちじふに》子《し》の孔門に於けるが如し。其角、嵐雪の豪放、杉風、去来の老樸[一一]、許六、支考の剛愎[一二]、野坡、丈草の敏才、能く此等の異臭味を包含して、元禄俳諧の牛耳[一三]を執りたる者は、芭蕉が智徳兼備の一大偉人たるを証するに余あ

三　長い年月。
四　道理に暗い男女。身分の低い男女。
五　中国春秋時代の儒者。孔子の門弟。顔回。顔淵。
六　中国春秋時代の儒者。孔子の門弟。
七　中国春秋時代の儒者。孔子の門弟。
八　孔子。儒教の開祖。
九　孔門十哲。顔子、子貢、子路等、孔子の十人の高弟。
一〇　七十二弟子。顔子、子貢、子路を含めた孔子の秀れた弟子七二人。『史記』「仲尼弟子伝」参照。異同がある。
一一　老熟樸直（質朴で正直）の意の子規の造語か。
一二　頑固で人に従わないこと。
一三　中心人物となる。

り。

此《この》人々、固《もと》より無学無識の凡俗にあらねば、芭蕉の簀《さく》一を易《か》ふると同時に各《おのおの》旗幟《きし》二を樹て、門戸を張て、互に相下らざるの勢を成せり。其角は江戸座を創《はじ》め、嵐雪は雪中庵を起し、三支考は美濃派を開き、各ゝ之《これ》に応じて起る者亦少からず。其の他門流多からずと雖《いへど》も、暗に一地方に俳権を握る者、江戸に杉風、桃隣四あり、伊勢に涼菟、乙由五あり、上国《じやうこく》六に去来、丈草ありて、相頡頏《けつかう》七せり。後世に及びては門派の軋轢愈ゝ《いよいよ》甚だしく、甲派は乙派を罵り、丙流は丁流を排し、各《おのおの》自家の開祖を称揚し、他家の開祖を擠《おしおと》八し、以て自ら高うせんとのみ勉めたり。然れども其芭蕉を推して唯一の本尊と為すに至りては、衆口一声に出《い》づるが如く、浄土と法華九と互に仇敵視するに拘はら

一　易簀。学徳の高い人が死ぬこと。
二　はたじるし(主義)。
三　雪門として継承される。
四　?—享保四年(一七一九)。蕉門。芭蕉の縁者。伊賀上野の人。
五　延宝三年(一六七五)—元文四年(一七三九)。伊勢俳壇の中心人物。
六　都周辺。
七　拮抗に同じ。
八　おしのけること。
九　法然坊源空開基の浄土宗と日蓮開基の法華宗(日蓮宗)。

ず、猶《なほ》本尊釈迦牟尼仏の神聖は、毫も之を汚損せざるに異ならず。是れ、其徳の博きこと天日《てんじつ》の無偏無私なるが如く、其量の大なること大海の[一〇]能容能涵なるが如きによらずんばあらざるなり。

許六の剛慢不遜なる、[一一]同門の弟子を見ること猶三尺の児童の如し。然れども、蕉風の神髄は我之《これ》を得たりと誇《こ》言《げん》して、猶芭蕉に尊敬を表したり。支考の巧才衒智なる、書を著し説を述べ、以て能《よ》く[一二]堅白同異の弁を為し、以て能く博覧強記の能《のう》を示すに足る。然れども、其説く所、一言一句と雖も之を芭蕉の遺教に帰せざるはなし。甚だしきは芭蕉の教なりと称して[一三]幾多の文章を偽作し譏《そしり》を後世に取る事、甚だ[一四]譾陋《せんろう》の所為《しよゐ》たるを免れずと雖ども、飜つて其の裏面を見れば、尽く是れ芭蕉の学才と性行とに

一〇　よく受け入れるの意の子規の造語か。

一一　許六著『俳諧問答』「同門評判」の末尾において「此外の門人、野辺のかづら、林の木葉に等し。論ずるに詞もなし」と。自らは『歴代滑稽伝』「俳諧指南」において「哀なる所はあはれを述べ、さびしき所には淋しきを演べ、滑稽のおかしみ、面白み、此等(コレラ)を自由にするものは五老井(許六)一人也」と記す。

一二　中国戦国時代の公孫龍が説いた詭弁。詭弁をもてあそぶ論。

一三　例えば『二十五箇条』等。

一四　あさはかな。

対する名誉の表彰ならずんばあらず。

○悪　句

芭蕉の一大偉人なることは、右に述べたるが如き事実より推し測りても推し測り得べきものなれども、そは俳諧宗の開祖としての芭蕉にして、文学者としての芭蕉に非ず。文学者としての芭蕉を知らんと欲せば、其著作せる俳諧を取て之《これ》を吟味せざるべからず。然るに俳諧宗の信者は、句々神聖にして妄《みだ》りに思議[一]すべからずとなすを以て、終始一言一句[二]の悪口非難を発したる者あらざるなり。寺を建て、廟を興し、石碑を樹て、宴会を催し、連俳[三]を廻らし、運座[四]を興行すること、固より信者としては其宗旨に対して尽すべき相当の義務なるべし。されど文

一　考えをめぐらすこと。
二　一言半句の。ちょっとした。
三　俳諧(連句)を巻き。
四　句会を行う。子規句に〈あかつきや運座はじまる四畳半〉(明治二六年〈一八九三〉夏作)が。

学者としての義務は毫も之を尽さゞるなり。余輩[五]、固より芭蕉宗の信者にあらねば、其二百年忌[六]に逢ふたりとて嬉しくもあらず、悲しくもあらず、頭を痛ましむる事も無き代りには、懐《ふところ》[七]を煖める手段もつかず。只為《ただな》す事もなく机に向ひ楽書[八]などしゐる徒然《つれづれ》のいたづらに、つい思ひつきたる芭蕉の評論、知る人ぞ知らん、怒る人は怒るべし。

余は劈頭[九]に一断案を下さんとす。曰く芭蕉の俳句は過半悪句駄句を以て埋められ、上乗と称すべき者は其何十分の一たる少数に過ぎず。否僅かに可なる者を求むるも寥々《れうれう》[一〇]晨星《しんせい》[一一]の如しと。

芭蕉作る所の俳句一千余首[一二]にして、僅かに可なる者二百余首に過ぎずとせば、比例率は僅かに五分の一に当れ

五　自称。私（子規）。
六　明治二六年（一八九三）が芭蕉の二百年忌（子規稿「芭蕉翁の一驚」参照）。
七　利益を得る。
八　落書に同じ。いたずら書き。
九　最初。
一〇　数量の少ないこと。
一一　明け方の空にまばらに見える星。
一二　今日では、全部で九七六句から九八三句との説が。「首」は、句に同じ。

り。寥々晨星の如しといふ亦宜《またむべ》ならずや。然れども単に其句の数のみ検すれば、一人にして二百の多きに及ぶ者古来稀なる所にして、芭蕉亦一大文学者たるを失はず。其比例率の殊に少き所以《ゆゑん》の者は他に原因の在《あり》て存するなり。

芭蕉の文学は古《いにしへ》を摸倣せしにあらずして、自ら発明せしなり。貞門[一]檀林[二]の俳諧を改良せりと謂《い》はんよりは、寧《むし》ろ蕉風の俳諧を創開せりと謂ふの妥当なるを覚ゆるなり。而《しか》して其自流を開きたるは、僅かに歿時[三]を去る十年の前にして、詩想愈々神《しん》に入りたる者は三、四年の前なるべし。此《この》創業の人に向つて、僅々十年間に二百以上の好句を作出せよと望む、亦無理ならずや。

普通の文学者の著作が後世に伝はる者は、其著作の霊[四]

一　松永貞徳を祖とする「俳言」重視の俳諧流派。
二　西山宗因を中心とする自由奔放な作風の俳諧流派。談林。
三　一五〇頁注三参照。
四　すぐれた働き。
五　敬慕。うやまいしたうこと。

妙活動せる所あればなるべし。然るに芭蕉は其著作を信ぜらるゝよりは、寧ろ其性行を欣慕[五]せられしを以て、其著作といへば悪句駄句の差別なく尽《ことごと》く収拾して句集の紙数を増加する事となれり。甚だしきはあらぬ者[六]迄《まで》芭蕉の作として諸種の家集に採録したる者多し。此瓦石混淆[七]の集中より撰びし好句の数、五分の一に過ぎざるも亦無理ならぬ訳なり。

芭蕉の俳句尽く金科玉条なりと目せらるゝ中にも、一《ひと》際《きは》秀でたるが如く世に喧称《けんしよう》[八]せらるゝものは大略左の如し。

340 古池や蛙とびこむ水の音

341 道のべの木槿《むくげ》は馬にくはれけり

342 物いへば唇寒し秋の風

六　例えば、涼菟句〈野々宮の鳥井に蔦もなかりけり〉（『皮籠摺』所収）が、『記念題』（元禄一一年〈一六九八〉刊）では、すでに芭蕉句として掲載されている類（以後『類題芭蕉句集』等にまで踏襲される）。誤伝句、少なくない。ちなみに、この句、子規は『俳諧大要』において正しく涼菟句として扱っている。

七　他者の句、価値のない句がいりまじっていること。

八　大声で称えられる。

340　以下の芭蕉句、子規が直接初出の俳書に当っているものもあるし、あるいは『泊船集』『芭蕉句選』『俳諧一葉集』等に拠っている場合もある（二二三頁参照）。出典は省略に委ね、作成年次のみを記す。貞享三年（一六八六）作。四三歳。

341　貞享元年（一六八四）作。四一歳。

342　年次未詳（元禄五、六年作か）。

(343)あか〱と日はつれなくも秋の風
344 辛崎の松は花よりおぼろにて
345 春もや丶けしきと丶のふ月と梅
346 年《とし》々《どし》や猿に着せたる猿の面
347 風流のはじめや奥の田植歌
(348)白菊の目に立て丶見る塵もなし
(349)枯枝に烏のとまりけり秋のくれ
350 梅の木に猶やどり木や梅の花

此外にも多少人に称せられたる者なきにあらねど、俗[一]受けのする句のみを挙げたるなり。以上の句は其句の巧妙なるが為に世に知られたるよりは、多く「曰く付き」[二]なるを以て人口[三]に膾炙《くわいしや》せられたるなりとおぼし、彼れ[四]自

343 元禄二年(一六八九)作。四六歳。
337番の句と同一。
344 貞享二年(一六八五)作。四二歳。
345 元禄六年(一六九三)作。五〇歳。
346 元禄六年作。五〇歳。
347 元禄二年(一六八九)作。四六歳。
348 元禄七年(一六九四)作。五一歳。
216番の句と同一。
349 延宝八年(一六八〇)作。三七歳。
315番の句と同一。
350 貞享五年(一六八八)作。四五歳。

一 大衆に気に入られる。
二 特別の事情が付随していること。
三 世間の人々の話題に上る。
四 例の(俗宗匠輩)。

ら見識も無き、批評眼も無き、俗宗匠輩は、自己の標準なきを以て単に古人の所説にすがり、彼《かの》句は蕉翁自《みづか》ら誉めたる句なり、此句は門弟某、宗匠某の推奨したる所なりといへば、只其の句が自《おのづか》ら有難味を生じ来る者にて、扨《さて》こそ「曰く付き」の流行するに至りたるなれ。「曰く付き」の曰くとは即ち、

　古池の句はいふまでもなく蕉風の本尊とあがめられたる者にして、[五]芭蕉悟入の句とも称せられたり。後世にかくいふのみならず、[六]芭蕉自ら已《すで》に明言せるなり。

　木槿の句も稍ゝ《やや》古池同様に[七]並称せられ鳥の両翼、車の両輪に象《かたど》れり。

　唇寒しの句は座右の銘と題して端書に、

五　支考著『俳諧十論』に「幽玄の一句に自己の眼をひらきて、是より俳諧の一道はひろまりけるとぞ」と。下って小築庵春湖編『芭蕉翁古池真伝』(慶応四年〈一八六八〉刊)には「爰に俳諧の眼ひらきて、天地をうごかし、鬼神を感ぜしめぬべし」と。

六　文暁著『芭蕉翁反古文』(通称『花屋日記』文化七年〈一八一〇〉刊)に芭蕉の言葉「此句に我一風を興せしより初て辞世なり」が。

七　白雄著『誹諧寂栞』(文化九年〈一八一二〉刊)に「古池の句」と「木槿の句」を並べ「この二句は蕉門の奥儀也。つとめてしるべし」と。

　人[一]の短をいふ事なかれ　己が長を説く事なかれ

と記せり。世の諷誨《ふうかい》[二]に関するを以て名高し。

あか〳〵の句は芭蕉北国にての吟なり。始め[三]結句を「秋の山」として北枝に談ぜしに、北枝「秋の風」と改めたきよしいへり。而《しか》して恰《あたか》も芭蕉の意にかなへるなりと。此《この》「曰く」尤《もつとも》力あり。

辛崎の句は「にて留り」に付きて諸[四]門弟の議論ありしが為なり。

春もやゝの句は別段曰く無きか。

年々やの句、芭[五]蕉自ら仕《し》そこなへりといふ。却《かへつ》てそれが為に名高くなりしか。

風流の句は奥[六]州行脚の時、白河関にて咏ぜし者なり。

一　『文選』「銘類」中、崔瑗の「座右銘」の冒頭に拠る。

二　いさめおしえること。

三　このエピソードは、涼袋著『芭蕉翁頭陀物語』（寛延四年〈一七五一〉刊）に見える。

四　其角編著『雑談集』や去来著『去来抄』（安永四年〈一七七五〉刊）に見える。

五　許六稿「直指伝」（宝永三年〈一七〇六〉刊『本朝文選』所収）に見える。芭蕉は「まったく仕損じの句也」と言ったという。

六　『おくのほそ道』の旅。

風流行脚の序開き[七]の句なれば人に知られしならん。

白菊の句は、死去少し前に園女亭にて園女を賞《ほ》めたる句にして、

351 大井川浪に塵なし夏の月

といへる旧作と相侵す恐れあれば、大井川の句をや取り消さんかと自ら[八]言ひし事あり。

枯枝の句は、古池、木槿など丶共にもてはやされて、[九]蕉風の神髄、幽玄の極と称せられたり。はじめは、

352 枯枝に烏のとまりたりけり秋のくれ

とせしを後に改めしとかや。

梅の木の句は、[一〇]人の子息に逢ひて、そをほめたるなり。

七　発端。

351　元禄七年(一六九四)作。五一歳。〈清滝や浪にちりなき夏の月〉の句も伝わる。

八　文考著『笈日記』に「其句、園女が白菊の塵にまぎらはし。是もなき跡の妄執とおもへば、なしかへ侍るとて、清瀧や波にちり込青松葉　翁」と見える。

九　素丸著『説叢大全』(安永二年〈一七七三〉刊)に「余情に至りては、百年と(説)く共、尽すべからず」と。

352　子規の誤記。言水編『東日記』(延宝九年〈一六八一〉刊)には〈枯枝に烏のとまりたるや秋の暮〉の句形で。

一〇　荷兮編『あら野』に「網代民部の息に逢て」との前書。伊勢外宮の御師、国学者、談林俳諧師足代《あじろ》弘氏の息弘員、俳号雪堂を指す。

以上「曰く付き」の句は「曰く」こそあれ、余の意見は世上の人と甚だ異なれり。次に之《これ》を説かん。

○各句批評

(353)古池や蛙飛びこむ水の音

此《この》句は芭蕉深川の草庵に住みし時の吟なりとかや。『蛙合』[一]の巻首に出《い》で、『春の日』[二]集中にも載せられたり。天下の人、毫[三]も俳諧の何たるを知らざる者さへ、猶《なほ》古池の一句を誦せぬはなく、発句といへば立ちどころに古池を想ひ起すが如き、実に此一句程《ほど》最広く知られたる詩歌は他にあらざるべし。而《しか》して其句の意義を問へば、俳人は則ち曰く、「神秘あり口に言ひ難し」と、俗人は則ち

353 「蛙」は、春季。ただし子規は『俳諧大要』において「殆んど春季の感無し。さりとて夏季の感をも起さず。此句は只是れ雑の句と同一の感あるのみ」と。340番の句と同一。

一 仙化編。貞享三年(一六八六)刊。二十番の蛙の句合。衆議判。〈古池や〉句は、一番左。

二 正しくは『はるの日』。荷兮編。貞享三年刊。後、『俳諧七部集』(後代、『芭蕉七部集』の呼称が流布)の二番目の選集に。

三 寛政五年(一七九三)刊、紫暁編『も、ちどり』に「我祖芭蕉の翁古池の高吟より、正風の俳諧海内にわたりて、木を樵るをのこ、漁すをふ(う)なも五七五の文字を並べ、犬うつ童、羽根つく婦女も、翁と聞けば此叟とし れり」と。

曰く、「到頭解すべからず」と。而して近時西洋流の学者は則ち曰く、「古池波平《たひら》かに一蛙《いちあ》躍つて水に入るの音を聞く。句面一閑静の字を着けずして閑静の意言外に溢る。四隣闃寂《げきせき》として車馬の紛擾《ふんぜう》、人語屐声《げきせい》の喧囂《けんがう》に遠きを知るべし。是れ美辞学に所謂《いはゆる》[四]、筆を省きて感情を強くするの法に叶へり」と。果して神秘あるか、我之《これ》を知らず。果して解《かい》すべからざるか、我之を信ぜず。夫《そ》の西洋学者の言ふ所稍庶幾《ややちか》からんか。然《しか》れども未《いま》だ此句を尽さゞるなり。

　芭蕉独り深川の草庵に在り、静かに世上流行の俳諧を思ふ。連歌陳腐に属して、貞徳、俳諧を興《おこ》し、貞門亦陳腐に属して、檀林更に新意匠を加ふ。されど檀林も亦一[五]時の流行にして、終《つひ》に万世不易の者に非《あら》ず。是《ここ》に於てか

四　子規の『筆まかせ』第一編、明治二二年(一八八九)「古池の吟」の項に「此春スペンサーの文体論(フィロソフィー、オブ、スタイル)を読みし時minor im-ageを以て全体を現はす。即チ一部をあげて全体を現はし、あるはさみしくといはずして自らさみしき様に見せるのが尤詩文の妙所なりといふに至て覚えず机をうつて「古池や」の句の味を知りたるを喜べり」と。

五　芭蕉の「不易流行」論が意識されていよう。例えば土芳の『三冊子』に「師の風雅に万代不易あり、一時の変化あり。この二つに究り、その本一つなり」と。

俳運亦一変して、[一]長句法を用ゐ、漢語を雑《まじ》へ、漸《やうや》くにして貞門の洒落(地口)、檀林の滑稽(諧謔)を脱せり。我門弟等盛んに之を唱道し、我亦《また》時に[二]此流の俳句を為《な》すと雖も、奇に過ぐる者は再三再四するに及で忽《たちま》ち[三]厭倦《えんけん》を生ずるの習ひ、我亦此体を厭ふこと漸く甚しきに至りたり。さりとて檀林の俗に帰るべくもあらねば、況《ま》して貞門の[四]乳臭を学び、連歌の旧套を襲《つ》ぐべくも覚えず、何がな一体を創《はじ》めて我《わが》心を安うせんと思ふに、第一に彼《かの》[五]佶屈聱牙《がうが》なる漢語を減じて、成るべくやさしき[六]国語を用うべきなり。而して其国語は響き長くして、意味少き故《ゆゑ》に十七字中に十分我所思を現はさんとせば、為し得るだけ無用の言語と無用の事物とを省略せざるべからず。さて箇様《かやう》にして作り得る句は如何《いか》なるべきか、などつく〴〵思ひめ

一 破調、漢詩文調を用いての『みなしぐり』調を指している。
二 例えば、芭蕉自身の〈清く聞ン耳に香焼(イタ)て郭公〉(『みなしぐり』所収)のごとき句。
三 飽きていやになること。
四 未熟さ。具体的には言語遊戯。
五 調べが固く、字句が難解なこと。
六 和語。

ぐらせる程に、脳中濛々大霧の起りたらんが如き心地に、芭蕉は只惘然《ただまうぜん》[七]として坐りたるまゝ眠るにもあらず、覚むるにもあらず。[八]万籟寂として妄想全く断ゆる其瞬間、窓外の古池に躍蛙《やくあ》の音あり。自らつぶやくともなく、人の語るともなく「蛙飛びこむ水の音」といふ一句は芭蕉の耳に響きたり。芭蕉は始めて夢の醒めたるが如く、暫らく考へに傾けし首をもたげ上る時、覚えず破顔微笑を漏らしぬ。

以上は[九]我《わが》臆測する所なるを以て、実際は此《かく》の如くならざりしやも計り難けれども、芭蕉の思想が変遷せる順序は此外《ほか》に出でずと思はる。其蕉風(俗に正風といふ)を起せしは、実に此時に在りしなり。或《あるい》は云ふ、[一〇]此句は芭蕉が禅学の上に工夫を開き、大悟徹底せし時の作なりと。

七　ぼんやりしているさま。

八　風の音。

九　子規自ら。

一〇　蓼太編『俳諧無門関』(宝暦一二年〈一七六二〉刊)に「是はこれ祖翁仏頂和尚の禅に参得して、領悟の時の一句也」と。

其《その》事甚だ疑ふべしと雖も、此《この》説を為す所以《ゆゑん》の者、亦偶然に非ず。蓋《けだ》し其俳諧の上に於て始めて眼を開きたるは、禅学の上に眼を開きたると其趣《おもむき》相似たり。[一]参禅は諸縁を放捨し、万事を休息し、善悪を思はず、是非に管《くわん》する莫《な》く、心、意識の運転を停め、[二]念想観の測量を止《や》めて、作仏を図ること莫《なか》れとあり。蕉風の俳諧も亦此意に外ならず、妄想を絶ち、名利を斥け、可否に関せず、巧拙を顧みず、心を虚にし、懐《おもひ》を平《たひらか》にし、佳句を得んと執着すること無くして、始めて佳句を得べし。古池の一句は此《かく》の如くして得たる第一句にして、恰も参禅、日あり一朝頓悟せし者と其間髪を容れざるなり。而《しか》して彼の[三]雀はちう／＼、鴉はかあ／＼、柳は緑、花は紅といふもの禅家の真理にして却《かへつ》て蕉風の骨髄なり。古池の句は実に其

一　道元禅師の『普勧坐禅儀』に「夫れ参禅は、静室宜しく飲湌（おんさん）節あり。乃ち諸縁を放捨し、万事を休息し、善悪を思はず、是非を管すること莫れ。心意識の運転を停め、念想観の測量を止めよ」（原漢文）とあるに拠っている。

二　「念」は情念すること、「想」は表象知覚すること、「観」は観察思惟すること。

三　夏目漱石著『虞美人草』（明治四〇年〈一九〇七〉発表）の中にも「禅家では柳は緑花は紅と云ふ。あるひは雀はちゆ／＼で烏はかあ／＼とも云ふ」と見える。『禅林句集』に「柳緑花紅」。

ありの儘《まま》を詠ぜり、否ありのまゝが句となりたるならん。

眼に由りて観来る者は常に複雑に、耳に由りて聞き得る者は多く簡単なり。古池の句は単に聴官より感じ来れる知覚神経の報告に過ぎずして、其間毫も自家の主観的思想、形体的運動を雑《まじ》へざるのみならず、而《しか》も此知覚の作用は一瞬時、一刹那に止まりしを以て、此句は殆んど空間の延長をも、時間の継続をも有せざるなり。是れ此句の最簡単なる所以にして、却て模倣し難き所以なり。

或は云ふ、芭蕉已《すで》に「蛙飛び込む水の音」の句を得て初五文字を得ず、之を其角に謀る。其角[四]「「山吹や」と置くべし」といふ。芭蕉従はず、終に「古池や」と冠《かむり》せりと。何ぞや。芭蕉の意は下二句にて已《すで》に尽せり、而して更に山吹を以て之《これ》に加ふるは、巧を求め、実を枉《ま》げ、蛇

四　このエピソード、支考著『葛の松原』中に見える。

足を画き、鳧脚《ふきやく》[一]を長くすると一般、終に自然に非ず。其「古池や」といへる者は特に下二句の為に場所を指定せる者のみ。

此《この》句の来歴は兎も角も、此句の価値に就きては世人の常に明言を難[二]んずる所なり。俳諧宗の信者は一般に神聖なりとし、其他は解すべからずとするを以て、其《その》価値に及ぶ者なし。余は断じて曰く、此句善悪の外に独立し、是非の間を離れたるを以て、善悪の標準にあてはめ難き者なり。故に此句を以て無類最上の句となす人あるも、余固《もと》より之を咎めず、はた此句を以て平々淡々香も無き臭も無き尋常の一句となす人あるも、亦之を怪まざるなり。此両説、反対せるが如くにして、其実反対せるに非ず。善にも非《あ》らず、悪にも非ざる者は、則ち此二説の外

一 『荘子』(外篇)「駢母篇第八」に「鳧脛雖㆑短。続㆑之則憂」(鳧《かも》の脛は短しと雖も、之を続《つ》げば則ち憂う」とある。

二 難渋する。

に出でざるなり。要するに此句は俳諧の歴史上最必要なる者に相違なけれども、文学上にはそれ程の必要を見ざるなり。[三]見よ、芭蕉集中此の如く善悪巧拙を離れたる句、他にこれありや。余は一句もこれ無きを信ずるなり。蓋《けだし》芭蕉の蕉風に悟入したるは此句なれども、文学なる者は常に此《かく》の如き平淡なる者のみを許さずして、多少の工夫と施彩とを要するなり。されば後年[四]虚々実々の説起りたるも、亦た故なきに非らず。

(354)道のべの木槿は馬にくはれけり

[五]一説にいふ、[六]槿花一朝栄といふ古語にすがりて、其はかなき花の終りさへ待ちあへで馬にくはれたるはかなさを言ひ出でたるなりと(昔は槿花を以て木槿と思へりし

三　子規のこの姿勢に対して「帝国文学」第五(明治二八年〈一八九五〉五月発行)の「雑報」担当子は「其古池の句をも駄句中に数ふるの勇無かりしは独り惜む可き也」と。

四　ここでは、様々な説の意。

354　「木槿」は秋季。洞斎著『改正月令博物筌』に「今、俳諧者流、槿をあさがほと混ぜり」と。嘯山編著『俳諧古選』は、上五文字「道ばたの」の句形。341番の句と同一。

五　例えば、梅丸著『茜掘』(天明二年〈一七八二〉刊)に見える。

六　白居易「放言」に「松樹千年終是朽。槿花一日自為レ栄」(松樹は千年なるも終いに是れ朽ち　槿花は一日なるも自ずから栄と為す)と。

なり)。

又[一]一説あり、此句は出る杭は打たるゝといふ俗諺の意にて、木槿の花も路の辺に枝つき出して咲けば馬にも喰はるゝ事よ、と人を誡めたるなりと。

又[二]一説に、此句他の深意あるにあらず、只其語路の善き為に伝称せらるゝものなりと。

ある[三]書に、門人ども木槿の語は動く恐れありとて種々に評議し、穂麦など改め見たれども、いづれも善からず、終にもとの木槿に治定したり云々。

『寂[四]栞』には、古池と此句とを並べて「此二句は蕉門の奥儀なり、つとめて知るべし」といへり。

何[五]丸の著せる『蕉[六]翁句解大成』にいふ「馬の草を喰ふとはもとよりにして、是や詩歌の趣なるべきを、木槿を

一　杉雨著『はせを発句評林』(宝暦八年〈一七五八〉刊)に見える。

二　嘯山編著『俳諧古選』に「体如《ニシテ》二行雲《ノ》一興象玲瓏事々無《シ》レ所レ不《ル》レ有《ラ》」(体、行雲の如くにして、興象玲瓏として事々有らざる所なし)と。この説をいうか。

三　梅丸著『茜堀』(天明二年〈一七八二〉刊)に見える。

四　『誹諧寂栞』。白雄著。文化九年(一八一二)刊。

五　宝暦一一年(一七六一)―天保八年(一八三七)。闌更門。信濃吉田北本町の人。何丸翁顕彰保存会編『月院社何丸翁の俤』(平成四年〈一九九二〉刊)参照。

六　初刷本は、文政九年(一八二六)刊『芭蕉翁句解参考』。文政一〇年刊の後刷本に『芭蕉翁句解大成』の題簽。明治二六年(一八九三)、『芭蕉翁句解大全』(松室八千三編)として活字化。

くふとは独り祖翁の始めて見出されたる俳諧のおかしみなれば、誠に間然すまじき眼前体なり」云々。

以上諸説あれども、いづれも皆此句を称揚するに至りては毫も其異あるを見ず。余も今日より芭蕉が如何なる意にて作りしかを推測する能《あた》はざれば、只其句の表面より之《これ》を評せんに、

句調善しといふ説は薄弱なり。『寂栞』は明言せざれば、評するに由なし。木槿の語動かずと云ふ説と、『句[七]解大成』の説と亦薄弱なり。木槿を穂麦に改めたりとて何の不都合かあらん。蓋し此句は何か文学外の意味ある者にて、第一説、第二説の中いづれかなるべし。若《も》し之を普通の句なりとせんには、

七　『芭蕉翁句解大成』(『芭蕉翁句解参考』のこと。以下同じ)。

355 道のべに馬の喰ひ折る木槿かな
356 道のべや木槿喰ひ折る小荷駄馬

等の句法を用ゐざるべからず。然《しか》るにさはなくて故《ことさ》らに「木槿は」といひ「喰はれ」と受動詞を用ゐたる処は、重きを木槿に置きて、多少の理屈を示したる者と見るべし。されば第二説の人を諷誡[一]せりとの意或《あるい》は当らんか。而《しか》して此意を現はすに路傍の木槿を以てする者は、拙の又拙なる者なり。此勃窣《ぼつそつ》[二]的の句が何故に人口に膾炙せしかは殆《ほと》んど解すべからずといへども、我《わが》考にては、教訓の詩歌は文学者以外の俗人間《かん》に伝播して過分の称賛を受くる事間々これ有る習ひなれば、此句も其種類なるべしと思はる。且《か》つ譬喩の俳句を以て教訓に応用したるは、

355 子規の試作。
356 子規の試作。

一 それとなく戒めている。
二 本来の意味は、穴の中から出ること。ここでは意味がはっきりしない、鮮明でないの意か。

恐らく此句が嚆矢なるべければ、一層伝称せられし者ならん。要するに此句は文学上最下等に位する者なり。

(357)物 い へ ば 唇 寒 し 秋 の 風

此句の人に知らるゝは、教訓的のものなればなり。教訓的のものなれば道徳上の名句には相違なけれども、文学上にては左様の名句とも思はれず。併《しか》しながら、俳句に教訓の意を含めてこれ程に安らけくいひおほせたるは遉《さすが》に芭蕉の腕前なり。木槿の句と同日の談に非ず。

(358)あかくと日はつれなくも秋の風

『句解大成』に云ふ「暮秋の風姿言外にありて、祖翁生涯二三章の秀逸と『袖日記』にも見えたり云々」

三 最初。

357 「俳句分類」では、この句を『芭蕉庵小文庫』より採取。巻軸の句。342番の句と同一。

358 「俳句分類」では、この句を『おくのほそ道』、および天明三年(一七八三)刊、周徳編『ゆきまるけ』より採取。337、343番の句と同一。

四 以下の記述の初出は『芭蕉翁句解大成』ではなく、宝暦九年(一七五九)刊、蓼太著『芭蕉句解』。

五 この書が何を指しているか不詳。野坡俳論『袖日記』(元禄一五年〈一七〇二〉成)には、この記述は見えない。梅丸著『茜堀』に嵐雪の言葉として「先師に生涯二三章の秀逸なり」が。

又同書に云ふ「つぶね[一]云古歌[二]に、

　須磨は暮れ明石の方はあか〱と
　　日はつれなくも秋風ぞ吹く

是等の俤《おもかげ》にもあるべし」云々。

已《すで》に此《この》歌あれば芭蕉は之を剽竊しる《(た)》るに過ぎずして、此句は一文[三]の価値をも有せざること勿論なり。然れども、仮りに此歌無きものと見做《みな》し、此句は全く芭蕉の創意に出でたりとするも、猶平々凡々の一句たるに過ぎず。即ち「つれなくも」の一語は無用にして此句のたるみ[四]なり。むしろ、

359 あか〱と日の入る山の秋の風

一 下男。
二 この「古歌」の出典不詳。
三 通貨の最下位の単位。ほんのわずかの。
四 子規の俳論用語。『俳諧大要』に詳説。「たるむとは一句の聞え自ら緩みてしまらぬ心地するを云ふ」と。
359 子規の試作。

とする方或は可ならんか。兎に角に此句を称して芭蕉集中二三章の秀逸となす事、返す〳〵も不埒なる言ひ分なりけらし。

(360)辛崎の松は花より朧にて

にて留り珍らしければ、諸書に此句を引用したり。『去来抄』[五]に此句を論じて曰く「或人にて留りの難あらんやと云。其角答曰、にては哉に通ふ故、哉留の発句ににて留の第三を嫌ふ。哉といへば句切迫れば、にてとは侍《は》べるとなり。(略)先師重て曰、其角、去来が弁皆理窟なり。我はたゞ花より松の朧にて面白かりしのみなりと」。

芭蕉は法度[六]の外に出で、自在に変化するを好みしかば、

360　「俳句分類」は、この句を『甲子吟行』(『野ざらし紀行』)、『雑談集』より採取。344番の句と同一。

五　子規は、安永四年(一七七五)刊の版本に拠っている。

六　この場合、規則。

此句も「朧にて」と口に浮びしまゝ改めざりしものにして、深意あるに非ず。何故に「にて」と浮びしやといふに、『句解大成』[一]に「後鳥羽院[二]の御製に、

から崎の松の緑も朧にて
　花よりつゞく春の曙

此歌の俤によれるにや」云々とあり。此歌の句調は芭蕉の口に馴れて、覚えず斯《か》くは言ひ出だせしものならん。さすれば、此句は此歌を翻案せしものなれども、翻案の拙なるは却《かへつ》て窃剽《(ママ)》より甚だしき者あり。況《ま》して古歌なしとするも、此句の拙は奈何《いかん》ともし難《がた》きをや。是等の句は芭蕉の為に抹殺し去るを可とす。

一　架蔵本はこの記述を欠くが、明治二六年(一八九三)三月刊、松室八千三編、何丸著『芭蕉翁句解大全』(『芭蕉翁句解大成』の改題本)の「追考」の条には「下総の秋陽といふ門人云、或人の説に後鳥羽院の御製に、からさきの松のみどりもおぼろにて花よりつゞく春のあけぼの、此歌の俤によれるにやと物語るついでに、おかしければ爰に出す」と見える。この記述のある版本があるか。

二　後鳥羽院の御製にはなく、他にも伝存しない。

(361)春もやゝけしきとゝのふ月と梅

聞こえたる迄にて、何の訳も無き事ながら、中七字はいかにも蛇足の感あり。

362 三日月は梅にをかしきひづみかな　不角[三]
363 きさらぎや二十四日の月の梅　荷兮[四]
364 梅咲て十日に足らぬ月夜かな　暁台

など如何様《いかやう》にも言ひ得《う》べきを、「けしきとゝのふ」とは余りに拙きわざなり。されどこうやうの言ひぶりも当時に在りては珍らかにをかしかりぬべきを、後世点取[五]となんいふ宗匠にとかう言ひ古るされて、今は聞くもいまは

361 「俳句分類」は、『続猿蓑』より採取。345番の句と同一。

362 貞享五年（一六八八）刊、不卜編『続の原』所収句。

三 寛文二年（一六六二）―宝暦三年（一七五三）。不卜門。江戸の書肆。

363 『あら野』所収句。

四 慶安元年（一六四八）―享保元年（一七一六）。尾張名古屋の人。蕉門。『冬の日』『はるの日』『あら野』の撰者。

364 明和八年（一七七一）刊、都貢編『縦のならび』所収句。

五 「点取となんいふ宗匠」は、点料によって生活した業俳である月並宗匠。例えば、老鼠堂永機著『俳諧自在』（明治三二年〈一八九九〉八月刊、博文館）に艶女の〈初ぞらやけしきとゝのふ海と山〉の句が見えるように「けしきとゝのふ」なる措辞が、一時流行したのであろう。

しき程になりぬるもよしなしや。

(365)年々《としどし》や猿に着せたる猿の面

『句解大成』に曰く「一古注に云、此句、表に季とする処見えずと門人の問ひければ、年々の詞、年のはじめにはあらずやと」云々。

二一書に云、「此句仕損じの句なりと。許六問、師の上にも仕損じありや。翁答て云、毎句有《あり》。仕損じたらむに何くるしみかあらむ。下手は仕損じを得せずと」云々。

一偉人の言ひたる理窟は、平凡なるものさへ伝称せらるること例多し。此句も亦《また》其類ならんかし。文学として何等の趣味も無きものを。

365 「俳句分類」は、『芭蕉庵小文庫』『泊船集』より採取。346番の句と同一。

一 寛政一二年(一八〇〇)刊、杜哉等著『芭蕉翁発句集蒙引』に「去来問、この句いづれの所か歳旦と聞侍らんや。翁答て曰、としぐ\とハいかに聞しぞと」と。『旅寝論』に拠ったもの。

二 『本朝文選』(『風俗文選』)所収の許六稿「直指ノ伝」を指す。

(366)風流のはじめや奥の田植歌[三]

別に難ずべき句にもあらねど、さりとて面白き節《ふし》も見えず。風流の初とは、暴露に過ぎたらんか。

(367)白菊の目に立てゝ見る塵もなし

『句解大成』に曰く「愚考、西上人、[四]

曇りなき鏡の上にゐる塵の[五]
　目に立て見る世と思はゞや

此歌の反転なるべきにや」。

出所あるはむしろよけれど、白菊の只白《ただ》しとは言はで、消極的に「塵もなし」と言ひたるは、理窟に落ちていと

366　「俳句分類」は、『おくのほそ道』『ゆきまるけ』より採取。347番の句と同一。

三　元文五年(一七四〇)刊、黒露編『すずり沢』に「折からの田哥もかの風流の初めなるべし。すべて奥のならはしとて男のみ早苗とるわざはすなるもおかし」と。

367　「俳句分類」は、『笈日記』『芭蕉翁反古文』(通称『花屋日記』)より採取。〈白菊やめにたてゝみる塵もなし〉の句形も(元禄八年(一六九五)刊、睡闇編『やはぎ堤』)。元禄七年九月二七日の作。216、348番の句と同一。

四　西行。

五　『御裳濯河歌合』『山家集』所収歌であるが「ゐる塵を」の歌形。何丸の記憶違いか。

つたなし。芭蕉は総て理窟的に作為する癖ありて、為に殺風景の句を見る事屡〻《しばしば》なり。

(368)梅の木に猶やどり木や梅の花

白菊の句と同じく、理窟に落ちて趣味少し。

(369)枯枝に烏のとまりけり秋のくれ

此句を以て幽玄の極意、蕉風の神髄と為す事心得ぬ事なり。[一]暮秋凄涼の光景写し得て真ならずといふに非《あら》ず。一句の言ひ廻し、あながちに悪《あ》しとにもあらねど[二]「枯木寒鴉」の四字は漢学者流の熟語にて、耳に口に馴れたるを其《その》まゝ訳して、枯枝に烏とまるとは、芭蕉ならでも能《よ》く言ひ得べく、今更に珍らしからぬ心地すなり。但し芭

368 「俳句分類」は、『笈の小文』より採取。「網代民部雪堂会」の前書。談林俳人足代民部弘氏の息弘員(俳号雪堂)への挨拶句。許六著『歴代滑稽伝』に「伊勢足代民部弘氏は神職なり。談林の時上手の名あり」の記述が見える。350番の句と同一。

369 「俳句分類」は、『あら野』『類題発句集』より採取。315、349番の句と同一。

一 『芭蕉翁発句集蒙引』に「寂しみ絶勝の句なり」と。

二 夏目漱石の『吾輩は猫である』に迷亭の言で「画をかくなら何でも自然其物を写せ。(中略)枯木に寒鴉あり。自然は是一幅の大活画なり」と。画題。子規句に〈枯枝に烏なじむや春の雨〉(明治二五年〈一八九二〉作)、〈行く秋の烏も飛んでしまひけり〉(明治二八年作)の芭蕉句を意識しての滑稽句。

蕉の時に在て、此熟語、此光景は詩文に画図《ぐわと》に未だ普通ならざりしものとすれば、更に此句は価値を増して数等の上級に上らん。

以上は広く世に聞こえたる句の中にて、卑見を付したるなり。さまでに名高からぬ句を取て之を評せんには、三芭蕉家集は殆んど駄句の掃溜にやと思はるゝ程ならんかし。たとへば、

370 二日にもぬかりはせじな花の春
371 叡慮四にて賑ふ春の庭竈五
372 人も見ぬ春や鏡の裏の梅
373 一とせに一度つまるゝ薺《なづな》かな
374 六景清《かげきよ》も花見の座には七兵衛《しちびやうゑ》

三 子規披見の『泊船集』『芭蕉句選』等を念頭においているか。
370 貞享五年(一六八八)作。四五歳。
371 貞享五年作。四五歳。
四 天子のお考え。
五 奈良地方の風習で、正月三ヶ日、土間にかまどを築いて家中の者が集まり、餅や酒を飲食した。
372 元禄五年(一六九二)作。四九歳。
373 元禄七年(一六九四)作。五一歳。
374 貞享五年(一六八八)作。四五歳。
六 平安時代末期の平家方の侍大将。悪七兵衛景清。

375 暫らくは瀧にこもるや夏《げ》[一]の始《はじめ》
376 おのが火を木々の螢や花の宿
377 世の人の見つけぬ花や軒の栗
378 五月雨にかくれぬものや瀬[二]多の橋
379 五月雨の降り残してや光[三]堂
380 目[四]にかゝる時や[五]ことさら五月《さつき》不二
(381)文月や六日も常の夜には似ず
382 朝顔に我はめし食ふ男かな

の如き類ひ、枚挙に遑《いとま》あらず。拙とやいはん、無風流とやいはん。芭蕉にして此等の句を作りしかと思ふだに、受け取り難き程なり。

375 元禄二年(一六八九)作。四六歳。
一 陰暦四月一六日より三ヶ月間の夏安居。
376 元禄三年(一六九〇)作。四七歳。
377 元禄二年(一六八九)作。四六歳。
378 貞享五年(一六八八)作。四五歳。
二 大津瀬田川にかかる瀬田橋。瀬田の唐橋。
379 元禄二年(一六八九)作。四六歳。
三 中尊寺の阿弥陀堂(金色堂)。
380 元禄七年(一六九四)作。五一歳。
四 見たいと思っていた時。
五 特に嬉しい。
381 元禄二年(一六八九)作。四六歳。336番の句と同一。
382 天和二年(一六八二)作。三九歳。「和《ス》二角《ガ》蓼螢《ノ》句一」の前書。其角句〈草の戸に我は蓼くふほたる哉〉(『みなしぐり』)に和したもの。

○佳句

さらば芭蕉は俳諧歴史上の豪傑にして、俳諧文学上には何等の価値も無き人なるかといふに、決して然《しか》らず。余は千歳の名誉を荷はしむべき一点の、実に芭蕉集中に存するを認む。而《しか》して其句は僅々数首に過ぎざるなり。知らず、何等の種類ぞ。

美術文学中、尤《もつとも》高尚なる種類に属して、しかも日本文学中尤之《これ》を欠ぐ《（ママ）》者は、雄渾《し》豪壮といふ一要素なりとす。和歌にては『万葉集』以前多少の雄壮なる者なきにあらねど、『古今集』以後（実朝一人を除きては）毫も之を見る事を得ず。真淵出でゝ後稍《やや》万葉風を摸擬せりと雖も、近世に下るに従つて繊巧細膩《さいぢ》なるかたにのみ流れ、

六　韜晦的表現と見るべきであろう。
七　力強くよどみなく、勢いが強いこと。以下の「豪宕雄壮」「雄健放大」も同様の美的表現。
八　子規は「歌よみに与ふる書」において実朝を高く評価するが、その萌芽がここに見える。一四九頁注一四参照。
九　賀茂真淵。元禄一〇年（一六九七）―明和六年（一七六九）。芭蕉没後の歌人、国学者。遠江の人。門人に本居宣長。
一〇　こまやかでたくみ、かつなめらかなこと。

[一]豪宕《がうたう》雄壮なる者に至りては、[二]夢寐《むび》だに之を思はざるが如し。和歌者流既に然り。更に[三]無学なる俳諧者流の為す所、思ふべきのみ。而して松尾芭蕉は独り此間に在《あり》て豪壮の気を蔵《こ》め、雄渾の筆を揮《ふる》ひ、天地の大観を[四]賦し、山水の[五]勝概を叙し、以て一世を驚かしたり。

芭蕉以前の十七字詩（連歌、貞門、檀林）は、陳套に属し、卑俗に堕ち、諧謔に失して、文学と称すべき価値なく、芭蕉以前の漢詩は文辞の間、[六]和習の厭ふべきあるのみならず、其観念も亦《また》実に幼稚にして見るに堪へず。芭蕉以前の和歌は、縁語を尊び、譬喩を重んじて、陳腐と[七]陋俗《ろうぞく》との極に達し、而して真淵の古調は未だ其萌芽をも見《あら》はすに及ばざりしなり。然らば即ち芭蕉の勃興して貞享元禄の間に一旗幟を樹てたるは、独り俳諧の面目を一

一　豪放で元気のよいこと。
二　夢にも。
三　月並俳人たちを指している。
四　作品化する。俳句とする。
五　すぐれた景色。
六　日本的な習癖。
七　野卑通俗。

新したるに止《とど》まらずして、実に万葉以後、日本韻文学の面目を一新したるなり。況《いは》んや雄健放大[八]の処に至りては、芭蕉以前絶えて之《こ》れ無きのみならず、芭蕉以後にも亦絶えて之れ無きをや。

○雄壮なる句

其雄壮豪宕なる句を示せば、

383 夏草やつはものどもの夢のあと

こは奥州高館《たかだち》[九]にて懐古の作なり。無造作に詠み出《い》だせる一句十七字の中に、千古の興亡を説き、人世の栄枯を示し、俯仰感慨に堪へざる者あり。世人或《あるい》は此句を以て平淡と為《な》さん。其平淡と見ゆる所、即ち此句の大なる所

八　力強くのびやかなこと。

383　元禄二年(一六八九)作。四六歳。『泊船集』等、この句形。『おくのほそ道』『猿蓑』等、中七文字「兵共が」。

九　奥州平泉にあった衣川館。

にして、人工をはなれ自然に近きが為《ため》のみ。

384 五月雨を集めて早し最上川

『句解大成』に曰く「愚考、兼好法師[一]、

最上川[二]はやくぞまさる雨雲の
のぼれば下る五月雨の頃

の意を取給ふなり」云々。此歌より換骨奪胎して「集めて早し」と言ひこなしたる[三]、巧を弄して却て繊柔[四]に落ちず、只雨余の大河滔々として、岩をも砕き山をも劈《さ》かんずる勢を成すを見るのみ。兼好の作亦此《この》一句に及ばず。況んや凡俗の俳家者流、豈《あ》に指[五]をこゝに染《そ》むるを容《ゆる》さんや。

384 元禄二年(一六八九)作。四六歳。後年(明治三四年〈一九〇一〉)、子規は『仰臥漫録』中に「此句、俳句ヲ知ラヌ内ヨリ大キナ盛ンナ句ノヤウニ思フタノデ、今日迄古今有数ノ句トバカリ信ジテ居タ。今日フト此句ヲ思ヒ出シテツクヾヽト考ヘテ見ルト「アツメテ」トイフ語ハタクミガアツテ甚ダ面白クナイ」と記す。

一 吉田兼好。鎌倉時代後期から南北朝時代の歌人。随筆に『徒然草』。

二 『兼好自撰家集』所収歌。

三 言葉巧みに表現する。

四 こまやかで弱々しいこと。

五 挑戦すること。作句し始めること。

385 あら海や佐渡に横たふ天の川

越後の出雲崎より佐渡を見渡したる景色なり。此句を取て一誦すれば[六]波濤澎湃《はうはい》、天水際涯なく、唯一孤島の其間を点綴《てんてい》せる光景眼前に彷彿たるを見る。[七]這般《しやはん》の大観、銀河を以てこれに配するに非《あらざ》るよりは焉《いづく》んぞ能《よ》く実際を写し得んや。[八]「天門中断楚江開」の詩は、此句の経《たていと》にして、[九]「飛流直下三千尺」の詩は、此句の緯《よこいと》なり。思ふてこゝに到れば、誰れか芭蕉の大手腕に驚かざるものぞ。

ある人曰く、「「横たふ」とは、[一〇]語格叶はず如何《いかん》」。対《こた》へて曰く、「語格の違ひたるは好むべからず。然れども、韻文は散文に比して[一一]稍《やや》寛仮すべし。(第一)語格相違の為に意義の不明瞭を来さゞる者は寛仮すべし。(第二)芭蕉

385 元禄二年(一六八九)作。四六歳。

六 大波が激しく逆巻くこと。

七 これらの。

八 李白「望天門山」の一節(『唐詩選』)。「天門中断えて楚江開く」。

九 李白「望廬山瀑布」の一節(『李白詩選』)。

一〇 本来は他動詞。横にする、の意。漢文訓読の過程で自動詞として用いられるようになった。

一一 大目に見てゆるすこと。

の句中、此の外にも、

386 一声の江に横たふや時鳥

と云ふ者あるを見れば、当時或は此語格を許せしかも知れず。よしさなくとも後世これに摸倣する者さへあるに、芭蕉は我より古を成せし[一]ものとしてもよかるべし。（第三）兎に角此一語を以てあたら此全句を棄つるは余の忍びざる所なり。[二]二卵を以て干城の将を棄つと何ぞ択《えら》ばん」。

387 五月雨の雲吹き落せ大井川

連日の雨にさすがの大井河水《み》嵩《かさ》増して両岸を浸したるさま、たう〳〵と物凄き瀬の音耳にひゞくやうなり。

386 元禄六年(一六九三)作。五〇歳。〈郭公《ほととぎす》声横たふや水の上〉の句形に定まる。子規は、版本『笈日記』『俳諧問答』『旅寝論』等に拠ったものであろう。

一 自らが規範となること。

二 わずかな過ちを問題とし、すぐれたものを用いないこと。「干城」は、楯と城。中国の故事(『孔叢子』―居衛)。

387 元禄七年(一六九四)作。五一歳。

388 元禄四年(一六九一)作。四八歳。224番の句と同一。

三 幹の長く伸びた竹。

四 一つの。

(388)郭公《ほととぎす》大竹原を漏る月夜

千竿の修竹[三]、微風遠く度《わた》りて、一痕[四]の新月、静かに青光を砕く。独り満地の涼影を踏んで吟歩する時、杜宇《ほととぎす》[五]一声二声、何処《いづこ》の山上よりか啼き過ぎて、雲外蹤《あと》を留めず。初夏清涼の意、肌を襲ひ骨に徹するを覚ゆ。山を着[六]けず、水を着けず、一個の竹篁《ちくくわう》を仮り来つて却て天地の廖廓[七]なるを見る、妙手々々。

389 かけ橋や命をからむ蔦かづら

岐《き》[八]岨《そ》峰中の桟橋《かけはし》、絶壁に沿ひ、深谿に臨んで委蛇《ゐだ》[九]屈曲す。足を欹《そばだ》て、幾橋を度り、立《たち》て後を顧れば、危巌突兀《とつこつ》[一〇]として橋柱落ちんと欲す。但《ただ》見る幾条の薜蘿《へいら》、彼と此と

五　ほととぎすの表記には「郭公」「杜宇」の他「子規」「怨鳥」「杜鵑」「望帝」「蜀魂」等々がある(『事物異名類編』)。子規は、編著「八千八聲」において、沾涼編『綾綿』(享保一七年〈一七三二〉刊)からとして三九の異名を列挙している。

六　「着けず」は「付けず」に同じ。「郭公」と「山」「山路」「明石のうら」は付合語(『連珠合璧集』『類船集』)。

七　広大なこと。

389　貞享五年(一六八八)作。四五歳。

八　木曽街道の難所、かけはし。『千載和歌集』巻一八「誹諧歌」に空人法師歌〈をそろしや木曽の懸路(かけぢ)の丸木橋ふみ見るたびにをちぬべきかな〉が。蝶夢句に〈三度まで桟(かけはし)こえぬ我いのち〉(『俳諧名所小鏡』)。

九　まがりくねり折れまがること。

一〇　高く突き出ること。

を弥縫《びほう》[一]して紅葉血を灑《そそ》ぐが如し。此句、雄壮の裏《うち》に悽楚[二]を含み、悽楚の裏に幽婉を含む、亦《また》是れ一種の霊筆。俗人時に中七字[三]の句法を称して、全体の姿致を見ず、即ち金箔を拝して仏体を見ざるの類なり。而《しか》して其実、中七字の巧を弄したるは、此句の欠点なり。

一笑[四]を吊《とぶら》ふ

390 塚も動け我泣声は秋の風

「如動古人墓」[五]といふ古句より脱胎したるにや。「我泣声は秋の風」と一気呵成に言ひ下したる処、夷《なみ》[六]の思ふ所に匪《あら》ず。人丸[七]の歌に「妹が門見む靡け此山」[八]と詠みしと同一の筆法なり。

一 （柾葛と蔦葛を）補い合わせること。
二 悲しみ。
三 「命をからむ」の措辞。
四 承応二年（一六五三）―元禄元年（一六八八）。季吟・梅盛門。ノ松（べっしょう）の弟。加賀金沢片町の茶商。
390 元禄二年（一六八九）作。四六歳。
五 子規は、『芭蕉翁句解大成』（『芭蕉翁句解参考』）に「一書云、皆川愿文操拾遺に、陳書槐亭記曰、秋天満二西湖一流霧降東岱、如レ動古人墓、此心もあるらんと云々」とあるに拠っているのであろう。
六 凡人。月並俳人を想定しての言。
七 柿本人麻呂。持統・文武朝の代表的万葉歌人。
八 『万葉集』中、巻第二「柿本朝臣人麿、石見国より妻を別れて上り来る歌二首」（一三一）の長歌の末尾。

391 秋風や藪も畠も不破の関

『新古今集』摂政太政大臣[九]の歌に、

人すまぬ不破の関屋の板庇
あれにしのちはたゞ秋の風

これらより思ひよりたりとは見ゆるものから、「藪も畠も不破の関」と名所の古《いにしへ》を忍び、今を叙《つい》でたる筆力、十七字の小天地、綽々として余裕あるを見る。高館[一〇]の句は豪壮を以て勝り、此句は悲惨を以て勝る。好一対。

392 猪も共に吹かるゝ野分かな

暴風、山を搖《ゆる》がして野猪《やちょ》吹きまくらるゝさま、悲壮荒[一一]

391 貞享元年(一六八四)作。四一歳。「不破の関」は、近江・美濃の境にあった古代の関所。

九 藤原良経。嘉応元(一一六九)―元久三年(一二〇六)。鎌倉時代前期の歌人。公卿。家集に『秋篠月清集』。

一〇 383番の句。

392 元禄三年(一六九〇)作。四七歳。

一一 荒れて寒々としていること。

寒筆紙に絶えたり。

393 吹き飛ばす石は浅間の野分かな

浅間山の野分吹き荒れて、焼石空に翻るすさまじさ、意匠最妙なりと雖《いへど》も、「石は浅間の」とつゞく処、多少の[一]窮策を取る、[二]白壁の微疵なり。

滑稽と諧謔とを以て生命としたる誹諧《はいかい》の世界に生れて、周囲の群動に制御、[三]瞞着せられず、能《よ》く文学上の[四]活眼を開き、[五]一家の新機軸を出《い》だし、此等[六]老健雄邁の俳句をものして、[七]嶄然《ざんぜん》頭角を現はせし芭蕉は、実に文学上の[八]破天荒と謂《いひ》つべし。然れども、是れ徒《いたづら》に一の創業者たるに止まるなり。後世に在て猶《なほ》之を摸倣する者出でざるに至りては、実に不思議なる事実にして、芭蕉をして二百年間

393 貞享五年（一六八八）作。四五歳。『更科紀行』での句。「浅間」は、信濃・上野（こうずけ）の境にある浅間山。「野分」は「暴風」とも表記。九五頁注一一参照。

一 苦しまぎれに考えた方法。

二 ほんの少しの欠点。玉に瑕。

三 欺かされず。

四 物を見抜く能力。中村不折著『俳画法』（明治四二年〈一九〇九〉六月、光華堂刊）に「そりゃ君等が悪いので、場所が悪いのではない。よく活眼を以て写生したならば君等位の人数では一代や二代ではかき尽すことが出来ぬだろう」と。

五 独自の。

六 老熟して雄々しく勇ましいこと。

七 ひときわ目立って。

八 前例のないこと。

只《ただ》一人の名を負はしむる所以《ゆゑん》ならずや。蕉門の弟子にして、しかも其《その》力量に於ては決して芭蕉に劣らざるのみならず、往々其師を圧倒する者亦多し。幾百の人材中、学識に於て、才芸に於て、唯一と称せられたる晋子[9]其角は如何《いかん》。古事古語を取て之《これ》を掌上に丸め、難題を難とせず、俗境を俗ならしめず、縦横に奔放し、自在に駆馳[10]して、傍《かたは》ら人無きが如き其人も、造化[11]の秘蔵せる此等の大観[12]に対しては、終《つひ》に片言隻語のこゝに及ぶ者なし。十大弟子[13]中誠実第一なる向井去来は、神韻[14]に於て、声調に於て、夐《はる》かに芭蕉に勝りたり。而《しか》して彼は如何。さすがに去来は一、二の豪壮なる句無きに非《あらざ》るも、亦是れ芭蕉に匹敵すべき者に非るなり。其他嵐雪は如何。丈草は如何。許六[15]、支考は如何。凡兆、尚白[16]は如何。正秀《まさひで》[17]、乙州《おとくに》[18]、李由[19]

九　其角の別号。「晋其角」とも。
一〇　奔走して。
一一　自然。
一二　大きな景色。
一三　伯定編『俳諧名数』(享和三年〈一八〇三〉刊)によれば「其角、嵐雪、支考、杉風、許六、丈草、去来、越人、野坡、北枝」が「蕉門十哲」。子規は「其角、去来、嵐雪、丈草、許六、支考、凡兆、尚白、正秀、乙州、李由」等一一名を数えている。
一四　すぐれた趣。
一五　五四頁注三参照。
一六　六九頁注三参照。
一七　五二頁注二参照。
一八　一〇八頁注二参照。
一九　九九頁注一一参照。

は如何。此等の人、或は一、二句の豪壮なる者あらん、終に数句を有せざるべきなり。況《いは》んや其他の小弟子をや。

元禄以後、俳家の輩出して俳運の隆盛を極めたるは、明和、天明の間なりとす。白雄は『寂栞』を著して盛んに蕉風を唱道せりと雖も、其神髄を以て幽玄の二字に帰し、終に豪壮雄健なる者を説かず。其作る所を見るも、句々繊巧を弄し、婉曲を主とするのみにして、芭蕉の堂に上る事を得ず。蓼太は敏才と猾智《くわつち》とを以て一時天下の耳目を聳動《しようどう》せりと雖も、固《もと》より其眼孔は針尖の如く小なりき。蕪村、暁台、闌更の三豪傑は、古来の蕉風外に出入して、各《おのおの》一派を成せり。此三人の独得なる処は、芭蕉及び其門弟等が当時夢想にも知り得ざりし所にして、俳諧史上特筆大書すべき価値を有す。されば其俳句中に

一 明和元年(一七六四)―天明九年(一七八九)。
二 一七四頁注四参照。
三 『誹諧寂栞』に芭蕉を「真実無妄をもつて俳諧と唱へ、正風をしめし申されし也」と。このことか。
四 俳諧の力量が、芭蕉俳諧の深奥に達すること。
五 見識。
六 車蓋編『発句三傑集』(寛政六年〈一七九四〉刊)は、闌更、暁台、蓼太を三傑とする。
七 夢のごときこととして想像すること。

は、雄健の筆を以て豪壮の景を写したる者に匱《とぼ》しからず。然れども、彼等の壮は芭蕉の壮に及ばず、彼等の大は芭蕉の大に及ばざりき。文政以後[八]蒼虬、[九]梅室、[一〇]鳳朗の如き[一一]群蛙は、自ら好んで三尺の井中に棲息したる者、固より与《とも》に大海を談ずべからず。是《ここ》に於てか芭蕉は揚々として俳諧壇上を濶歩せり。吁嘻《ああ》芭蕉以前已《すで》に芭蕉無く、芭蕉以後復《また》芭蕉無きなり。

○各種の佳句

以上挙ぐる所の数句をして芭蕉一生の全集たらしむるも、猶俳諧文学上第一流の作家として永く芳名を後世に伝ふるに足る。然れども芭蕉の技倆は決してこゝに止まらずして、種々の[一二]変態を為し、変調を学び、ありとあら

八　蒼虬、梅室、鳳朗の三名を「天保の三大家」と呼ぶが、実際に備わるのは加賀金沢の俳人蒼虬、梅室二名の句集『雙玉類題集』（嘉永三年〈一八五〇〉刊）。なお、一五三頁注九参照。蒼虬は、宝暦一一年（一七六一）―天保一三年（一八四二）。加賀金沢の人。京住。

九　一五三頁注一〇参照。

一〇　一五三頁注一一参照。

一一　「井のうちのかへる大かいをしらず」（『毛吹草』）を踏まえての表現。

一二　変風。異体。

ゆる変化は尽《ことごと》く之を自家々集中に収めんとせり。今こゝに各種の句を示さんに、

極めて自然なる者は古池の句の外に、

394 明月や池をめぐりて夜もすがら

の如きあり。幽玄[一]なる者には、

395 衰へや歯にくひあてし海苔の砂

396 ほろ〳〵と山吹ちるか瀧の音

397 うき我を淋しがらせよ閑古鳥

398 清瀧や波にちりこむ青松葉

399 菊の香や奈良には古き仏だち

400 冬籠り又よりそはん此《この》柱

394 貞享三年(一六八六)作。四三歳。

一 奥深い趣のある句。「幽邃深静」(『俳諧大要』)な句。

395 元禄四年(一六九一)作。四八歳。

396 貞享五年(一六八八)作。四五歳。「瀧」は、吉野川上流西河(にじかう)の激湍。

397 元禄四年(一六九一)作。四八歳。元禄二年九月、伊勢長島大智院で〈うきわれをさびしがらせよ秋の寺〉。

398 元禄七年(一六九四)作。五一歳。「清瀧」は高雄より流れ嵐山あたりで大堰川に合流する清瀧川。

399 元禄七年(一六九四)作。五一歳。「仏だち」の濁点は、子規。

400 元禄元年(一六八八)作。四五歳。

401 元禄二年(一六八九)作。四六歳。

二 繊細で巧緻な句。子規は「我が俳句」(明治二九年〈一八九六〉)の中で「我の繊巧を捨て、雄壮に傾き、空想を捨て、写実に傾ける」と記す。

401 人々をしぐれよ宿は寒くとも

[二]織巧なる者には、

402 落ちざまに水こぼしけり花椿
403 青柳の泥にしだるゝ汐干《しほひ》かな
404 草の葉を落《おつ》るより飛ぶ螢かな
405 粽《ちまき》結《ゆ》ふ片手にはさむ額髪《ひたひがみ》
406 日の道や葵傾むく五月雨
407 眉《まゆ》掃《はき》を俤《おもかげ》にして紅《べに》の花
408 白露をこぼさぬ萩のうねりかな
409 行秋や手をひろげたる栗のいが

402 誤伝句。遊林子詠嘉編『反故集』(元禄九年〈一六九六〉刊)は、作者未詳とする。『芭蕉句選』所収。
403 元禄七年(一六九四)作。五一歳。
404 貞享五年(一六八八)作。四五歳。
405 元禄四年(一六九一)作。四八歳。「額髪」は額にかかる髪。「浪化宛去来書簡」に「此(これ)も源氏のうちよりおもひよられ候」と。
406 元禄三年(一六九〇)作。四七歳。「日の道」は、太陽の通る道。
407 元禄二年(一六八九)作。四六歳。「眉掃」は、おしろいをつけた後、眉を払うのに用いる小さな刷毛。「紅の花」は、夏、アザミに似た紅黄色の花が咲くキク科の一年草。
408 元禄六年(一六九三)作。五〇歳。『芭蕉庵小文庫』等「しら露も」。
409 元禄七年(一六九四)作。五一歳。「手をひろげたる」は擬人化。「物の活動する場合」(『俳句問答』)に当るか。

華麗なる者には、

410 紅梅や見ぬ恋つくる玉すだれ

411 雪間より薄紫の芽《め》独活《うど》かな

412 木《こ》の下《もと》に汁も鱠《なます》も桜かな

413 四方より花吹き入れて鳰《にほ》の海

414 行末は誰が肌ふれん紅の花

415 ひよろ〳〵と猶露けしや女郎花

416 金屏の松の古びや冬籠り

奇抜なる者には、

417 鶯や餅に糞する椽の先

410 元禄二年(一六八九)作。四六歳。
411 年次未詳(『翁草』所収)。
412 元禄三年(一六九〇)作。四七歳。『三冊子』に「花見の句の、かかりを少し心得て、軽みをしたり」と。
413 元禄三年(一六九〇)作。四七歳。「鳰の海」は、琵琶湖の別称。
414 元禄二年(一六八九)作。四六歳。誤伝句説も。
415 貞享五年(一六八八)作。四五歳。
416 元禄六年(一六九三)作。五〇歳。支考は、一句に「風雅のさび」を見る(『続五論』)。
417 元禄五年(一六九二)作。四九歳。
418 元禄二年(一六八九)作。四六歳。
419 元禄四年(一六九一)作。四八歳。
420 元禄二年(一六八九)作。四六歳。
421 貞享五年(一六八八)作。四五歳。
422 元禄二年(一六八九)作。四六歳。「庵」は、那須黒羽雲巌寺の仏頂和尚旧庵。
423 貞享五年(一六八八)作。四五歳。
424 元禄六年(一六九三)作。五〇歳。

418 陽炎《かげろふ》の我肩にたつ紙衣《かみこ》かな

419 飲みあけて花いけにせん二升樽

420 鮎の子の白魚送る別れかな

421 雲雀より上に休らふ峠かな

422 啄木《きつつき》も庵は破らず夏木立

423 蛸壺やはかなき夢を夏の月

424 生ながら一つに氷る海鼠《なまこ》かな

滑稽なる者には、

425 猫の妻へつい（ひ）の崩れより通ひけり

426 麦飯にやつるゝ恋か猫の妻

是橘《ぜきつ》剃髪に

425　延宝三年（一六七五）作。三二歳。「へつい」は、竈。「へっつい」とも。

426　元禄四年（一六九一）作。四八歳。

427　元禄六年（一六九三）作。五〇歳。「是橘」は、其角の下僕。是吉。一三六頁注九参照。

428　貞享五年（一六八八）作。四五歳。「葛城」は、修験道の霊場葛城山。「神の顔」は、容貌が醜い一言主神（ひとことぬしのかみ）。

429　延宝六年（一六七八）作。三五歳。小町と業平の唱和〈秋風の吹くにつけてもあなめ〳〵小野とはいはじ薄生ひけり〉（『無名抄』）が念頭にあるか。

430　元禄三年（一六九〇）作。四七歳。節分に柊（ひいらぎ）に挿した鰯の頭。「軒の鰯」は、「秋之坊」は、金沢の人。蕉門。

431　貞享二年（一六八五）作。四二歳。「盤斎」は、加藤盤斎。元和七

427 初午に狐のそりし頭かな

葛　城

428 猶《なほ》見たし花に明け行く神の顔

429 菖蒲《あやめ》生《おひ》り軒の鰯の髑髏《されかうべ》

秋之坊を幻住庵にとめて

430 我宿は蚊の小さきを馳走かな

盤斎うしろ向の像

431 団扇もてあふがん人の背中つき

432 あら何ともなやきのふは過ぎて河豚汁《ふくとじる》

鳳来寺に詣る途にて

433 夜着《よぎ》一つ祈り出だして旅寐かな

434 月花の愚に鍼《はり》立てん寒の入

年(一六二二)―延宝二年(一六七四)。江戸時代前期の国学者。幽斎・貞徳門。「背中つき」は『芭蕉句選』の句形。

432 延宝五年(一六七七)作。三四歳。「河豚汁」は、河豚を椀種とした汁物。

433 元禄四年(一六九一)作。四八歳。「鳳来寺」は、三河の真言宗五智教団の大本山。「夜着」は、夜具、衾。

434 元禄五年(一六九二)作。四九歳。「頂門の一針」が意識されているか。

― 温雅。おだやかで上品なこと。

435 元禄四年(一六九一)作。四八歳。「万歳」は、万歳楽。「年の初、めでたきためしをいはへば、万歳楽とは聞た事也」(『人倫訓蒙図彙』)。

436 貞享五年(一六八八)作。四五歳。「御子良子」は、伊勢神宮の神饌を調える子良の館(たち)に奉仕

一蘊雅《うんが》なる者には、

435 山里は万歳《まんざい》遅し梅の花
436 御子良子《おこらご》の一もとゆかし梅の花
437 陽炎《かげろふ》や柴胡《さいこ》の原の薄曇り
438 枯芝やまだ陽炎の一二寸
439 春の夜は桜にあけてしまひけり
440 古寺の桃に米ふむ男かな
441 原中や物にもつかず鳴く雲雀《ひばり》
442 山吹や宇治の焙爐《ほいろ》の匂ふ時
443 木隠れて茶摘も聞くや郭公《ほととぎす》
444 静かさや岩にしみ入る蟬の声
445 秋近き心のよるや四畳半

する無垢な童女。
437 元禄三年(一六九〇)作。四七歳。『芭蕉句選』の句形。『猿蓑』は〈かげろふや柴胡の糸の薄曇〉。「柴胡」は、薬草。熱ざまし。和名、のだけ。空然著『猿みのさかし抄』参照。
438 貞享五年(一六八八)作。四五歳。
439 元禄年間(一六八八―九四)作。
440 存疑句。子規は『芭蕉翁句解大成』からか。「米ふむ男」は、米つき。六祖慧能のイメージか。
441 貞享四年(一六八七)作。四四歳。西行歌〈雲雀たつあら野におふる姫ゆりのなににつくともなき心かな〉(『山家集』)を「すり上げて」の句。
442 元禄四年(一六九一)作。四八歳。「焙爐」は、遠火で茶の葉を乾燥させる道具。
443 元禄七年(一六九四)作。五一歳。
444 元禄二年(一六八九)作。四六歳。
445 元禄七年(一六九四)作。五一歳。

446 病《やむ》雁《かり》の夜寒に落ちて旅寐かな
447 三井寺の門叩《たた》かばや今日の月
448 旅人と我名よばれん初時雨
449 しぐるゝや田のあら株の黒む程
450 雪散るや穂屋の薄の刈り残し

等の句あり。芭蕉は一生の半を旅中に送りたれば、其俳句亦《また》羇旅の実況を写して一誦三嘆せしむる者あり。

451 一つ脱でうしろに負ひぬ衣がへ
452 蚤《のみ》虱《しらみ》馬の尿《ばり》する枕もと
453 旅に病で夢は枯野をかけ廻《めぐ》る
454 寒けれど二人旅寐ぞたのもしき

446 元禄三年(一六九〇)作。四七歳。
447 元禄四年(一六九一)作。四八歳。「今日の月」は、中秋の名月。西鶴句に〈内裏様のとて外(かほ)になしけふの月〉。
448 貞享四年(一六八七)作。四四歳。井月句に〈旅人の我も数なり花ざかり〉。
449 元禄三年(一六九〇)作。四七歳。「あら株」は、新株。稲刈りの終った直後の株。
450 元禄三年(一六九〇)作。四七歳。「穂屋」は、『御傘』に「信濃のみさ山(御射山)まつり七月二七日。薄にて作るかり屋の事也」。
451 貞享五年(一六八八)作。四五歳。
452 元禄二年(一六八九)作。四六歳。芭蕉自筆『おくの細道』は、「尿」に「バリ」と振り仮名。
453 元禄七年(一六九四)作。五一歳。「病中吟」の前書。
454 貞享四年(一六八七)作。四四歳。「二人」は、「越人と吉田の駅にて」(『あら野』前書)。

455 すくみ行く馬上に氷る影法師

456 住みつかぬ旅の心や置《おき》巨《ご》燵《たつ》

457 いかめしき音や霰《あられ》の檜木笠

458 年暮れぬ笠着て草鞋《わらぢ》はきながら

459 旅寐して見しや浮世の煤掃ひ

稍《やや》狂せる者には、

460 不《ぶ》性《しやう》さやかき起されし春の雨

461 君火を焼《た》けよき物見せん雪丸《まろ》げ

462 市人にいでこれ売らん雪の笠

463 おもしろし雪にやならん冬の雨

455　貞享四年(一六八七)作。四四歳。『笈日記』『芭蕉句選』『類題芭蕉句選』は、「すくみ行や」。子規の誤記か。

456　元禄三年(一六九〇)作。四七歳。

457　貞享元年(一六八四)作。四一歳。「いかめしき音」は、荘重な音の意か。

458　貞享元年(一六八四)作。四一歳。

459　貞享四年(一六八七)作。四四歳。西鶴『世間胸算用』に「毎年煤払は極月十三日に定めて、旦那寺の笹竹を祝ひ物として月の数十二本もらひて」と。

460　元禄四年(一六九一)作。四八歳。

461　貞享三年(一六八六)作。四三歳。「雪丸げ」は、雪をころがし丸めたまるい雪の塊。

462　貞享元年(一六八四)作。四一歳。其角句に〈我雪とおもへばかろし笠の上〉。

463　貞享四年(一六八七)作。四四歳。凡兆句に〈下京や雪つむ上の夜の雨〉。

格調の変化せる者も多き中に、字余りの句には、

464 曙や白魚白き事一寸

465 つゝじ活けて其陰《そのかげ》に干鱈さく女

466 行く春に和歌の浦にて追付《おひつき》たり

帰庵

(467)夏衣いまだ虱《しらみ》を取り尽さず

468 水鶏《くひな》鳴くと人のいへばや佐谷《さや》泊り

469 芭蕉野分して盥《たらひ》に雨を聞く夜かな

西行谷

470 芋洗ふ女西行ならば歌よまん

其外《そのほか》格調の新奇なる者には、

464 貞享元年(一六八四)作。四一歳。

465 貞享二年(一六八五)作。四二歳。

466 貞享五年(一六八八)作。四五歳。

467 貞享二年(一六八五)作。四二歳。「帰庵」は、深川の芭蕉庵への九ヶ月ぶりの帰庵。19番の句と同一。

468 元禄七年(一六九四)作。五一歳。「佐谷」は、名古屋の西南。尾張海部郡佐野。

469 延宝九年(一六八一)作。三八歳。

470 貞享元年(一六八四)作。四一歳。『徒然草』の久米の仙人の「物あらふ女」のエピソード、『撰集抄』の「江口ノ遊女歌之事」などが念頭にあるか。

471 存疑句。子規は『芭蕉翁句解大成』に拠ったか。ただし上五「苣つみて」。『類題芭蕉句集』は「ちさ摘て」。

472 元禄四年(一六九一)作。四八歳。後の十返舎一九『東海道中膝栗毛』「丸子の宿」に北八の「爰はとろゝ汁のめいぶつだの」と

471 苣《ちさ》摘んで《（みて）》貧なる女機《はた》による

乙州餞別

472 梅若菜鞠子《まりこ》の宿のとろゝ汁

473 奈良七重七堂伽藍八重桜

474 花の雲鐘は上野か浅草か

475 関守の宿を水鶏《くひな》にとふものを

476 昼顔に昼寝せうもの床の山

477 隠れ家《が》や月と菊とに田三反《さんたん》

478 送られつ送りつはては木曽の秋

479 蛤のふた見に分れ行く秋ぞ

480 さればこそあれたきまゝの霜の宿

481 かくれけり師走の海のかいつぶり

の言が。

473　年次未詳。『大井川集』に元好句〈奈良の京七堂伽藍八重桜〉が。

474　貞享四年(一六八七)作。四四歳。「花の雲」は雲のような桜の花。

475　元禄二年(一六八九)作。四六歳。

476　貞享五年(一六八八)作。四五歳。「床の山」は近江の歌枕。「鳥籠山」。俊成女歌に〈あだにちる露の枕にふしわびてうづらなくなりとこの山風〉(『新古今和歌集』)。

477　元禄二年(一六八九)作。四六歳。『笈日記』に「木因亭」の前書。月と菊に加え田三反がある意。

478　貞享五年(一六八八)作。四五歳。

479　元禄二年(一六八九)作。四六歳。「蛤蜊」「桑名の海」「伊勢」は付合語(『類船集』)。『おくのほそ道』最後の一句。

480　貞享四年(一六八七)作。四四歳。「さればこそ」は、やはりそうだった、の意。

格調に於て芭蕉の変化せる此《かく》の如し。されば後世に至りて蕪村、暁台、一茶等が少しく新調を詠み出でし外《ほか》は、毫も芭蕉の範囲外に出づる者あらざりき。

豪壮に非《あら》ず、華麗に非ず、奇抜なるにも非ず、滑稽なるにも非ず、はた格調の新奇なるにも非ず、只一瑣事、一微物を取り其実景、実情を[一]ありの儘に言ひ放して猶《なほ》幾多《あまた》の趣味を含む者には、

482 五月雨や色紙へぎたる壁の跡

483 さゞれ蟹足這ひ上《のぼ》る清水かな

484 海士《あま》が《(の)》家は小海老にまじるいとゞ哉

485 びいと鳴く尻《しり》声《ごゑ》悲し夜の鹿

---

481 元禄三年(一六九〇)作。四七歳。「かいつぶり」は、鳰(にお)。芭蕉句に〈五月雨に鳰の浮巣を見に行む〉。

一 闌更著『有の儘』(明和六年〈一七六九〉刊)に芭蕉俳諧を「天地人情の自然より出たるのみ」と。

482 元禄四年(一六九一)作。四八歳。

483 貞享四年(一六八七)作。四四歳。「さゞれ蟹」は、小さな沢蟹。

484 元禄三年(一六九〇)作。四七歳。『芭蕉翁句解大成』の句形。『猿蓑』等は「海士の屋は」。「いとゞ」は、えびこおろぎ。かまどうま。

485 元禄七年(一六九四)作。五一歳。「尻声」は、鹿の長く引く声。『篇突』に「びいとなく尻声の悲しさは、歌にも及びがたくや侍らん」と。同年九月一〇日付杉風宛芭蕉書簡に「びいと」と濁点。

486 松茸や知らぬ木の葉のへばり付く

487 橙《だいだい》や伊勢の白子《しらこ》の店《たな》ざらし

488 行秋の猶《なほ》頼のもしや青蜜柑

489 鞍壺《くらつぼ》に小坊主のるや大根《だいこ》引《ひき》

490 塩鯛の歯《は》茎《ぐき》も寒し魚の棚《たな》

の如きあり。猶此等の外にも、

491 傘《からかさ》に押し分け見たる柳かな

492 時鳥鳴くや五尺のあやめ草

不卜《ふぼく》一周忌

493 時鳥鳴く音や古き硯箱

494 宿りせん藜《あかざ》の杖になる日迄

486 元禄七年(一六九四)作。五一歳。

487 存疑句。子規は『芭蕉翁句解大成』に拠ったか。「白子」は、雄の魚の腹中に蔵する精嚢。食用。

488 元禄五年(一六九二)作。四九歳。

489 元禄六年(一六九三)作。五〇歳。

490 元禄五年(一六九二)作。四九歳。其角は『句兄弟』で「幽深玄遠に達せる」作品と。

491 元禄七年(一六九四)作。五一歳。

492 元禄五年(一六九二)作。四九歳。『古今和歌集』恋歌、読人しらず歌に〈ほとゝぎす鳴くやさ月のあやめ草あやめも知らぬ恋もする哉〉。宗長『連歌比況集』に「五尺の菖蒲に水をかけたらんが如く」と。

493 元禄五年(一六九二)作。四九歳。「不卜」は未得門の俳人。元禄四年四月九日没。

494 貞享五年(一六八八)作。四五歳。

495 稲妻や闇の方《かた》行く五位の声
496 蔦植て竹四五本の嵐かな
497 菊の香や奈良は幾代の男振り
498 義朝の心に似たり秋の風
499 馬士《うまかた》は知らじ時雨の大井河
500 御《お》命《めい》講《こう》や油のやうな酒五升
501 振売の雁《がん》あはれなり夷《えび》子《す》講《こう》
502 ともかくもならでや雪の枯尾花
503 から〳〵と折ふし凄《すご》し竹の霜

追悼

504 埋火《うづみび》も消ゆや涙の煮える音
505 雁《かり》さわぐ鳥羽の田面《たづら》や寒の雨
506 石山の石にたばしる霰かな

495 元禄七年（一六九四）作。五一歳。「五位」は、五位鷺。夜行性。カラスに似た声。
496 貞享元年（一六八四）作。四一歳。
497 元禄七年（一六九四）作。五一歳。「男振り」は「いちはやきみやびをなむしける」と評された業平か（『伊勢物語』）。
498 貞享元年（一六八四）作。四一歳。守武に〈よしとも殿に似たる秋かぜ〉（『守武千句』）。『野ざらし紀行』参照。
499 元禄四年（一六九一）作。四八歳。
500 元禄五年（一六九二）作。四九歳。「御命講」は、陰暦一〇月一三日の日蓮上人忌日の法会。「日蓮上人ノ書」（『本朝文選』）に「新麦壱斗。たかむな三本。油のやうな酒五升」と。
501 元禄六年（一六九三）作。五〇歳。「夷子講」は、陰暦一〇月二〇日の商売繁盛を願ってのえびす神の祭。
502 元禄四年（一六九一）作。四八歳。

507 古郷《ふるさと》や臍《へそ》の緒に泣く年の暮

等あり。之を要するに豪壮勁抜なる者は芭蕉の独得にして、他人の鼾睡《かんすい》[一]を容れず。綺麗なる者、軽快なる者、幽玄なる者、古雅なる者、新奇なる者、変調なる者等に至りては、門輩又は後生にして芭蕉に凌駕する者無きに非ずと雖《いへど》も、皆其《その》長ずる所の一方に偏するのみ。例へば其角に奇警なる句有て穏雅[二]なる者無く、去来に穏雅なる句有て奇警なる者無きが如し。而《しか》して百種の変化（拙劣なる者をも合して）尽《ことごと》く之を一人に該《そなへ》ぬる者は、実に芭蕉其人あるのみ。蓋《けだ》し常人の観念に於て両々全く相反し、到底並立すべからざるが如き者も、偉人の頭脳中に在ては能《よ》く之を包容混和して相戻《あひもと》る無きを得るが為なり。

503 存疑句。子規は『芭蕉翁句解大成』に拠ったか。
504 元禄元年（一六八八）作。四五歳。
505 元禄四年（一六九一）作。四八歳。「鳥羽」は京の南郊。雁の名所。「鳥羽」と「鴈（雁）」は付合語（『類船集』）。
506 元禄三年（一六九〇）作。四七歳。「石山」は、近江の石山寺。「たばしる」は、勢いよく降りつけ、飛び散る。
507 貞享四年（一六八七）作。四四歳。「古郷」は、伊賀上野赤坂町。
一 ここでは、怠惰な態度での挑戦の意。
二 やすらかでみやびやかなこと。

○或問

ある人曰く、「芭蕉集中好句其五分の一を占めなば以て多しとするに足らずや」と。

答へて曰く、「本論中好句と言ひしは悪句に対する名称なるを以つて、僅かに可なるより以上を言ふのみ。あながち金科玉条の謂《いひ》に非らず。故《ゆゑ》に此の標準を以つて論ずれば、元禄の俳家は各《おのおの》二分の一、乃至《ないし》三分の一の好句を有すべし。五分の一といふが如きは決して他に例あらざるなり」。

ある人曰く、「『芭蕉雑談』を著はし、蕉翁の俳句を評し、而して其名篇を抹殺し去り、其名誉を毀損し了す。是れ俳諧の罪人[一]にして蕉翁に不忠なる者ならずや」と。

一　支考著『葛の松原』（元禄五年〈一六九二〉刊）の中に「風雅の罪人」なる言葉が。

答へて曰く、「芭蕉を神とし、其句を神詠とし、俳諧と芭蕉とは二物一体なる者と説ける彼《かの》芭蕉宗信者より言へば、此論或《あるい》は神威を冒瀆したる者あらん。然《しか》れども、芭蕉を文学者とし、俳句を文学とし、之を評するに文学的眼孔を以てせば、則ち此《かく》の如きのみ。加 之《しかのみならず》彼等信者は好句と悪句とを混同して之を平等ならしめんと欲する者なれば、其佳句に対する尊敬は、却《かへつ》て此論よりも少き道理なり。これをしも不忠と言はずんば、何をか不忠と言はん。況《いは》んや佳句を埋没して悪句を称揚する者、滔々《たうたう》たる天下皆然り。芭蕉豈《あに》彼等の尊敬を得て喜ぶ者ならんや」。

ある人曰く、「俳諧の正味は俳諧連歌に在り、発句は則ち其の一小部分のみ。故に芭蕉を論ずるは、発句に於てせずして連俳に於てせざるべからず。[一]芭蕉も亦《ま》た自ら発句を以て誇らず、連俳を以て誇りしに非ずや」と。

答へて曰く、「発句は文学なり、[二]連俳は文学に非ず。故に論ぜざるのみ。連俳固《もと》より文学の分子を有せざるに非らずといへども、文学以外の分子をも併有するなり。而《しか》して其の文学の分子のみを論ぜんには発句を以て足れりとなす」。

ある人又曰く、「文学以外の分子とは何ぞ」。

答へて曰く、「連俳に貴ぶ所は[三]変化なり。変化は則ち文学以外の分子なり。蓋し此変化なる者は、終始一貫せる秩序と統一との間に変化する者に非ずして、全く前後相[四]串聯《くわんれん》せざる急遽[五]倏忽《しゆくこつ》の変化なればなり。例へば歌仙行は三十六首の俳諧歌を並べたると異ならずして、唯《ただ》両首

一 『宇陀法師』に芭蕉の言葉「発句は門人の中、予におとらぬ句する人多し。俳諧においては老翁が骨髄」が。

二 芭蕉の言「切字は連俳ともに深く秘す」(『去来抄』)のごとく、蕉門では連歌と、そして俳諧の意で用いているが、子規は発句に対する連句の意で用いている。子規は、『俳諧大要』の中ですでに「初学の人、連句を学ぶ亦歌仙よりすべし」のごとく、「連句」なる用語を用いている。

三 杜哉著『俳諧古集之弁』(寛政五年〈一七九三〉刊)に「変化は付意のことにして尤変化の骨肉といはん」と。

四 子規は「関聯」の意で用いたか。関連。

五 たちまち。

の間に同一の上半句、若《も》しくは下半句を有するのみ」。

ある人又曰く、「意義一貫せざる三十六首の俳諧歌を並べたるにもせよ、其変化は即ち造化の変化と同じく茫然漠然たる間に多少の趣味を有するに非ずや」と。

答へて曰く、「然《しか》り。然れども此《かく》の如き変化は、普通の和歌又は俳句を三十六首列記せると同じ、特に連俳の上に限れるに非ず。即ち上半又は下半を共有するは連俳の特質にして、感情よりも智識に属する者多し。芭蕉は発句よりも連俳に長じたる事真実なりと雖も、是れ偶《たまたま》芭蕉に智識多き事を証するのみ。其門人中、発句は芭蕉に勝れて、連俳は遠く之《これ》に及ばざる者多きも、則ち其文学的感情に於て芭蕉より発達したるも、智識的変化に於て芭蕉に劣りたるが為なり」。

○雞声馬蹄

[一]羇旅を以て家とし、雞声馬蹄の間に一生を消尽せし文学者三人あり。曰く西行（和歌）、曰く宗祇（連歌）、曰く芭蕉（俳諧）是《これ》なり。西行は文治六年[二]（今明治二十七年[三]を距《へだた》る事七百四年前）二月十六日、旅中に歿す、享年七十三。宗祇は文亀二年[四]（今を距る事三百九十二年前）七月三十日、旅中駿相の境に到りて歿す、享年八十二。芭蕉は元禄七年[五]（今を距る事二百年前）十月十二日、旅中大阪花屋[六]に於て歿す、享年五十一。西行以後大約三百年にして宗祇出《い》で、宗祇以後大約二百年にして芭蕉出づ。前身か、後身か、自ら黙契ある者の如し。太奇《たいき》[七]。

西行は歌人として天下を漂泊したる故に其の歌に名所

一　『おくのほそ道』冒頭部の「舟の上に生涯をうかべ、馬の口とらへて老をむかふるものは、日々旅にして旅を栖とす」を念頭に置いての「雞声馬蹄」。旅に生涯を終えた文学者。
二　一一九〇年。
三　一八九四年。
四　一五〇二年。
五　一六九四年。
六　子規の愛読書『芭蕉翁反古文』（通称『花屋日記』）は、「御堂前南久太郎町花屋仁左衛門裏座敷」とする。今日では、鳥酔編『壬生山家集』（宝暦九年〈一七五九〉刊）によって「御堂前花屋仁右衛門が裏なり」とする。
七　はなはだめずらしいこと。
八　鳥羽上皇の御所を守護した武士。
九　僧の着る、時と場所に応じての三種の袈裟（大衣・七条・五条）。
一〇　実際は、上野藩藤堂家台所

旧蹟を詠ずる者多く、芭蕉は俳人として東西に流浪したる故に其句に勝景旅情を叙するもの多し。独り宗祇は連歌を以て主としたる故に、旅中の発句少し。蓋し連歌は前後相連続する事をのみ務め、目前の風光を取て材料と為《な》し難きが為《ため》なり。我、宗祇の為に惜む。

西行はもと[八]北面の武士にして、一転して[九]三衣を着たる漂泊的歌人となり、芭蕉はもと[一〇]藤堂の藩士にして、一転して剃髪したる漂泊的俳人となる。其境涯に於て、気概《きがい》に於て、両者甚《はな》はだ相似たり。是に於てか芭蕉は西行を崇拝せり(或は云ふ、其の筆蹟も亦た西行を学びたりと)。芭蕉集中西行、又は西行の歌に拠りたる作に、

(508)芋洗ふ女西行ならば歌よまん

用人か。侍大将藤堂良精の息良忠(俳号蟬吟)の近習役。

508　貞享元年(一六八四)作。四一歳。470番の句と同一。二〇八頁注470参照。

509　年次未詳。下五文字、『泊船集』では「花の庭」。「俳句分類」は正しい句形で。子規の誤記か。「西行の庵」は、吉野金峰神社より二町ほどの西行隠棲の草庵。

510　貞享元年(一六八四)作。四一歳。「とく〱」は、林宗甫(はやしそうほ)著『大和名所記』(延宝九年〈一六八一〉刊)中、吉野郡「苔清水」の項にある伝西行歌〈とく〱と落る岩間の苔清水汲ほす程もなき住ゐかな〉から。子光編『素堂家集』(享保六年〈一七二一〉成)に「西行法師、とく〱とおつる石間の苔清水くみほすほどもなきすまひ哉」と。

511　貞享四年(一六八七)作。四四歳。

509 西行の庵もあらん芝の奥
510 露とく〲試みに浮世すゝがばや
511 蠣《かき》よりは海苔をば老の売りもせで
512 西行の草鞋もかゝれ松の露

西行上人像賛

一すてはてゝ身はなきものと思へども雪のふる日は寒くこそあれ 「二花のふる日はうかれこそすれ」

の如き作あり。『山家集』一部は常に半肩の行李を離れざりし芭蕉の珍宝にして、芭蕉を悼む句にも、

513 あはれさやしぐるゝ頃の山家集　素堂

といへるあり。又其《その》遺言中にも「三心は四杜子美が老を思ひ、

「串にさしたる物をあきなひけるを、何ぞと問ひければ、はまぐりを干して侍るなりと申しけるを聞きて」の前書のある西行歌〈同じくはかきをぞさして干しもすべきはまぐりよりは名もたよりあり〉を踏まえての作。

512 元禄二年(一六八九)作。四六歳。

一 安楽庵策伝著『醒睡笑』に西行歌として載せる。

二 『本朝文選』「讃賛類」所収「西行上人像讃」中の芭蕉讃の部分。

513 桃隣編『陸奥衛』(元禄一〇年〈一六九七〉刊)所収句。「亡友芭蕉居士、近来山家集の風躰をしたはれければ、追悼に此集を読誦するものならし」の前書。子光編『素堂家集』は「翁の山家集に題す」の前書。

三 文暁著『芭蕉翁反古文』(通称『花屋日記』文化七年〈一八一〇〉刊)中に芭蕉の言葉として「汝等、此以後とても地をはなるゝ

寂《さび》は西上人の道心を慕ひ」云々といひたるを見れば、以て西行に対する芭蕉の尊信を知るに足るべし。

芭蕉又西行につゞきては、宗祇をも慕へり。

514 世にふるはさらに時雨の宿りかな　宗祇

とは宗祇が[五]信州旅行中の述懐なり。芭蕉亦《また》、[六]手づから雨の侘び笠を張りて、

515 世にふるは《(も)》更に宗祇のしぐれかな

と吟じたるが如き、自ら顧りみて[七]宗祇の身の上に似たるを思へば、万感攅《あつ》まり来りて此句を成したる者なるべし。芭蕉死後、曽《かつ》て漂泊の境涯に安んじたる俳人を見ず。其意思に於て蕪村稍之《ややこれ》に近しと雖も、芭蕉の如く山河を跋

事なかれ。地とは」として見える。

四　杜甫の字(あざな)が子美。中国盛唐の詩人。芭蕉に「李・杜が心酒を嘗(ナメ)て、寒山が法粥(ほふしゆく)を啜(スス)る」(『みなしぐり』跋)の言葉がある。

514　『新撰菟玖波集』所収句。『俳家奇人談』にも。『発句帳』は〈よにふるもさらに時雨の宿りかな〉の句形。

五　『新撰菟玖波集』に「おなじ比(ころ)しなのにくだりて時雨の発句に」の前書。「おなじ比」は、応仁のころ。

六　『みなしぐり』にこの前書が付されている。

515　天和二年(一六八二)作。三九歳。この句形は『芭蕉翁句解大成』に紹介されている。『みなしぐり』は「世にふるも」。

七　子光編『素堂家集』に「翁の生涯風月をともなひ旅泊を家とせし、宗祇法師にさもにたり」と。

渉し、天然を楽みたる者に非ざるなり。其《その》句に曰く、

笠着て草鞋はきながら

516 芭蕉去て其後未《いま》だ年暮れず　蕪村

○著　書

芭蕉は一部の書を著はせしことなし。然れども門人が芭蕉を奉じて著述せる者は、枚挙に遑《いとま》あらず。恰《あたか》も釈迦、孔子、耶蘇等が自ら書を著はさずして、弟子[一]の経典を編輯せるに同じ。時の古今、地の東西を問はず、大名[二]を成すの人自《おのづか》ら其揆を一にす。

『[三]俳諧七部集』といふ書あり。最《あまね》く坊間に行はる。板行の書、亦《また》五、六種より猶多かるべし。此書は『[四]冬の

516 安永五年(一七七六)作。蕪村六一歳。前書に「としくれぬ笠着てわらじ(ぢ)はきながら(校注者注・芭蕉句)。片隅によりて此句を沈吟し侍れば、心もすみわたりて、かゝる身にしあらばいと尊く、我ための摩訶止観ともいふべし。蕉翁去て蕉翁なし。とし又去や又来るや」と。

一 弟子が、の意。弟子編輯。

二 名声が鳴り響いている人。

三 柳居撰定、鳥酔出版か。安永三年(一七七四)刊、子周編『俳諧七部集』によって一括流布。

四 荷兮編。貞享二年(一六八五)刊か。

五 荷兮編。貞享三年(一六八六)刊。

六 珍碩(洒堂)編。元禄三年(一六九〇)刊。

七 荷兮編。元禄三年刊か。

八 去来・凡兆編。元禄四年(一六九一)刊。

九 野坡・孤屋・利牛編。元禄七年(一六九四)刊。

日』『春の日』[五]『ひさご』[六]『あら野』[七]『猿蓑』[八]『炭俵』[九]『続猿蓑』[一〇]の七部を合巻となしたる者にて、安永の頃より始まりし事にや。其後寛政、享和の頃『続七部集』[一一]及び『七部集拾遺』[一二]出で、文政十　年に『新七部集』[一三]を出《い》だせり。其外天明[一四]以後には『其角七部集』、『蕪村七部集』、『樗良七部集』、『暁台七部集』、『枇杷園七部集』、『道彦七部集』、『乙二《おつに》七部集』、『今七部集』等続々出でたれば、此等に対して『俳諧七部集』を『芭蕉七部集』[一五]とも言ふべきか。

専ら芭蕉に関せる事のみを記せし書籍亦甚だ多し。『泊船集』[一六](元禄十一年)、『芭蕉句選』[一七](元文三年)は俳句を輯《あつ》めたる者にして、『芭蕉翁文集』[一八]、『芭蕉翁俳諧集』[一九](安永五年)は文章と連俳とを輯めたる者なり。『翁反古《おきなほうぐ》』(天

一〇　沾圃・芭蕉編。支考補編。元禄一一年(一六九八)刊。
一一　『俳諧続七部集』。闌更編。享和三年(一八〇三)刊。
一二　『俳諧七部拾遺』。其成編。享和二年(一八〇二)刊。
一三　『俳諧新七部集』。其成編。文政一一年(一八二八)刊。
一四　以下の各七部集については伊藤松宇編『類題芭蕉七部集』(大正一〇年〈一九二一〉、町田書店刊)所収、伊藤松宇稿「七部集概論」に詳しい。
一五　『芭蕉七部集』なる呼称は、安永三年(一七七四)刊『類題発句集』「雑部」巻末の「蕉門俳書署目録」(井筒屋庄兵衛・橘屋治兵衛)中にすでに見える。
一六　風国編。
一七　華雀編。正しくは元文四年(一七三九)刊。
一八　蝶夢編。安永五年(一七七六)刊。
一九　蝶夢編。正しくは天明六年(一七八六)刊。安永五年序。

明三年、大蟻編）は芭蕉自筆の短冊[一]によりて世に伝はらざる俳句を記載し、『芭蕉袖草紙』（文化八年、奇淵校）は主として芭蕉の連俳を蒐めたり。『[二]俳諧一葉集』九冊（文政十年）は芭蕉の全集にて、俳句連俳文章は勿論、其消息より一言一行総て芭蕉に関したる記録を網羅し尽せり。全集とは言へ、斯《か》く完全に一個人を尽したる者は、他邦にも余り其の例を聞かざる所なり。然れども、考証の疎漏は単に多きを貪りて、[三]芭蕉の作ならぬ俳句をも交へ記したるは遺憾といふべし。『[四]芭蕉翁句解大成』（文政九年）は俳句の注釈にして、『[五]奥細道菅菰抄《おくのほそみちすがごもせう》』（安永七年）は『奥の細道』を注釈したるなり。然れども注釈は往々牽強付会に失して精確ならず。

芭蕉の伝記に関する書目は時に之を見ると雖も、其書

一　正しくは芭蕉真蹟と言われている二二〇余通の書簡の紹介。

二　仏兮・湖中編。

三　萩原恭男著『芭蕉句集の研究』（昭和四六年〈一九七一〉、笠間書院刊）によれば、全一〇七七句中、存疑句一四三、誤伝句三七の由。

四　何丸著。一七四頁注六参照。

五　梨一著。

は甚《はなは》だ稀なり。『芭蕉翁絵詞伝』（寛政五年、蝶夢編）、『芭蕉翁正伝《はせををうしやうでん》』（寛政十年、竹二編）など稍《やや》普通なれど尤《もつとも》疎雑なり。近者《ちかごろ》宗周なる人の編める『芭蕉伝』[六]といふ写本を見たり。編年体にして詳細を極む。板本の有無、之を知らず。此外『芭蕉翁行状記』[七]（路通著）等諸書あれども、未だ之を見るを得ず。此外芭蕉の筆蹟を刊行したる書あり。

こゝに一奇書あり、題して『芭蕉翁反古文』[八]と云ふ（大蟻の編める『翁反古』とは別物なり）。或は『芭蕉談花屋実記』とも、『花屋日記』とも云ふ。芭蕉終焉の日記なり（其角の書ける終焉記は此日記などに拠りて作る）。こは元禄七年九月二十一日に起りて、芭蕉没後の葬式、遺物の顛末にまで及べり。惟然[九]、次郎兵衛[一〇]、支考、去来

六　未詳。

七　元禄八年（一六九五）刊。

八　文暁著。実記の体裁を取るが、創作。偽書。子規は、実記として高く評価。

九　？—正徳元年（一七一一）。別号に素牛、鳥落人。美濃の生まれ。蕉門。俗語や破調の作風で知られる。

一〇　二郎兵衛とも。生没年未詳。其角「芭蕉翁終焉記」は、寿貞の子とする。元禄六年（一六九三）秋以降、芭蕉と起居を共にしている。

等病牀に侍し、代る〳〵に記したる者にして、芭蕉の容体、言行より門人の吟詠、知人の訪問等迄《まで》一々に書きつけて漏らす事なし。一読すれば即ち偉人が最期の行状目を観《み》るが如し。実に世界の一大奇書なり。而《しか》して此書始めて梓《し》に上《のぼ》りたるは文化七年ならんか。芭蕉死後百数十年間人の筐底にありて、能く保存せられたるは我等の幸福にして芭蕉の名誉なり。

○元禄時代

近年に至りて元禄文学[一]なる新熟語出来たり。ある人[二]の如くこれを以て単に西鶴[三]の小説を指せる者と為《な》さずして、元禄一般の文学を含む者と為さば最便利なる言葉なり。徳川の天下漸《やうや》く基礎を固めて四海泰平を謳ひ初めたる元

一　例えば、明治二五年（一八九二）三月一二日発行「女学雑誌」第三二四号中の北村透谷稿「徳川氏時代の平民的理想」の中に「元禄文学に対して常に遺憾を抱くものなれど、彼をもつて始めて我邦に挙げられたる平民の声なりと観ずる時には余は無量の悦喜をもつて彼らに対するの情あり」と見える。

二　子規の念頭には坪内逍遥があったか（松井利彦解説・注釈角川書店版日本近代文学大系『正岡子規集』頭注参照）。

三　寛永一九年（一六四二）―元禄六年（一六九三）。江戸時代前期の浮世草子作家、俳諧師。

禄時代は、実に徳川文学の将《まさ》に蕾を発《ひら》かんとするの時期なりき。此の時期に際して、文学上の三偉人は天命を受けて突然下界に降り来れり。三偉人は殆んど一様の年齢を以て世に出で、しかも各相反せる方角に向つて其驥足を伸ばしぬ。三偉人とは誰ぞ。曰く井原西鶴、曰く近松[四]巣林《さうりん》、曰く松尾芭蕉是《これ》なり。[五]ある年表は此三偉人を以て同じく共に寛永十九年[六]に生れたりと記せしは誤れり。然れども西鶴と巣林は寛永十九年に生れ、芭蕉は正保元年[七]に生れ、其の間僅かに二年を隔てたるも亦《また》奇ならずや（一説には巣林子を以て承応二年[八]の出生とす）。

　西鶴は一種の小説を創開せり。御伽草子[九]の簡樸と小理想とに傚《なら》はず、赤本[一〇]、金平本《きんぴらぼん》[一一]の荒唐と乳臭とを学ばず、目視る所耳聞く所のまゝを写し出《い》だすに、奇警なる文辞

四　近松門左衛門。承応二年（一六五三）―享保九年（一七二四）。江戸時代中期の浄瑠璃作者、歌舞伎狂言作者。号、巣林子。
五　未詳。
六　一六四二年。
七　一六四四年。
八　一六五三年。この説が正しい。
九　室町時代から江戸時代初期の短編物語（小説）類。江戸時代の仮名草子へと移行する。
一〇　江戸時代前中期に流行した赤い表紙の子供向け絵本（草双子）。黄表紙、合巻へと移行する。
一一　金平浄瑠璃の正本（脚本）。読み物として出版されたものも指す。

と簡便なる語法とを以てせり。其記する所卑猥なるは甚だ惜むべしと雖も、しかも『源氏物語』以来始めて人情[一]を模写せんと力《つと》めたるは西鶴ならずや。八文字舎[二]の為に法門を開きたるも、亦西鶴ならずや。小説界の、西鶴に受くる所亦多しと謂《い》ふべし。

　巣林子も亦一種の演劇を創開せり。能楽の古雅、以て普通一般の好尚に適する能《あた》はず、金平本の脚色、稚《ち》気《き》多くして長く世人の耳目を楽ましむるに足らず。乃《すなは》ち彼と此《これ》とを折衷し、敏贍《びんせん》[三]流暢の文字を以て世間の状態、人生の熱情を写し、之《これ》を傀儡《くぐつ》[四]に託したり。錯雑なる宇宙の粉[五]本を作りて舞台の上に活動せしめたる者、実に是れ近松の功なり。

　芭蕉も亦一種の韻文と散文とを創開して後生を導けり。

一　明治二九年（一八九六）の随筆「松蘿玉液」では、西鶴への評価が変り「西鶴の著を総評するには痴の一字を以て足れりとす」と。『去来抄』に芭蕉の言葉として「人情をいふとても、今日のさかしきくま〴〵迄探り求め、西鶴が浅ましく下れる姿あり」が見える。

二　八文字屋自笑。京麩屋町の版元。元禄時代から明和時代にかけて役者評判記・浮世草子等のいわゆる八文字屋本を出版。

三　敏活で知識が多いこと。「松蘿玉液」では、近松への評価が変り「無理に縁語を求めて成るべく長く引のばす処、阿保陀羅調に類し、尤も厭ふべし」と。

四　あやつり人形。

五　ここでは正本の意。

其散文は、韻文の如く盛ならざりきと雖《いへど》も、『風俗文選』[六]、『鶉衣』[七]の如きは俳文と称して、雅文、軍書文、浄瑠璃文の外に一派を成したり。平賀源内[八]、及び天明以後の狂文[九]も亦《また》間接に俳文の影響を受けたるに非《あら》ざるを得んや。

此《かく》の如くして、三偉人は殆んど同時に出でゝ、三方に馳駆《ちく》せり。其著作に就て精細に吟味しなば、固《もと》より多少の疵瑕《しか》あるべけれども、三人は尽《ことごと》く是れ其各派の創業者たる事を忘るべからざるなり。殊に最注意すべき一点あり。そは三人共に従来の荒唐無稽なる空想と質素冗長なる古文との範囲外に出でて、実際の人情を写し、平民的[一〇]の俗語を用ゐたることなり。三人各〻《おのおの》声を異にして、色を同じうす。末は則ち分れて本は則ち一なり。是に於てか元禄文学在り。

六　宝永三年(一七〇六)刊、許六編『本朝文選』の改題本。『風俗文選』は、宝永四年刊。
七　也有編。前編は天明七年(一七八七)刊、後編は同八年刊。続編、拾遺は、文政六年(一八二三)刊。
八　享保一三年(一七二八)―安永八年(一七七九)。江戸時代中・後期の談義本(滑稽本)作者。『風流志道軒伝』など。
九　江戸時代中期以降に行われた漢文体に俗語を交えた戯文。
一〇　一五三頁注七参照。

○俳文

三偉人の内近松は世に出づる時稍《やや》ゝ後《おく》れたり。西鶴と芭蕉とは殆んど同時に名を揚げ、同時[一]に歿し、従つて其《その》文章も亦甚だ相似たる所あり。其似たる所は、共に古文法を破りて、簡短を尚《たふと》び、成るべく無用の語を省きたるに在り。其異なる所は、西鶴は多く俗語を用ひ、芭蕉は多く漢語を用ゐたるに在るなり。

芭蕉の文は長明[二]の文、謡曲の文より出で、、更に一機軸を出《い》だしたる者なり。昔より漢文は漢文、邦文[三]は邦文として全く特別の物に属し、同一の人にして全く二様の文を作る事あり。長明、稍《やや》此両者を調和し、『太平記』[四]更に之《これ》を調和し、謡曲又更に其歩を進めたりと雖も、要

一 西鶴は元禄六年(一六九三)没、芭蕉は同七年没。

二 鴨長明。?—建保四年(一二一六)。鎌倉時代初期の歌人。随筆『方丈記』の作者。

三 和文。

四 南北朝時代の軍記物語。子規は、文体に注目している。後代の謡曲に影響を与えている。

するに漢語を用うる事の多きのみにして、其句法の上には古代の邦文と非常の差あるに非ず。然るに芭蕉の文は単に漢語を使用したるのみならず、一句一章の結構に於て亦多く漢文の臭味を雑《まじ》へたり(更《さ》らに適当なる語を用ゐば、元禄の臭味を帯びたり)。而《しか》して其記する所は天然の風光に非ざれば、則ち自己の理想、殊に老仏[五]の出世間的観念を多しとす。其例を挙ぐれば、『野ざらし紀行』(貞享元年)の冒頭に、

千里に旅立て路粮《みちかて》[六]をつゝまず。三更月下無何《むか》に入るといひけん昔の人の杖にすがりて、貞享甲子《きのえね》秋八月、江上《かうしやう》の破屋を立いづる程、風の声そゞろ寒げなり。

五　道教と仏教。

六　『荘子』「逍遙遊篇」の「適二千里一者。三月聚レ糧」(千里に適(ゆ)く者は、三月糧(かて)を聚(たくわ)う)、および『江湖風月集』の広聞和尚の偈「語録ヲ褙(いは)ス」中の「路粮を齎(つつ)マズ笑ツテ復タ歌フ。三更月下無何ニ入ル」に拠る。

と記せるが如き、一読して古代の邦文と全く其の句法を異にするを見るべし。『鹿島紀行《かしまきかう》』（貞享二年）の初めに、

（略）伴ふ人二人、一人は浪客の士、ひとりは水雲の僧。僧は鴉の如くなる墨の衣《ころも》に、三衣《さんえ》の袋を衿に打かけ、出山《しゆつさん》の尊像を厨子にあがめ入《いれ》てうしろに背負《せおひ》、拄杖《しゆぢやう》[一]曳《ひき》ならして、無門の関もさはるものなく、あめつちに独歩して出ぬ。今ひとりは僧にもあらず俗にもあらず、鳥鼠の間[二]に名をかうぶりの、鳥なき島にもわたりぬべくて、門より船に乗て行徳《ぎやうとく》[三]といふ処にいたる。

若《も》し普通の文章ならば少くとも、

一 禅僧が用いる行脚の杖。
二 「鳥鼠の間」の蝙蝠（こうもり）と「蒙（こう）むる」を掛けている。
三 今の千葉県市川市内の地名。

伴ふ人二人あり。一人は浪客の士(にて)、一人は水雲の僧なり。

と書かざるべからず。然れども元禄前後は一般に文章の簡単を尚《たふと》びしかば、芭蕉も亦自ら此句法を用ゐし者なるべし。其他真面目《まじめ》の語を以て時に諧謔の意を寓する処、是れ所謂《いはゆる》俳文の胚胎せるを見る。『笈《おひ》の小文《こぶみ》』の首《はじめ》に、

[四]百骸九竅《ひやくがいきうけう》の中に物あり。かりに名づけて風羅坊《ふうらばう》といふ。誠にうすものゝ風に破れやすからん事をいふにやあらん。かれ[五]狂句を好む事久し。終《つひ》に生涯の謀《はかりごと》となす。或時は倦て放擲《はうてき》せん事を思ひ、ある時は進

四　「百骸九竅六臓賅(そなは)ツテ存ス」(『荘子』「斉物論」)。百の骨と九の穴。人体。

五　俳諧(俳句)。芭蕉句に〈狂句こがらしの身は竹斎に似たる哉〉。芭蕉の風狂意識が窺える。「栖去之弁」(元禄五年〈一六九二〉成)で「風雅もよしや是までにして口をとぢむとすれば、風情胸中をさそひて、物のちらめくや、風雅の魔心なるべし」と。これが「風狂」。

むで人にかたん事をほこり、是非胸中に戦ふて、是が為に身安からず。しばらく身を立ん事を願へども、これが為にさへられ、暫《しばらく》学で愚を暁《さとら》ん事を思へども、是が為に破られ、終に無能無芸にして只此《ただこの》一筋に繋がる。

其《その》説く所全く老荘の主旨を出《い》でず、其述ぶる所尽く漢文の結構によらざるはなし。哲学的思想を叙述する、此《かく》の如く多く漢文的句調を混和する、此の如く甚しき者は他に其例を見ざる所、蓋《けだ》し芭蕉の創体に属するなり。それより一年を越えて、『奥の細道』といふ紀行あり。其中に、月日は百代《はくたい》の過客《くわかく》[一]にして、行かふ年もまた旅人也。船の上に生涯をうかべ、馬の口とらへて老をむかふるものは、日々旅にして旅を栖《すみか》とす。古人も多く旅に死せるあり。予もいづれの年よりか片雲の風にさそはれて、漂泊のおもひやまず。海浜にさすらへ、[二]去年の秋、江上《かうしやう》[三]の破屋に蜘《くも》の古巣をはらひて、やゝ年も暮《くれ》、春立る霞の空に白川の関[四]こえんと、そゞろ[五]神の物につきて心を狂はせ、道祖神[六]の招きにあひて取《とる》物手につかず、股引《ももひき》の破《やぶれ》をつゞり、笠の緒付かへて、三里[七]の《(に)》灸すゑ《(ゆ)》るより松島の月先《まづ》心にかゝりて、住る方は人に譲り、杉風が別墅《べつしよ》に移る(春立より以下数句西鶴の文と似たり)。

一　「光陰ハ百代ノ過客ナリ」(『古文真宝後集』李白「春夜ニ桃李園ニ宴スルノ序」)。「過客」は、旅人。

二　貞享五年(一六八八)八月。

三　隅田川のほとりの茅屋。芭蕉庵。

四　歌枕。陸奥・下野の境。奥州三関の一つ。能因法師歌〈都をば霞と、もに立ちしかど秋風ぞ吹く白河の関〉(『後拾遺和歌集』)で著名。

五　旅心を誘い出す神。芭蕉の造語。麦水著『俳諧蒙求』(明和七年〈一七七〇〉成)に「自ら再び出でじと足を禁じて幻住庵に入りながら、又そゞろ神を催して江戸に立越えられし」と。

六　路傍に祭られている旅の神。

七　灸点。膝の外側の少し下。足を丈夫にし、疲れを取る。

抑《そもそも》ことふりにたれど、松島は扶桑第一[一]の好風にして、凡《およそ》洞庭西湖《とうていせいこ》[二]を恥ぢず。東南より海を入て江《え》の中《うち》三里、浙江《せつかう》[三]の潮をたゝふ。島々の数をつくして欹《そばだ》つものは天を指《ゆびさし》、臥するものは波に匍匐《はらばふ》。あるは二重《ふたへ》にかさなり、三重《みへ》にたゝみて、左に別れ右に連《つらな》る。負《おへ》るあり、抱けるあり、児孫を愛するが如し。

と書けるが如き、前の文章に比して稍《やや》[四]圭角の少きを見る。これ啻《ただ》に文章に於て然るのみならず、俳諧も亦同時に一様に変遷をなしたるなり。

所謂俳文なる者は、此《かく》の如く荘重老健のものならずして、常に滑稽諧謔を以て勝れるを以て、直ちに此《この》文を以て俳文の開祖と為《な》すべからずと雖も、和歌の外に俳句を

一 日本国の異称。三千風編『松島眺望集』(天和二年〈一六八二〉刊)中の「鐘之銘」に「松島者天下第一之好風景」と。

二 中国の著名な湖。孟浩然、白居易等の漢詩文に詠まれている。

三 中国の大河。銭塘江。初唐の詩人宋之問(そうしもん)「霊隠寺」に「門には対ふ　浙江の潮」。

四 言語がかどかどしいこと。佶屈聱牙。

起したるが如く、和文の外に一種の文を起したるは則ち疑ふべからず。門人諸子のものせし俳文は、これ等より[五]脱化せしものに非るを得んや。然り而《しかう》して、彼等が諧謔をのみ主として、芭蕉の如く真面目の文章を為し得ざりし者は、恰《あたか》も芭蕉に壮大雄渾の俳句ありて、彼等に之《こ》れ無きと[六]一般、自《おのづか》ら其才識の高卑を知るに足る。

五　芭蕉の俳文を基礎として、新形式に変えること。
六　同一。

○補　遺

芭蕉に就きて記すべき事多し。然れども、余は主として芭蕉に対する評論の、宗匠輩に異なる処を指摘せし者にして、爰《ここ》に芭蕉に《(を)》評論するの余暇を得ざれば、一先づ筆を擱《お》かんとす。乃《すなは》ち言ひ残せし事項の二、三を列挙して其題目を示し、以て本談の結尾とせん。

一松尾桃青、名は宗房、正保元年伊賀国上野に生る。松尾与左衛門の二男なり。十七歳、藤堂蟬吟《せんぎん》公に仕ふ。[一]寛文三年(廿歳)、蟬吟公早世、乃ち家を出《い》で丶京師に出で、[二]北村季吟に学ぶ。廿九歳、江戸に来《きた》り[三]杉風に寄居す。[四]四十一歳秋、東都を発し、東海道を経て、故郷伊賀に帰り、翌年二月伊賀を発し、木曽路より甲州を経て再び江戸に来る。此歳、[五]月を鹿島に見る。四十四歳、[六]東海道より伊賀に帰る。翌年伊勢参宮、尋《つい》で芳野、南都を見て、須磨明石に出づ。[七]木曽を経、姥捨の月を賞し三たび東都に来る。[八]四十六歳、東都を発し、日光、白河、仙台より松島に遊び、象潟を通り、道を北越に取りて越前、美濃、伊勢、大和を過ぎ伊賀に帰

一 蟬吟が没したのは、寛文六年(一六六六)。蟬吟、二五歳。芭蕉は二三歳。
二 二二九頁注五参照。
三 延宝八年(一六八〇)、杉風所有説のある深川芭蕉庵に居を移す。芭蕉三七歳。
四 『野ざらし紀行』の旅。
五 この時の体験が『鹿島紀行』として結実。
六 『笈の小文』の旅。
七 『更科紀行』として結実。
八 『おくのほそ道』の旅。

り、直ちに近江に来る。翌年、石山の西、幻住庵に入る。四十八歳、伊賀に帰り、京師に寓し、冬の初め四たび東都に来る。五十一歳、夏深川の草庵を捨てゝ上洛し、京師、近江の間を徘徊す。七月伊賀に帰り、九月大阪に至る。同月病に罹《かか》り十月十二日没す。遺骸を江州《がうしう》義仲寺義仲の墓側に葬る。

一芭蕉が吟杖を曳きしは、東国に多くして、西国に少なし。経過せし国々は山城、大和、摂津、伊賀、伊勢、尾張、三河、遠江、駿河、甲斐、伊豆、相摸、武蔵、下総、常陸、近江、美濃、信濃、上野《かうづけ》、下野《しもつけ》、奥州、出羽、越前、加賀、越中、越後、播磨、紀伊、総て二十八ヶ国なり。

九　五月一一日、次郎兵衛を伴って江戸を出立。

一芭蕉は所謂正風を起したり。然れども、正風の興る、固《もと》より芭蕉一人の力に在らずして、時運の之をして然らしめし者なり。貞室の俳句、時として正風に近き者あり。宗因、其角、才丸、[一]常矩《つねのり》等の俳句、亦夙《またはや》く正風の萌芽を含めり。『冬の日』、『春の日』等を編集せし時は正風発起の際なりと雖《いへど》も、此時正風を作す者、芭蕉一人に非ず。門弟子亦皆之《これ》を作す。門弟子亦皆之を作すのみならず、他流の人亦之を作す。而《しか》して正風発起後と雖も、芭蕉の句、往々『虚栗集』的の格調を存ず（ママ）。此等の事実を[二]湊合《そうごう》し、精細に之を見なば、正風の勃興は時運の変遷自《おのづか》ら然らしめし者にして、芭蕉の機敏唯能《ただよ》く之を発揮せしに過ぎざるを知らん。

一 寛永二〇年（一六四三）—天和二年（一六八二）。京の人。季吟門。のち談林に。許六著『歴代滑稽伝』に「洛の談林は大方常矩が門弟也」と見える。

二 集め合わすこと。綜合。

一芭蕉の俳句は単に自己の境涯を吟詠せし者なり。即ち主観的に自己が感動せし情緒に非ずんば、客観的に自己が見聞せし風光、人事に限りたるなり。是れ固より嘉《よみ》すべきの事と雖も、全く己が理想より得来る目撃以外の風光、経歴以外の人事を抛擲《はうてき》[三]して詩料と為《な》さゞりしは、稍《やや》芭蕉が局量の小なるを見る（上世の詩人皆然り）。然れども芭蕉は好んで山河を跋渉したるを以て、実験上亦夥多《あまた》の好題目を得たり。後世の俳家、常に几辺[四]に安坐して、且《か》つ実験以外の事を吟ぜず。而して自ら芭蕉の遺《い》旨《し》を奉ずと称す。井蛙の観る所、三尺の天に過ぎず。笑はざらんと欲する得んや。好詩料、空想に得来りて、或《あるい》は斬新、或は流麗、或は雄健の俳句

三　打捨てておくこと。

四　子規は、熊本の池松迂巷宛書簡（年月日不詳）において「須（すべから）く詩眼を大にして宇宙八荒を睥睨せよ。句の成ると成らざるとに論なく、其快言ふべからざるものあり。決して机上詩人の知る所にあらず」と記す。

を作し、世人を罵倒したる者、二百年独り蕪村あるのみ。

一[一]鳴雪翁曰く、「芭蕉は大食の人なり、故《ゆゑ》に胃病に罹《かか》りて殀せし者ならん。其証は芭蕉の手簡に、

○[二]一もち米　一升　一黒豆　一升　一あられ見合[三]

右今夕の夜食に成《なり》申候間、御いら《（炒）》せ、伝吉にもたせ御こし可被下《くださるべく》候云々。

○[四]只今田舎より僧達二、三人参《まゐり》候。俄《にはか》に出し可申《まうすべく》候貯無之《これなく》候。さぶく候故、にうめんいたし可申候。そうめんは沢山有之《これあり》候。酒二升御こし頼入《たのみいり》候云々。

とあり、且つ没[五]時の病は菌《きのこ》を喰ふてより起りしといへば、必ず胃弱の人なりしに相違なし」と。単

一　内藤鳴雪。弘化四年（一八四七）—大正一五年（一九二六）。伊予松山の人。子規門。子規より二〇歳年長。著作多数。『俳句作法』は名著。

二　仏兮・湖中編『俳諧一葉集』（文政一〇年〈一八二七〉刊）所収「十八日付喜八宛芭蕉偽簡」にあり。

三　ここでは適当に、の意。

四　『俳諧一葉集』所収「二日付かふじや茂作宛芭蕉偽簡」にあり。

五　其角の「芭蕉翁終焉記」（『枯尾花』）に「有(あり)ふれし菌(クサビラ)の塊積(ツカエ)にさはる也と覚えしかど」と。また『芭蕉翁反古文』（通称『花屋日記』）の「十月二日付去来宛惟然書簡」には「老師が事、昨夜より泄痢之気味に而(て)俄に一変、夜中二十余度の通気、是は頃夜園女亭に而の菌之御過食故と相考候」とある。

に此手紙を以て大食の証となすは理由薄弱なりと雖も、手紙は兎に角に、余は鳴雪翁の説、当[六]を得たる者ならんと思ふなり。多情[七]の人にして肉体の慾を他に伸ばす能《あた》はざる者、往々にして非常の食慾を有す。芭蕉或は其一人に非るを得んや。

一　芭蕉妻を娶らず。其他婦女子[八]に関せる事、一切世に伝はらず。芭蕉戒行[九]を怠らざりしか、史伝之《これ》を逸《いっ》したるか。姑《しば》らく記して疑を存す。

一　後世の俳家、芭蕉の手跡を学ぶ者多し。亦《また》以て其尊崇の至れるを見る。

一　芭蕉の論述する所、支考等諸門人の偽作[一〇]、又は誤伝に出づる者多し。偶〻《たまたま》芭蕉の所説として信憑すべき者も、亦、幼穉にして論理に外れたる者少な

六　道理にかなっている。

七　子規は『逍遥遺稿』中の「逍遥遺稿の後に題す」で中野逍遥のことを「逍遥子は多情多恨の人なり。多情多恨の人を求めて終に得る能はず。乃ち多情多恨の詩を作りて以て自ら慰む」と記す。

八　沼波瓊音が俳誌「俳味」第三巻第一号に「芭蕉に妾ありき」を発表したのは、子規没後の明治四五年（一九一二）一月のこと。

九　女戒を保ち、実践修行すること。

一〇　例えば、芭蕉に仮託した支考の作と考えられている『二十五箇条』（享保一一年〈一七二六〉刊）や三四坊（二柳）編『俳諧直指伝』（安永四年〈一七七五〉刊）など。

からねど、さりとてあながち今日より責むべきに非ず。

一芭蕉の弟子を教ふる、孔子の弟子を教ふるが如し。各人に向つて絶対的の論理を述ぶるに非ず。所謂一人を見て法を説く者なり。[一]

一芭蕉嘗《かつ》て戯れに許六[二]が鼾の図を画く。彼亦頓智を有す。稍《やや》万能の人に近し。

一天保年間、諸国[三]の芭蕉塚を記したる書あり。曽《かつ》て其足跡の到りし所は言ふを須《ま》たず、四国、九州の辺土亦到る所に之れ無きは無し。余曽て信州[四]を過ぎ、路傍の芭蕉塚を撿するに、多くは是れ天保以後の設立する所に係る。今日六十余州に存在する芭蕉塚の数に至りては殆んど枚挙に勝《た》へざるべし。

一 『去来抄』〈修行〉に「先師は門人に教へ給ふに、或は大に替りたる事あり。(中略)是は作者の気性と質に寄りて也」と記す。

二 芭蕉が貞享五年(一六八八)に書いた「杜国鼾の図」がよく知られている(士朗著『枇杷園随筆』参照)。

三 義仲寺編・刊『諸国翁墳記(しょこくおきなづかのき)』を指すか。宝暦一一年(一七六一)刊。年々増補される。

四 「かけはしの記」(明治二五年〈一八九二〉)に「路〳〵立てたる芭蕉塚に興を催ほして行けば行くてはるかに山重なれり」と見える。

五 有隣編『ばせをだらひ』(享保九年〈一七二四〉刊)に「歳首」の前書で〈発句なり芭蕉桃青宿の春〉とあり「貞享年中の吟、素堂、其角と三ツもの有」の左注が。「発句あり」の句形は浣花井甘井編『金蘭集』(文化三年〈一八〇六〉刊)、『芭蕉翁句解大成』。

一寛文中には宗房と言ひ、延宝天和には桃青、芭蕉と云ふ。[五]いつの頃か自ら、

517発句あり芭蕉桃青宿の春

と云ふ句を作れり。芭蕉とは深川[六]の草庵に芭蕉ありしを以て、門人などの芭蕉の翁と称へしより雅号となりしとぞ。普通に「はせを」と仮名に書く。[七]書き続きの安らかなるを自慢せりといふ。[八]桃青といふ名は、何より得来りしか詳《つまびらか》ならず。余臆測するに、芭蕉初め李白の磊落なる処を欣慕し、李白といふ字の対句を取りて桃青と名づけしには非ずや。後年には李白と言はずして、杜甫を学びしやうに見ゆれども、其年猶《なほ》壮にして檀林に馳駆せ

517　今日では、「知足自筆延宝七己未名古屋歳旦板行之写シ・江戸衆歳旦写」によって〈発句也松尾桃青宿の春〉の句形で、延宝七年(一六七九)の作であることが確定している(小学館版新編日本古典文学全集、井本農一・堀信夫注解『松尾芭蕉集①全発句』参照)。

六　延宝九年(一六八一)門人李下が芭蕉一株を深川の草庵に贈った。〈ばせを植ゑてまづ憎む荻の二葉哉〉の芭蕉句が。

七　『去来抄』〈故実〉に「はせをは仮名にて書きての自慢也」と。

八　写本『談林俳諧』(天理図書館蔵・俳書集成所収)中、「延宝三卯五月東武にて」の前書のある宗因句〈いと涼しき大徳也けり法の水〉を発句とする百韻の四句目〈石壇よりも夕日こぼるゝ〉が桃青号での最初の作品。桃青号で付句九句を発表。

し際には、勢ひ杜甫よりは李白を尊びしなるべしと思はる。

獺祭書屋俳話正誤

一駟《し》も舌に及ばず、況《ま》して筆に書きとめたるは後より二言ひくろむることもならざるべし。それを思へば著書などいふもの程大胆なるはあらじ。さきに俳話を世に公にしてよりこゝに数年、かしこもこゝも誤れりとは、疾《はや》くより心づきぬれど、さりとて誤を正さんとすれば全篇を改めねばかなふまじきに、さること もなりがたくて一日、二日と過ぎ行きしを、斯《か》くては終《つひ》に誤に誤を重ねて人を誤り、自ら偽ることの本意ならねば、やうやく思ひ立ちて其《その》一部を正誤す

一　「駟」は、四頭だての馬車。一度発言したことは、四頭だての馬車で追いかけても追いつけないこと。
二　言いくるめる。言葉巧みにごまかす。

る事となしたり。もとより端から端へ正誤するにても無く、はた言ひ過ぎたり、言ひ足らず、など思へる処は必ずしもこゝに正さねば、正誤出てまた誤なしとな思ひたまひそ。

第十七頁〔本書四十六頁〕以下嵐雪を論ずる処、甚だ誤れり。大体に於て嵐雪をやさしきものにみて、総て其角の反対なりと論じたるは、いたく嵐雪を取り違へたるなり。[一]嵐雪は寧《むし》ろ其角に似たるなり。蕉門幾多《いくた》の弟子中、最も其角に似たる者は嵐雪なり。嵐雪の句の佶屈なる処、斬新なる処、勁抜なる処、滑稽なる処、古事を使ふ処、複雑なる事物を言ひて(こ)なす処等、甚だ其角に似て只《ただ》一歩を譲るのみ。其角、嵐雪が特に名を得たるは其俳句に必ずしも名句多しとのわけならず、寧ろ何でも彼でも言ひ

一　市川柏莚著『老のたのしみ』の中に蕉門の破笠談として「嵐雪なども、俳情の外は翁をはづし、逃などいたし候由、殊の外気がつまり、おもしろからぬゆへ也」と見える。また「其角、嵐雪は、夜具などもなきどうらくなるくらし」とも。

こなす処、即ち両人が多少の智識、学問を具へたる処に在るなり。例句、

518 殿は狩りツ妾《メカケ》餅売る桜茶屋　嵐雪
519 煮《に》鰹《がつを》を干して新樹《ジュ》の烟りかな　同
520 煮《に》取《とり》たくこゝでもお僧愚なり　同
521 星《ほし》合《あひ》に我《わが》妹《いも》かさん待《まち》女《ぢよ》郎《らう》　同
522 稲妻にけしからぬ巫《みこ(が)》の目《まな》ざしや　同
523 蓮の実の飛ぶは飛びしかそもされば　同
524 早雲寺名月の雲早きなり　同

此外《このほか》前書を有する者は嵐雪句集[二]の過半にして、前書ある句は、只言[三]ひこなしの処に於て人を驚かする者なり。

518 『みなしぐり』所収句。「殿は狩りツ」の表記。
519 嵐雪編『或時集』所収句。
520 宝永二年(一七〇五)刊、朝叟・嵐雪編『其浜木綿』所収句。「煮取」は、鰹節を煮出して作った調味料。
521 元禄三年(一六九〇)刊、嵐雪編『其袋』所収句。
522 『其袋』所収句。
523 寛延三年(一七五〇)刊、嵐雪著、旨原編『玄峰集』所収句。「朝叟をとぶらふ」の前書。
524 元禄一四年(一七〇一)刊、嵐雪著、百里・氷花編『杜撰集』所収句。「早雲寺」は、箱根湯本にある臨済宗大徳寺派の寺。北条早雲の遺言により氏綱が創建。
二 『玄峰集』を指す。
三 言葉巧みに表記すること。

蓋《けだ》し嵐雪は言ひこなしの力あるを頼みて、我から文学的の趣向を探ることに務めず、偶然に遭遇する雅事、俗事一切之《これ》を俳句の材料として消化せんとしたるならん。又嵐雪に理想的の句少しと言へりしかど、多少の理屈を説きたる者は、其例に乏しからず。例へば、

525 三《みつ》の朝三《みつ》夕《ゆふ》暮《ぐれ》を見はやさん　嵐雪
526 年已《すで》に明けて達磨の尻目かな　同
527 花の夢此身を留守に置きけるか　同
528 世のあやめ見ずや真菰の髑髏《されかうべ》　同
529 底《そこ》清《し》水《みづ》心の塵ぞ沈みつく　同

の如し。嵐雪に擬人的、譬喩的の句甚だ多し。例へば左

525 『玄峰集』所収句。
526 元禄三年(一六九〇)刊、勤文編『珠洲海(すずのうみ)』所収句。
527 『其袋』所収句。
528 『みなしぐり』所収句。
529 『其袋』所収句。「めぐろの滝も人のまふ(う)でぬ日」の前書。

の如し。

530 四海波魚のきゝ耳あけの春　嵐雪
531 元日や晴れて雀のもの語り　同
532 めん〳〵の蜂をはらふや花の春　同
533 手の行かぬ背中を梅の木ぶりかな　同
534 梅干じや見知つて居るか梅の花　同
535 しだり尾の長屋〳〵に菖蒲《しやうぶ》かな　同
536 初鰹盛りならべたる牡丹かな　同
537 時鳥聞けば坐頭の根付《ねつけ》かな　同
538 名月や歌人に髭の無きがごと　同
539 初菊や頬白《ほじろ》の頬の白き程　同
540 蒲団着て寐たる姿や東山　同

530 『玄峰集』所収句。「改正」の前書。
531 『其袋』所収句。
532 『篇突』、元禄一一年(一六九八)刊、涼菟編『皮籠摺(かわごずれ)』所収句。
533 宝永二年(一七〇五)刊、百里編『銭龍賦』所収句。
534 『玄峰集』所収句。
535 『玄峰集』所収句。
536 『玄峰集』所収句。
537 『玄峰集』所収句。「根付」は、落下防止のために印籠、煙草入れ等に付ける細工物。
538 『其袋』所収句。
539 宝永元年(一七〇四)刊、艶士編『分外』、『玄峰集』所収句。
540 『俳諧古選』『玄峰集』所収句。66番の句と同一。

541 畑中に吉野静や煤払ひ　同

此外前書長き句は譬喩的の者多し。是れ已《や》むを得ざるに出づるなり。前書長き者は、複雑なる事物、即ち十七字には迚《とて》も包含すべからざる程の事を前書に現し、而《しか》うして後其全体の趣味(若《も》しくは一部の事物)を季に配合して、文学的ならしめんとする者なれば、此場合に於て季の景物(又は色彩を施すべき配合物)を譬喩に使はねばならぬやうになるなり。

542 烏《ゑ》帽《ぼ》子《し》着て白き者皆小田の雁　嵐雪

といふ句ばかりを見ても、何の事とも解せぬなり。其前書を見れば、

541 『玄峰集』所収句。

542 『玄峰集』所収句。

[一]鶴が岡放生会《はうじやうゑ》拝みにとて、待宵の月かけて雪の下[二]のやどりに侍り、[三]試楽の笛に夜すがらうかれぬ。明《あく》ればの朝霧の木の間たえ〴〵に、楽人《がくじん》、鳥の如くつらなり、社僧雲に似てたなびき出《いづ》る神のみゆきの厳重なるに、階下塵しづまり松の嵐も声をとゞめぬ。

とあり。即ち知る、烏帽子云々の句は、鶴ヶ岡放生会の景況を叙したる者にして、小田の雁とは烏帽子着たる人のつらなりたるさまを斯く喩《たと》へたるなり。烏帽子白衣の人の形状は、小田の雁と余り似たる処も無きを斯く言ひたるは何故《なにゆゑ》ぞと言ふに、第一、放生会といふことを現すに烏帽子の人ばかりにては固《もと》より不十分なる故、せめて

一　鎌倉鶴岡八幡宮。『東海道名所図会』に「例祭は八月十五日、放生会あり」と。

二　『東海道名所図会』の「一ノ鳥居」の項に「この鳥居前を若宮小路といふ。旅舎（はたご）、茶店多し。惣号を雪下（ゆきのした）といふ」と。

三　公式演奏の前に行う楽。

は譬喩になりとも鳥を出さんとて雁を持ち出したるなり。第二、鳥を出すには寧ろ鷺の方善《よ》かるべきなれど、雁といはねば秋季にならぬ故、雁と置きて、其列を為したる処を譬喩の眼目としたるなり。斯《かか》る些細なることは、文学上に左迄《さまで》の価値無けれども、此句にても嵐雪の用意周到なる処、即ち其言ひこなしの上手なる処をあらはすに至れり。

第二十三頁〔本書五十四頁〕、「[85]応〳〵といへど叩くや雪の門」の一句を削る。余は此句を誤解し居たるなり。後に考へ得たる所に拠《よ》れば、[一]此句の作者は家の内に在りて、応々と呼ぶ方の人なり。さすれば此句は此方で応々といくら返事しても、外では叩いて居ると言ひしものな

一　異形句〈あくる間を扣（たた）きつゞけや雪の門〉によっても窺うことができる。

るべく、さて斯く考ふれば此句には雅致無くして、却《かへつ》て俗気あるを覚ゆ。当時此の種の印象明瞭なる句無かりしために、誰も彼もめでしものと見ゆれど、今日より見ればば月並調に近きものなり。

同頁七行目〔本書五十五頁二行目〕、去来の句二百句許《ばか》りとあるを三百句許りと改む。

同行〔本書次行〕、秋月と時雨の二題云々とあるは誤れり。去来の句集中、桜花、鵑《ほととぎす》、秋月、時雨、雪の五題は十句以上あり。而して丈草も亦《また》此五題は十句以上あり。丈草が細微を詠ずるの傾向あるは誤れるにあらねど、此等の題を詠じたる句数を以て比較するは誤れり。

第二十八頁〔本書六十三頁五行目〕、俳句に擬人法を用ふるは後世に多くして云々、とあるは疑はし。擬人法が孰《いづ》れの時代に多きかは猶《なほ》善く研究して後に言ふべし。元禄時代に擬人法の句は丈草以外にも多く之を見るなり。

第六十頁〔本書百二十一頁〕、「311 月花の遊びはじめや歌がるた」の一句を削る。此句俗気ありて且《か》つ陳套を免れず。

第七十八頁一行目〔本書百五十頁下より三行目〕、世上とあるは上世の誤りなり。

＊右の「獺祭書屋俳話正誤」の初出は「日本」の明治二十九年（一八九六）十月二十六日、十一月二日付の紙面に掲載されたものであるが、本書は、これを収める明治三十五年十月刊、小谷保太郎編、増補三版『獺祭書屋俳話』（弘文館）所収のものにより、明らかな誤りは校注者が訂した。

解　説

復本一郎

まだまだ子規の知られざる句が眠っているのではなかろうか。今、この解説を書くに当って、そんなことを思いつつある。

正岡子規の高弟で、俳誌「ホトトギス」の継承者である高浜虚子は、大正四年(一九一五)六月刊『子規居士と余』(日月社)の中で、明治二十五年(一八九二)の子規のことを左のごとく綴っている。最初から引用がやや長くなるが、その語るところすこぶる面白いのでお許しいただきたい。小説家たらんとした虚子だけに文章の運びも見事である。

京都清遊の後《のち》、居士《こじ》(筆者注・子規)は忽《たちま》ち筆硯に鞅掌《あうしやう》(筆者注・暇なく勤《いそし》むこと)する忙裡《ばうり》の人となつた。けれども閑を得れば旅行をした。「旅の旅の旅」といふ紀行文となつて「日本」紙上に現はれた旅行は、其《その》最初のものであつた。此《この》時分から居士の手紙には、何となく急がしげな心持《こころもち》がつき纏《まと》つてゐた。染々《しみぐ》と夜を徹して語るといふやうなゆつたりした心持のものはもう見られなくなつた。其旅中、伊豆の三島から一葉の（筆者注・一枚の）写真を余の下宿に送つてくれた。其《それ》は菅笠を下に置いて草鞋《わらぢ》の紐を結びつゝある姿勢で、

甲《かふ》かけに結びこまるゝ野菊かな

といふ句が認《した》ゝめてあつた。余は、京都に在《あ》る間、日本新聞は購読しなかつたのであるが、此紀行と前後して居士の俳論、俳話は日々の紙上に現はれて、其等《それら》は俳句革新の警鐘となりつゝあるのであつた。後年「獺祭書屋俳話」として刊行されたものがこれである。（読みやすさの便を考えて、読点、振り仮名等をほどこした。以下の引用も同じ）

子規は、明治二十五年（一八九二）二月二十九日、東京市本郷区駒込追分町三十番地の借家より、下谷区上根岸八十八番地金井ツル方に転居している。この年、七月十一日より八月二十六日まで故郷松山で過しているが、この帰郷、そして上京の前後を京都で過している。虚子の言う「京都清遊」とは、このことであろう。その後《あと》、十月三日より大磯で過すが、大磯滞在中に箱根路四日間の旅をして、再び大磯に戻っている。この旅が「旅の旅の旅」である。「日本」紙上に同年十月三十一日、十一月一日、三日、六日の四回にわたって掲載されている。「日本」とは、子規の恩人陸羯南《くがかつなん》によって明治憲法発布の日である明

治二十二年(一八八九)二月十一日に創刊された新聞。虚子が「日本新聞」とも書いているように、「日本新聞」が当時の通称。同新聞の編集長格古島一雄(号、一念。俳号、古洲)は、「日本新聞」で通しているし、子規また「日本新聞」なる通称を用いている。同時代の他の人々も「日本」なる呼称が、やや唐突の感があるので、「日本新聞」なる通称を用いることが少なくなかった(明治三十五年〈一九〇二〉十一月刊の『子規言行録』も「日本新聞」で統一している)。研究者間では、「新聞「日本」」などというやや持って回った言い方がすっかり定着してしまっているが、本文庫、そして「解説」は、原則的に「日本新聞」なる通称に従うことにする。

「日本新聞」に掲載された紀行文「旅の旅の旅」であったが、その旅の途次、虚子は、子規から写真一枚を送ってもらったと記している。今日《こんにち》、明治二十五年(一八九二)十月十四日付と推定されている虚子宛子規書簡が残っている。虚子が「旅中、伊豆の三島から一葉の写真を余の下宿に送つてくれた」と記しているところの、その本体としての手紙であろう。そこには「昨今得ル所ノ拙句少〻記載致候。御叱正被下度《くだされたく》奉《たてまつり》祈《ねがひ》候」として、〈旅の旅又その旅の秋の風〉の句をはじめ、全九句と短歌一首が添えられている。

虚子の住所は、京都市聖護院町二番地石澤信義方。子規はこの手紙を豆州三嶋駅君澤館にて認めている。この手紙に同封されていたと思われるものが、虚子が記している一枚の写真であろう。恐らく虚子に与えたと同様のものであろうと思われる写真(「菅笠を下に置いて草鞋の紐を結びつゝある姿勢」)が、講談社版『子規全集』第十三巻(小説　紀行)の巻頭口絵に収められている。

注目すべきは、虚子の次の記述である。虚子に与えたその写真には、子規の、

甲かけに結びこまるゝ野菊かな

の一句が認められていたというのである。表の余白部分にか、裏書きであったのかは、定かでない。が、それはともかく、この句、子規の句として従来、まったく知られていなかったものである。もちろん『子規全集』未収録。新出句稿『なじみ集』の中にも見えない。私が、この解説の冒頭で「まだまだ子規の知られざる句が眠っているのではなかろうか」と記したゆえんである。一人の作家の全集が完成すると、すっかり安心してそれに寄り掛ってしまい、周辺資料の検討が疎《おろそ》かになる傾向がある。大いに心しなければなるまい、と思ったことであった。

ということで、〈甲かけに〉の一句、子規の新出句だったのである。しかも上質の。句中の「甲かけ」は、甲掛。足の甲にまとう紐付きの布片で、草鞋履きの旅行の時、足袋のかわりに用いられた。一句の意味は、甲掛の紐を結び直した時に、折からその辺りに咲いて

いた野菊を一緒に結びこむことになった、というのであろう。芭蕉の『おくのほそ道』中の作品〈あやめ草足に結ん草鞋《わらぢ》の緒〉が意識されていよう。先の虚子宛子規書簡の九句中には、〈石原にやせて倒るゝ野菊哉〉の「野菊」の句が見えるが、趣向的には〈甲かけに〉の方が面白いように思われる。我々は、子規の新出佳句をよろこばねばなるまい。

それはともかく、この「旅の旅の旅」の紀行と前後して、子規は、後年『獺祭書屋俳話』として刊行されることになる俳論、俳話を「日本新聞」紙上に発表した——と虚子は報じている。この『獺祭書屋俳話』こそが、本文庫である。かつて、昭和四年(一九二九)八月、改造文庫の一冊として、寒川鼠骨《さんがわそこつ》によって編まれた『子規俳話』(改造社)の中に他の俳論とともに収められたことがあったが、爾来、子規俳論の嚆矢『獺祭書屋俳話』が文庫に収められることはなかった。この度、岩波文庫編集部の鈴木康之氏の御尽力により『獺祭書屋俳話』が、岩波文庫の一冊として文庫化されることになった。子規研究者の一人として、本文校訂、および脚注の任に当ることになった私は、生誕百五十年を迎える子規のためにも大よろこびしている。ここに子規の俳句革新の第一声である『獺祭書屋俳話』が手軽にお読みいただけるようになったのである。

「獺祭書屋俳話」は、子規が「日本新聞」紙上に明治二十五年(一八九二)六月二十六日から十月二十日まで三十八回にわたって断続的に連載したもの。それを、翌明治二十六年五月二十一日に『獺祭書屋俳話　全』として単行本化している。本文庫が底本としたものである。

書誌的事項を簡単に記しておく。

『獺祭書屋俳話』。菊判（縦二二・二センチメートル、横一五・一センチメートル）一冊。序（小序）二ページ、本文六十九ページ（ノンブル）。表紙、引茶色、中央に「日本叢書獺祭書屋俳話　全」、右肩に「獺祭書屋主人著」、左下に「發兌　日本新聞社」と印刷。裏表紙見返し部分に「明治廿六年五月二十日印刷　明治廿六年五月廿一日出版」「著作者兼發行者　愛媛縣士族　正岡常規　東京下谷區上根岸町八十八番地寄留」「印刷者　秋田縣平民　佐々木正綱　東京神田區雉子町三十二番地」「印刷所　日本新聞社　東京神田區雉子町三十二番地」等。定価は記されていない。当初、私家版として発行され、配布されたものであろう（昭和三十二年（一九五七）三月刊、茂野冬篝著『子規居士研究』（茂野吉之助伝刊行会）は、初版八銭とする。そのような本もあったか。少部数、定価を付して発行したか）。綴《と》じは、綴じ代《しろ》部分の上下二箇所が絹糸の細紐で綴じられている。——これが初版本の書誌である。

そして、二年後の明治二十八年（一八九五）九月五日、完全洋装本として『増補再版獺祭書屋俳話』が出版されている。定価は、金参拾銭。こちらの方は、「獺祭書屋俳話増補序」二ページ、「目録」二ページ、本文二百十三ページが増補されている（新出子規稿「秋のはじめ賛評」(根岸子規庵寄託資料)によって、この増補版の表紙絵を中村不折が描いていることが明らかとなった)。参考までに「目録」によって増補分を左に掲げておく。

一芭蕉雑談
一歳晩閑話
一歳旦閑話
一雛祭り
一菊の園生
一かけはしの記
一旅の旅の旅
一高尾紀行
一鎌倉一見の記
一はて知らずの記
一俳句

以上である。本文庫では、右の中から子規の代表的な俳論の一つ「芭蕉雑談」を収めた。「芭蕉雑談」は、「日本新聞」紙上に明治二十六年(一八九三)十一月十三日より明治二十七年一月二十二日まで断続的に二十七回にわたって掲載されたものに加筆したものである。

ここでは『増補再版獺祭書屋俳話』の中から冒頭に置かれている「獺祭書屋俳話増補序」を句読点、振り仮名を付し、漢字を現行の字体に改めて左に掲げておく。俳句という文芸に対する子規の取り組みの一端を窺《うかが》うことができよう。

竹の奥深く垂れこめて、花なき窓に余所《よそ》の春のさかりを思ひ、雨の檐場《のきば》の小夜更《ふ》けて、月くらき宿の独り居に、煤けたる灯火に打ち向ふ頃、古き俳諧の書など繙《ひもと》きて、くりかへし誦《しょう》したるこそこよなう心行くわざなれ。先づ冬の日、春の日、あら野、猿簑（ママ）は、いとみやびて言葉もやすらかに口にたまらぬからに、程なく読み尽して猶《なほ》飽かず。更に三傑集、蕪村七部集、蕪村句集など取りひろげて見もて行けば、如何《いか》にしてか斯《か》うは面白く詠み出だせると、覚えず膝を打ちて感ずるにつけても、猶今の人の名利に耽り賤しき言の葉をつゞけておのが恥を世に売り、若干の財を力に、宗匠となん呼ぶことのうとましさよ。書読までも発句は作りなん、文字知らでも俳諧は出来なん、と独り文台に向ひて鼻うごめかす非修非学の男だち、人のそしりも大方は俚耳《りじ》（筆者注・俗人の耳）に入らざるべし。世の中は斯《か》くてもありなんを、我は人の如くならで、人は我の如くなれかしと、思ふ事言はねば腹ふくるゝを、蚯蚓《みみず》のあと（筆者注・下手な字）覚《おぼ》束《つか》なくも書きつらねて一巻とはなりぬ。我ながらをこがましく、片腹痛きすぢ多かるを、見る人は何とかいふらん。

明治廿七年四月三十日

反古の山のふもとにて

著者しるす

この『増補再版獺祭書屋俳話』も「發兌　日本新聞社」(表紙)であるが、子規没後すぐの明治三十五年(一九〇二)十一月三日に東京市京橋区南伝馬町一丁目の弘文館より小谷保太郎を編輯者として増補三版『獺祭書屋俳話』が出版されている。金六拾銭。小谷保太郎は、明治元年(一八六八)に下総(茨城県)古河に生まれ、昭和十五年(一九四〇)に七十三歳で没している。古島一雄の紹介で日本新聞社に入社(講談社版『子規全集』別巻二の柳生四郎「解題」参照)。巻頭口絵に浅井忠による子規肖像、および『仰臥漫録』中の子規描くところの秋海棠の彩色画を掲げている。そして『増補再版獺祭書屋俳話』に、さらに左の十八篇を追加し、全体にわたって版をまったく組み替えている。

一立待月

一俳諧一口話

一俳句廿四体

あくまでも編者小谷保太郎による収録であり、『増補再版獺祭書屋俳話』とは別種のものと見るべきであろうが、よく読まれたようで明治三十五年（一九〇二）十一月十五日には、吉川弘文館（弘文館からの名称変更）より五版が出ている。そして、いかなるいきさつがあってか、大正三年（一九一四）二月二十一日には、編輯者を正岡律子（子規の妹）として、東京市麹町区平河町五丁目五番地の金尾文淵堂より出版されている。組みは、小谷保太郎編集のものとまったく同じ。口絵が一は「俳句分類」「俳句稿」の写真、一は子規の句短冊三枚に替えられている。題字は、河東《かわひがし》碧梧桐《へきごとう》によるものと思われる。そして、この体裁の『獺祭書屋俳話』の再版は、これまたいかなるいきさつからか、大正十年（一九二一）九月二十五日、東京京橋桶町・大阪三休橋南、両所の大鐙閣から出版されているのである。

『獺祭書屋俳話』の書誌、および諸本についてはここまでとする。

そこで、『獺祭書屋俳話』の内容であるが、子規自身が明治二十五年（一八九二）十月二十四日付で記している「獺祭書屋俳話小序」中の左の一節に尽されていよう。

曩《さき》に『日本』に載する所の俳話、積んで三十余篇に至る。今之《これ》を輯《あつ》めて一巻と為《な》さんとす。乃《すなは》ち前後錯綜せる者を転置して、稍〻《やや》俳諧史、俳諧論、俳人俳句、俳書批評の順序を為すといへども、固《も》と随筆的の著作、条理貫通せざること多し。

この一文を綴っている子規の頭の中には、『獺祭書屋俳話』中の「『発句作法指南』の評」の冒頭部が念頭にあったことと思われる。

近頃其角堂機一《きかくだうきいち》なる宗匠あり。『発句作法指南』と云ふ一書を著して世に刊行す。余之《これ》を繙て一読するに、秩序錯乱して、条理整然ならず。唯思ひ出づるがまに〳〵記し付けたるが如き書きぶりは、猶明治以前の著書の体裁にして、今日の学理発達したる世に在りては、余り珍重すべきの書にあらずといへども、此著者にして余が想像するが如く明治以前の教育をのみ受けし人ならしめば、余は此書を賛美して一読の価値を有するものなりといふを憚らざるなり。

この旧派宗匠機一の著作『発句作法指南』批評が、自《みずか》らの『獺祭書屋俳話』評としてそのまま跳ね返ってくることは、十分に予見し得たであろう。そこで、「日本新聞」連載時の「唯思ひ出づるがまに〳〵記し付けたるが如き書きぶり」に手を加える必要が生じたのである。全三十八回の連載を、内容別に「俳諧史」「俳諧論」「俳人俳句」「俳書批評」に再構築し、まがりなりに「条理整然」とさせたものが、単行本『獺祭書屋俳話』だったのである。

『獺祭書屋俳話』の大きな特色は、明治時代に想定し得る俳句の諸問題を、江戸時代（時にそれ以前）の俳諧作品を通して語っている点にあろう。数え年二十六歳の青年に、それを可能とさせたのは、それまでにすでに試みられていた「俳句分類」の作業であった。「俳句分類」の成果を十二分に活用させながら『獺祭書屋俳話』が綴られていったのである。必要な例句（証句）を、白家薬籠中のもののごとくに、自由自在に用いることができたというわけである。

それでは、子規の「俳句分類」の作業は、いつごろからはじめられたのであろうか。子規自身は、そのことについて二度言及している。一度目は、明治三十年（一八九七）十二月三十日発行の松山版「ほとゝぎす」（柳原極堂編集）第十二号掲載の「俳句分類」なる文章の中で。左のように記している。

余、俳書の編纂に従事すること、こゝに七年。名付けて俳句分類といふ。

この文章から逆算すると明治二十三年（一八九〇）開始ということになる。二度目は、明治三十二年（一八九九）十二月二十日出版の『俳諧三佳書』（ほとゝぎす発行所）の序において。

次のごとく記している。

自分が俳句分類といふ者の編纂を始めたのは十年程前の事で、まだ俳句の趣味は少しも分らない時分であつた。

ここから逆算すると、明治二十二年(一八八九)開始ということになる。子規門の、子規より二十歳年長の内藤鳴雪は、「俳句分類」について「是《こ》れは日課として居て、如何なる多忙疲労の日も決して欠が《(ママ)》さず、或は夜遅く帰宅したとしても是非従事すること、し、夜の二時、三時までも起きて居ることは珍《めづらし》からぬとの事」(「ホトトギス」第六巻第四号「子規追悼号」)と、往時を偲んでいる。子規自身、その作業について「毎日五枚や十枚の半紙に穴をあけて、其《そ》の書中に綴込まぬ事はなかつたのである」(『病牀六尺』)と語っている。このような孜々《しし》とした古典俳句の分類作業が、明治二十二年か二十三年ごろより始められたのである。「獺祭書屋俳話」の連載が「日本新聞」紙上においてスタートしたのが、明治二十五年(一八九二)六月二十六日のこと。「俳句分類」の作業を開始してからすでに数年が経過している。子規は、「獺祭書屋俳話」執筆に当って、その成果を存分に活用し得《え》たのであった。そのことが、『獺祭書屋俳話』の記述内容の随所から窺えるのである。

俳句革新の第一声としての『獺祭書屋俳話』であるが、そのことが顕著に窺えるのが「月並《つきなみ》流」「月並調」への最初の言及であろう。なぜならば「月並流」「月並調」批判が、子規の俳句革新の原動力となっているからである。『獺祭書屋俳話』において、はじめて左のごとく「月並流」批判を試みたのであった。撫松庵兎裘《ぶしょうあんときゅう》が『俳諧麓廼栞　全』(明治二十五年七月、同楽堂刊)で紹介した同時代俳人の作品への批評、批判としてである。

こゝろ練《ね》る窓や木の葉の障る音
黒髪の乱れはづかし朝ざくら
義にはてし髑髏まつるや枯薄《すすき》
南朝の御運なげくや榾《ほた》のぬし

右四句の如き月並社会の俗調に落ちずといへども、亦意到りて筆到らざるものなり。

余の木皆手持無沙汰や花盛り　芹舎

「手持無沙汰」とは尤《もっとも》拙劣なる擬人法にして、此類の句は月並集中常に見る所なり。故に余は私に之《これ》を称して月並流といふ。

この二例が、子規が「月並流」「月並調」について発言した嚆矢である。子規は、以後、「月並流」「月並調」についてしばしば筆を費している。例えば、明治三十二年（一八九九）一月二十日刊『俳諧大要』（ほとゝぎす発行所）においては、「天保以後の句は概《おほむ》ね卑俗陳腐にして見るに堪へず。称して月並調といふ」と述べている。また、明治三十四年（一九〇一）十二月十五日刊『俳句問答　上之巻』（俳書堂・金尾文淵堂書店合版）では「月並俳句」なる呼称を用い、「新派俳句」（「新俳句」）との対比において、「月並俳句」の具体的作品を示しながら、丁寧に説明している。俳句という文芸にかかわるようになった子規にとっての最大の課題は、「月並流」「月並調」「月並俳句」の克服であった。それは「俗調」からの、「陳腐」からの脱出であった。子規が既成の俳句群の中に「月並流」を見出《みい》だしたことによって、子規の俳句革新が為し遂げられたといっても過言ではないであろう。「余は私に之を称して月並流といふ」との言葉からは、子規の俳句開眼の喜びの声が聞えてくるのである。

ちなみに、子規言うところの「月並社会」「月並集」であるが、例えば明治二十二年（一八八九）一月二十七日に俳誌「風月集」第四号が周防国柳井津本町風月館から発行されているが、その表紙には「毎月一回」と見える。これが、そもそもの「月並」である。当時、宗匠を中心に全国各地で毎月一回行われていた発句の会である。その実体は、明治二十一年（一八八八）五月二十九日刊、鶯亭金升著『滑稽俳人気質』（長井総太郎版と金櫻堂版の二種がある）の中に詳細に描かれている。子規は、この「月並俳句」を標的として俳句革新に挑戦したというわけである。

子規の最晩年、明治三十五年（一九〇二）八月二日付の「日本新聞」に掲載した「病牀六尺」の八十二回目の冒頭で、子規は左のごとく記している。

我々の俳句仲間にて俗宗匠の作る如き句を月並調と称す。これは床屋連、八公連などが月並の兼題を得て景物取りの句作を為《な》すより斯《か》くいひし者が、俳句の流行と共に今は広く広がりて、わけも知らぬ人迄《まで》月並調といふ語を用ゐる様になれり。従て或場合には、俳句以外の事に迄俗なる者は之《これ》を月並と呼ぶ事さへ少からず。

子規が私的に名付けたところの「月並流」なる言葉が、どんどんと市民権を得ていく様子が窺える。文中の「床屋連」は、床屋仲間である。金升の『俳人気質』に、俳人たちが集まる場所として描かれている。「八公連」は、長屋仲間。発句好きの「八公熊公」（八五郎・熊五郎）である。――それらの人々が「俗宗匠」より「月並の兼題（前もって提出される課題）を得て景物（景品、賞品）取りの句作を為す」のが「月並調」「月並俳句」である、と子規は簡明に説明している。ところが、やがて俳句に無関係な人まで「月並調」なる言葉を使うようになり、さらにエスカレートして「俗なる者(物)」を「月並」と言うようになったということを、病子規は書き付けている。「私に之を称して月並流といふ」と宣言した子規としては、感慨無量な現象であったことであろう。

極端なことを言えば、『獺祭書屋俳話』の全記述が「月並流」なる言葉に収斂《しゅうれん》しているとも言えるのである。

そこで、この『獺祭書屋俳話』が、当時、どのように受け止められていたのか、いわば反響の諸相である。

まず取っ掛かりとして、明治三十五年(一九〇二)十一月十五日刊、小谷保太郎編(ただし、実質的な編集の任に当っているのは、「緒言」で明らかなように、古洲、すなわち古島一雄である)『子規言行録』(吉川弘文館)を繙いてみることとする。子規没直後の諸氏の所感が述べられている。中に雑誌「太平洋」(明治三十三年〈一九〇〇〉一月一日創刊、博文館発行)よりの転載として「鳥山生」(不詳)なる人物の一文が掲出されているが、その中に左の一節が見える。

日本新聞社員としての氏(筆者注・正岡子規)は、如何に行動したであらうか。新らしい新聞記者としての氏は、如何なる方面へ筆を染めたであらうか。それは多年の宿論であつた十七字詩界刷新の声――短詩界革新の暁鐘であつた『獺祭書屋俳話』である。あゝ、『獺祭書屋俳話』！　如何に眠つてゐた短詩界を驚かしたであらうか。後年、子規派――日本派の全国に勃興して忽《たちま》ちにして革新の功を奏するに至つた一大因は、此時から胚胎してゐたのである。

「短詩界革新の暁鐘」との的確な位置付けがなされており、『獺祭書屋俳話』の中にすでに「日本」派の「胚胎」を認めているのも、これまた的確な展望と言えよう。

次に明治三十五年(一九〇二)十二月二十七日発行の「ホトトギス」第六巻第四号を繙いてみることにする。「子規追悼集」と銘打たれている。同誌巻末十二月十六日付の虚子の「消息」冒頭に「此《この》追悼集は、兼々《かねがね》申上置候通り、子規居士百ヶ日忌を以てホト、ギスの臨時増刊として発刊致し申候」と記されている。先の『子規言行録』が、子規の四十九日の追悼記念出版、この「子規追悼集」が、百ヶ日の追悼記念号ということである。子規ゆかりの人々が追悼文を寄せているが、中に何人かの人々が『獺祭書屋俳話』に言及している。

まず、越後新潟の加藤鹿嶺なる俳人の「獺祭書屋主人」と題しての追悼文。鹿嶺は、子規と「高等中学の予科に居た時の学友で而《しか》も同級」であったという。左は、鹿嶺の上京中の出来事。

たしか二十五年(校注者注・明治)か六年であつたと思ふ。獺祭書屋主人といふ人の俳話が日本新聞に連載された。之《これ》を読んで余は益《ますます》興味を覚えた(校注者注・当時、鹿嶺は俳句に夢中であった)。それと同時に獺祭書屋主人がどんな人だか慕はしくなつた。併《しか》し姓名は分らず、暇はなし。訪問せうといふ勇気も出なかつた。

その後、鹿嶺は、子規と再会し旧交を温めることとなったのである。鹿嶺のように獺祭書屋主人が何者かわからずに「日本新聞」連載中の「獺祭書屋俳話」を愛読した読者は、少なくなかったであろう。

もう一つ。紀伊の松田半粋が自《みずか》ら宛の子規書簡を紹介しての「書簡二通」における冒頭に掲げられている左の一文。

自分が獺祭書屋俳話なる書によつて始めて新派俳句の趣味に感じ、子規先生の教を請ふたのは、丁度明治二十七年の冬と思ふ。

半粋が「書」と言い、「明治二十七年の冬」と言っているので、初版本『獺祭書屋俳話』を入手しての子規庵訪問であったものと思われる。当時、「日本新聞」連載の「獺祭書屋俳話」、あるいは単行本の『獺祭書屋俳話』が、俳句に関心を持っていた多くの人々に少なからぬ衝撃を与えたであろうことが窺知《きち》し得る。

そんな俳人の中の一人に、後《のち》に大成する村上鬼城がいた。明治三十五年(一九〇二)十月二十五日発行の「ホトトギス」第六巻第一号に、虚子提出の課題「諸君は如何なる縁にて我新俳句を作り始めたるか」に応募しての一文の中に左の一節が見える。子規生前に書かれたものである。鬼城また「日本新聞」(鬼城は「新聞日本」とも呼んでいる)連載の「獺祭書屋俳話」に大きな衝撃を受けているのである。

たま〳〵今の子規先生、其時《その》の獺祭書屋主人が新聞日本へ俳諧のことを連載された。アレで余の俳諧思想は爆裂したので、サア堪らない。俳諧の正体が分ッて見ると、モー俳諧はコッチのものだといふ考へから、詠むの何ンのッてめちゃくちゃにやる。ソーして、ソレを書き集めて、あつかましくも子規先生の所へ送て御批評を乞ふたところが、思想はなはだよろし、今多少の練磨を経ば、到るところ測るべからず、と云ふ過分な評を頂戴して、嬉しくッて〳〵堪まらんのに、出るとも〳〵日本新聞へ頻りに出る。

子規は、鬼城の才能を見抜いていたようである。後《のち》の鬼城の活躍ぶりを眼前にしたならば、莞爾として微笑んだことであろう。

最後にもう一人。直接面晤の機はなかったものの、子規とは不思議な縁で結ばれている文人俳人、芥川龍之介が『獺祭書屋俳話』に関して残している一言(芥川龍之介の友人藤野滋が子規の従兄弟藤野古白の異母弟)。大正十四年(一九二五)六月一日発行「俳壇文藝」第一年第六号掲載の龍之介の「わが俳諧修行」の中に左の一節が見える。

中学時代――「獺祭書屋俳話」や「子規随筆」などは読みたれど、句作は殆どしたることなし。

龍之介は、終生、子規贔屓であったが、その萌芽は、すでに中学時代からであったとの告白である。後《のち》に虚子によって「ホトトギス」に導かれたのもむべなるかな、である。

＊

本文庫は、付録として『増補再版獺祭書屋俳話』の中より「芭蕉雑談」一篇を加えたので、この俳論について一言。

　余は劈頭に一断案を下さんとす。曰く芭蕉の俳句は過半悪句駄句を以て埋められ、上乗と称すべき者は其何十分の一たる少数に過ぎず。否僅かに可なる者を求むるも寥々《れうれう》晨星《しんせい》の如しと。

との過激な発言で知られている芭蕉論であるが、「芭蕉雑談」執筆の約四ヶ月前に試みている東北旅行「はて知らずの記」行脚中の明治二十六年（一八九三）七月二十二日、本宮《もとみや》（福島県）の条では、

　とにかく二百余年の昔、芭蕉翁のさまよひしあと慕ひ行けば、いづこか名所故跡ならざらん。其の（筆者注・芭蕉翁の）足は此《こ》の道を踏みけん、其の目は此の景をもながめけんと思ふさへたゞ其の代《よ》の事のみ忍《（偲）》ばれて、俤《おもかげ》は眼の前に彷彿たり。

　その人の足あとふめば風薫る

と記し、芭蕉への心酔ぶりを示しているし、後年、明治三十二年（一八九九）十二月一日刊

の『俳人蕪村』(ほと、ぎす発行所)の中でも、なお、

芭蕉が創造の功は、俳諧史上特筆すべき者たること論を竢《ま》たず。此点《この》に於て何人か能《よ》く之《これ》に凌駕せん。芭蕉の俳句は変化多き処に於て、雄渾なる処に於て、高雅なる処に於て、俳句界中第一流の人たるを得。

と、芭蕉を高く評価していることを忘れてはなるまい。その心酔、評価を大前提としての「芭蕉雑談」であるということである。「神とあがめて廟を建て、本尊と称して堂を立」(「芭蕉雑談」)てる「月並流」の「俗宗匠」を念頭において書かれた「芭蕉雑談」だったのである。

「芭蕉雑談」中、今日に至るまで、最も影響力のある発言は、「日本新聞」の明治二十六年(一八九三)十二月二十二日付紙上の「或問」中で発された、

発句は文学なり、連俳は文学に非ず。

との言であろう。この過激な発言さえも、連句に夢中になっていた「月並流」の「俗宗匠」を念頭においている、と言えば、言えよう。この発言に続く記述を見るならば、子規

の連俳(連句)に対する的確な把握理解の様を見て取れるのである。

それよりもなによりも、子規自ら連俳(連句)を作り、指導もしていたのである。子規は、先にも触れたが、明治二十五年(一八九二)七月十一日より八月二十六日まで帰郷している。その間の動向が窺えるのが虚子の日記「机廼塵」である。

七月十七日の条に左のごとき記述が見える。

午後、子規子をその庵に訪ふ。在り。如月《によげつ》(筆者注・河東碧梧桐)と共に連俳をなして帰る。余未《いま》だ連俳の妙味を解せざりしが、去来抄を読みしより少しく発句とも異る興味有るべきかを思ふ。依つて教を乞ひしが、尚未だ悟らず。

また、七月十九日の条には、次のように記されている。

(子規に)昨夜の連俳を示しければ、発句(筆者注・虚子の〈白雨《ゆふだち》や思はぬ方に人の声〉)、脇(筆者注・青桐(碧梧桐)の〈早や投げ捨つる葛衣の連〉)悪しく、三句目(筆者注・虚子の〈唐崎の松も一度は双葉にて〉)、『唐崎』なる語は忌むとの事。けだし表は名所を入るゝ事を避くる由なり。

子規が、積極的に虚子や碧梧桐を連俳(連句)へ誘い、具体的な実作指導をしていたことが手に取るように窺《うかが》えるであろう。

子規における連俳(連句)の位置付けは、もう一度考えてみる必要があろう。

略年譜

慶応三（一八六七）年　1歳　9月17日（太陽暦10月14日）、伊予国温泉郡藤原新町（現在の松山市花園町三番丁号）に正岡隼太《はやた》、八重《やえ》の次男として生まれる。本名常規《つねのり》、幼名処之助《ところのすけ》、のちに升《のぼる》。

明治元（一八六八）年　2歳　湊町新町《しんちょう》（後の湊町四丁目一番地）に転居。

明治三（一八七〇）年　4歳　妹律《りつ》生まれる。

明治五（一八七二）年　6歳　3月7日、父・隼太死去。享年40。

明治六（一八七三）年　7歳　「太陰暦を止《やめ》て太陽暦となし、明治五年十二月三日を明治六年一月一日と定め」る（福澤諭吉著『改暦辨』）。母方の祖父大原観山《おおはらかんざん》（有恒）の私塾に通い素読を習う。末広小学校入学。

明治八（一八七五）年　9歳　勝山学校に通学。4月11日、観山死去。享年58。

明治十一（一八七八）年　12歳　初めて漢詩を作る。葛飾北斎の『画道独稽古』を模写する。

明治十二（一八七九）年　13歳　回覧雑誌「桜亭雑誌」「松山雑誌」などを作る。

明治十三（一八八〇）年　14歳　3月1日、松山中学入学。漢詩のグループ「同親会」を結成し、河東静渓《かわひがしせいけい》(竹村鍛《きたう》、河東碧梧桐《へきごとう》の父)の指導を受ける。

明治十六(一八八三)年　17歳　松山中学を中退し、6月、上京。母方の叔父加藤拓川《かとうたくせん》(恒忠)の紹介で太政官御用掛、文書局勤務の陸羯南《くがかつなん》を訪ねる。須田学舎、共立学校に学ぶ。

明治十七(一八八四)年　18歳　2月13日、随筆「筆まかせ」を書きはじめる。9月11日、東京大学予備門(後の第一高等中学校)に入学。

明治十八(一八八五)年　19歳　哲学を志望。7月、帰省中に友人秋山真之《あきやまさねゆき》を介して井出《いで》真棹《まさお》に和歌を習う。俳句を作りはじめる。

明治二十(一八八七)年　21歳　夏、帰省中に友人勝田主計《しょうだかずえ》(明庵《めいあん》)の紹介で、大原其戎《おおはらきじゅう》に俳句を学ぶ。其戎の主宰誌「真砂の志良辺《まさごのしらべ》」に投句を始める。

明治二十一(一八八八)年　22歳　「七艸集」を執筆する。8月、鎌倉にて初めて喀血。第一高等中学校予科を卒業。9月、本科に進学。

明治二十二(一八八九)年　23歳　2月11日の大日本帝国憲法発布の日、陸羯南の「日本新聞」創刊。夏目漱石と交友が始まる。4月、「水戸紀行」の旅で寒さの中での那珂川下り。後《のち》の喀血の原因となる。5月、喀血、「子規」の号を使いはじめる。夏帰省し、静養。この頃より「俳句分類」、「俳家全集」に取り組むか。

明治二十三(一八九〇)年　24歳　河東碧梧桐の句を指導。第一高等中学校本科を卒業し、

9月11日、帝国大学文科大学哲学科に入学。

明治二十四（一八九一）年　25歳　2月7日、哲学科から国文科に転科。碧梧桐の紹介で高浜虚子との文通始まる。11月、武蔵野を廻って俳句を作る。小説「月の都」を執筆。芭蕉七部集の中の『猿蓑《さるみの》』によって俳句開眼。

明治二十五（一八九二）年　26歳　2月29日、上根岸八十八番地（陸羯南宅の西隣）に転居。5月27日「かけはしの記」、6月26日「獺祭書屋俳話」を「日本新聞」に連載開始。10月24日、単行本『獺祭書屋俳話』のための序文を書く。11月、母と妹が上京。12月1日、日本新聞社に入社。実景を俳句にする味を悟る。

明治二十六（一八九三）年　27歳　1月、伊藤松宇《しょうう》を中心とする俳諧結社「椎の友」の人々と交流する。3月、帝国大学文科大学を退学。5月21日、『獺祭書屋俳話』刊。夏一か月、芭蕉を慕って東北を旅行し、紀行文「はて知らずの記」を書く。「日本新聞」に「芭蕉雑談」「文界八つあたり」を発表。

明治二十七（一八九四）年　28歳　2月1日、上根岸八十二番地（陸羯南宅の東隣）に転居。11日、「小日本」が創刊され、編集責任者となる。洋画家中村不折《ふせつ》と知り合い、写生の妙味を会得する。7月15日、「小日本」廃刊。25日、日清戦争が始まる。12月、河東碧梧桐、高浜虚子が上京。

明治二十八（一八九五）年　29歳　4月、従軍記者として遼東半島の金州、旅順へ行く。5

月4日、軍医部長森鷗外に会う。14日、帰国の船中で喀血。23日、神戸に上陸し、そのまま神戸病院に入院。一時重体に陥る。7月23日、須磨保養院へ移る。8月下旬、松山に帰省。愚陀仏庵で漱石と五十日あまりを過ごし、地元の松風会会員と連日句会を催す。9月5日、『増補再版獺祭書屋俳話』刊。10月、東京への帰途、奈良に遊ぶ。22日より「日本新聞」へ「俳諧大要」を連載。

明治二十九(一八九六)年　30歳　2月、左腰が腫れて痛み、歩行困難となり臥褥の身となる。3月17日、カリエスとの診断を受ける。4月21日より「日本新聞」に「松蘿玉液」の連載を始める。9月5日、佐佐木信綱や与謝野鉄幹らの新体詩人の会に人力車で出席。

明治三十(一八九七)年　31歳　1月15日、柳原極堂《やなぎはらきょくどう》によって松山で「ほとゝぎす」創刊。4月13日より「日本新聞」に「俳人蕪村」の連載。5月、病状が悪化し、虚脱状態に陥る。9月、臀部に二か所穴があき膿が出はじめる。12月24日、子規庵で第一回蕪村忌開催。

明治三十一(一八九八)年　32歳　1月15日、『蕪村句集』の第一回輪講会開く。2月12日、「日本新聞」に「歌よみに与ふる書」を発表し、短歌革新に乗り出す。3月14日、日本派の秀句集《アンソロジー》『新俳句』刊。25日、子規庵での初めての歌会を開く。7月、自ら墓誌銘を記す。10月10日、東京版「ほとゝぎす」一号が、虚子によって発行される。

明治三十二(一八九九)年　33歳　1月25日、『俳諧大要』刊。3月14日、香取秀真《かとりほつま》ら歌人が集まって子規庵歌会を再開。5月、病状悪化。秋、初めて水彩で「秋海棠」を描く。

12月1日、『俳人蕪村』刊。同月、虚子により病室の障子がガラス張りに変えられる。

明治三十三（一九〇〇）年　**34歳**　子規庵歌会に伊藤左千夫《さちお》、長塚節《ながつかたかし》らが加わる。1月より「日本新聞」に「叙事文」を三回にわたり発表し、写生文を提唱する。11月、静養のため子規庵の例会を中止。12月20日、写生文集『寒玉集』刊。

明治三十四（一九〇一）年　**35歳**　1月16日より「日本新聞」に「墨汁一滴」を連載。5月25日、子規編の日本派の秀句集《アンソロジー》『春夏秋冬・春之部』刊。同月下旬、病状悪化。9月2日より「仰臥漫録」を書きはじめる。10月頃から精神状態が不安定となる。麻痺剤モルヒネを飲み、痛みをやわらげながらの生活が続く。

明治三十五（一九〇二）年　**36歳**　1月、病状悪化。連日麻痺剤を服用。3月末より、左千夫、秀真、義郎《ぎろう》、虚子、碧梧桐、鼠骨《そこつ》らが輪番で看護につく。4月15日、『獺祭書屋俳句帖抄　上巻』刊。5月5日より「日本新聞」に「病牀六尺」の連載開始。死の二日前まで書く（9月17日まで百二十七回）。6月、「菓物帖」を描き始める。「草花帖」「玩具帖」と写生を続ける。9月10日、枕もとで『蕪村句集』輪講会を開く。18日、〈糸瓜咲て痰のつまりし仏かな〉等「絶筆三句」を記す。19日午前1時頃、永眠。墓所は、田端の大龍寺。11月3日、増補三版『獺祭書屋俳話』刊。

（講談社版『子規全集』第二十二巻の「年譜」を参照しつつ復本一郎の私見を加えて作成、年齢はかぞえ年）

初句索引

- 本文中の発句の初句（上五）と、作者名、句番号を示した。配列は、現代仮名遣いによる五十音順とした。
- 初句が同一の複数の句は、中七まで示した。
- 複数回出現する句には表記の異なるものがあるが、初出の句形を示した。

あ

わ

人名索引

・本文中の人名と頁数を示した。「芭蕉」は本文中に頻出するため、省略に従った。

す

せ

そ

獺祭書屋俳話《だっさいしょおくはいわ》・芭蕉雑談《ばしょうぞうだん》

2016年11月16日　第1刷発行
2022年 1 月14日　第2刷発行

著　者　正岡子規《まさおかしき》

発行者　坂本政謙

発行所　株式会社 岩波書店
〒101-8002 東京都千代田区一ツ橋 2-5-5

案内 03-5210-4000　営業部 03-5210-4111
文庫編集部 03-5210-4051
https://www.iwanami.co.jp/

印刷 製本・法令印刷　カバー・精興社

ISBN 978-4-00-360025-2　　Printed in Japan

読書子に寄す

――岩波文庫発刊に際して――

岩波茂雄

真理は万人によって求められることを自ら欲し、芸術は万人によって愛されることを自ら望む。かつては民を愚昧ならしめるために学芸が最も狭き堂宇に閉鎖されたことがあった。今や知識と美とを特権階級の独占より奪い返すことはつねに進取的なる民衆の切実なる要求である。岩波文庫はこの要求に応じそれに励まされて生まれた。それは生命ある不朽の書を少数者の書斎と研究室とより解放して街頭にくまなく立たしめ民衆に伍せしめるであろう。近時大量生産予約出版の流行を見る。その広告宣伝の狂態はしばらくおくも、後代にのこすと誇称する全集がその編集に万全の用意をなしたるか。千古の典籍の翻訳企図に敬虔の態度を欠かざりしか。さらに分売を許さず読者を繫縛して数十冊を強うるがごとき、はたしてその揚言する学芸解放のゆえんなりや。吾人は天下の名士の声に和してこれを推挙するに躊躇するものである。このときにあたって、岩波書店は自己の責務のいよいよ重大なるを思い、従来の方針の徹底を期するため、すでに十数年以前より志して来た計画を慎重審議この際断然実行することにした。吾人は範をかのレクラム文庫にとり、古今東西にわたって文芸・哲学・社会科学・自然科学等種類のいかんを問わず、いやしくも万人の必読すべき真に古典的価値ある書をきわめて簡易なる形式において逐次刊行し、あらゆる人間に須要なる生活向上の資料、生活批判の原理を提供せんと欲する。この文庫は予約出版の方法を排したるがゆえに、読者は自己の欲する時に自己の欲する書物を各個に自由に選択することができる。携帯に便にして価格の低きを最主とするがゆえに、外観を顧みざるも内容に至っては厳選最も力を尽くし、従来の岩波出版物の特色をますます発揮せしめようとする。この計画たるや世間の一時の投機的なるものと異なり、永遠の事業として吾人は微力を傾倒し、あらゆる犠牲を忍んで今後永久に継続発展せしめ、もって文庫の使命を遺憾なく果たさしめることを期する。芸術を愛し知識を求むる士の自ら進んでこの挙に参加し、希望と忠言とを寄せられることは吾人の熱望するところである。その性質上経済的には最も困難多きこの事業にあえて当たらんとする吾人の志を諒として、その達成のため世の読書子とのうるわしき共同を期待する。

昭和二年七月

《日本文学(現代)》〔緑〕

怪談 牡丹燈籠	三遊亭円朝
真景累ヶ淵	三遊亭円朝
塩原多助一代記	三遊亭円朝
小説神髄	坪内逍遥
当世書生気質	坪内逍遥
青年	森鷗外
阿部一族 他二篇	森鷗外
山椒大夫・高瀬舟 他四篇	森鷗外
渋江抽斎	森鷗外
舞姫・うたかたの記 他三篇	森鷗外
鷗外随筆集	千葉俊二編
森鷗外 椋鳥通信 全三冊	池内紀編注
浮雲	二葉亭四迷 十川信介校注
野菊の墓 他四篇	伊藤左千夫
吾輩は猫である	夏目漱石
坊っちゃん	夏目漱石
草枕	夏目漱石
虞美人草	夏目漱石
三四郎	夏目漱石
それから	夏目漱石
門	夏目漱石
彼岸過迄	夏目漱石
漱石文芸論集	磯田光一編
行人	夏目漱石
こころ	夏目漱石
硝子戸の中	夏目漱石
道草	夏目漱石
明暗	夏目漱石
思い出す事など 他七篇	夏目漱石
文学評論 全二冊	夏目漱石
夢十夜 他二篇	夏目漱石
漱石文明論集	三好行雄編
倫敦塔・幻影の盾 他五篇	夏目漱石
漱石日記	平岡敏夫編
漱石書簡集	三好行雄編
漱石俳句集	坪内稔典編
漱石・子規往復書簡集	和田茂樹編
文学論 全二冊	夏目漱石
坑夫	夏目漱石
漱石紀行文集	藤井淑禎編
二百十日・野分	夏目漱石
五重塔	幸田露伴
運命 他一篇	幸田露伴
努力論	幸田露伴
天うつ浪 全二冊	幸田露伴
渋沢栄一伝	幸田露伴
子規句集	高浜虚子選
病牀六尺	正岡子規
子規歌集	土屋文明編
墨汁一滴	正岡子規

仰臥漫録	正岡子規
歌よみに与ふる書	正岡子規
子規紀行文集	復本一郎編
金色夜叉 全二冊	尾崎紅葉
二人比丘尼 色懺悔	尾崎紅葉
不如帰	徳冨蘆花
謀叛論 他六篇 日記	徳冨健次郎 中野好夫編
武蔵野	国木田独歩
愛弟通信	国木田独歩
蒲団・一兵卒	田山花袋
田舎教師	田山花袋
藤村詩抄	島崎藤村自選
破戒	島崎藤村
春	島崎藤村
千曲川のスケッチ	島崎藤村
桜の実の熟する時	島崎藤村
新生 全二冊	島崎藤村

夜明け前 全四冊	島崎藤村
生ひ立ちの記 他一篇	島崎藤村
にごりえ・たけくらべ	樋口一葉
大つごもり・十三夜 他五篇	樋口一葉
修禅寺物語 正雪の二代目 他四篇	岡本綺堂
高野聖・眉かくしの霊	泉鏡花
歌行燈	泉鏡花
夜叉ケ池・天守物語	泉鏡花
草迷宮	泉鏡花
春昼・春昼後刻	泉鏡花
鏡花短篇集	川村二郎編
日本橋	泉鏡花
外科室・海城発電 他五篇	泉鏡花
湯島詣 他一篇	泉鏡花
鏡花随筆集	吉田昌志編
化鳥・三尺角 他六篇	泉鏡花
鏡花紀行文集	田中励儀編

俳句はかく解しかく味う	高浜虚子
回想 子規・漱石	高浜虚子
有明詩抄	蒲原有明
上田敏全訳詩集	山内義雄 矢野峰人編
宣言	有島武郎
一房の葡萄 他四篇	有島武郎
ホイットマン詩集 草の葉	有島武郎選訳
寺田寅彦随筆集 全五冊	小宮豊隆編
柿の種	寺田寅彦
与謝野晶子歌集	与謝野晶子自選
与謝野晶子評論集	鹿野政直 香内信子編
私の生い立ち	与謝野晶子
入江のほとり 他一篇	正宗白鳥
つゆのあとさき	永井荷風
濹東綺譚	永井荷風
荷風随筆集 全二冊	野口冨士男編
おかめ笹	永井荷風

摘録 断腸亭日乗 全二冊	永井荷風 磯田光一編
すみだ川・新橋夜話 他一篇	永井荷風
夢の女	永井荷風
あめりか物語	永井荷風
江戸芸術論	永井荷風
下谷叢話	永井荷風
ふらんす物語	永井荷風
浮沈・踊子 他三篇	永井荷風
花火・来訪者 他十一篇	永井荷風
問はずがたり・吾妻橋 他十六篇	永井荷風
斎藤茂吉歌集	山口茂吉 柴生田稔 佐藤佐太郎編
桑の実	鈴木三重吉
小鳥の巣	鈴木三重吉
千鳥 他四篇	鈴木三重吉
鈴木三重吉童話集	勝尾金弥編
小僧の神様 他十篇	志賀直哉
万暦赤絵 他二十二篇	志賀直哉

暗夜行路 全二冊	志賀直哉
志賀直哉随筆集	高橋英夫編
高村光太郎詩集	高村光太郎
北原白秋歌集	高野公彦編
北原白秋詩集 全二冊	安藤元雄編
フレップ・トリップ	北原白秋
野上弥生子随筆集	竹西寛子編
野上弥生子短篇集	加賀乙彦編
お目出たき人・世間知らず	武者小路実篤
友情	武者小路実篤
釈迦	武者小路実篤
銀の匙	中勘助
鳥の物語	中勘助
犬 他一篇	中勘助
若山牧水歌集	伊藤一彦編
新編 みなかみ紀行	若山牧水 池内紀編
新編 啄木歌集	久保田正文編

時代閉塞の現状・食うべき詩 他十篇	石川啄木
蓼喰う虫	谷崎潤一郎 小出楢重画
春琴抄・盲目物語	谷崎潤一郎
吉野葛・蘆刈	谷崎潤一郎
卍（まんじ）	谷崎潤一郎
幼少時代	谷崎潤一郎
谷崎潤一郎随筆集	篠田一士編
多情仏心 全二冊	里見弴
道元禅師の話	里見弴
今年竹 全二冊	里見弴
萩原朔太郎詩集	三好達治選
郷愁の詩人 与謝蕪村	萩原朔太郎
猫町 他十七篇	萩原朔太郎 清岡卓行編
恩讐の彼方に・忠直卿行状記 他八篇	菊池寛
父帰る・藤十郎の恋 菊池寛戯曲集	石割透編
河明り 老妓抄 他一篇	岡本かの子
春泥・花冷え	久保田万太郎

大寺学校 ゆく年	久保田万太郎
室生犀星詩集	室生犀星自選
犀星王朝小品集	室生犀星
出家とその弟子	倉田百三
羅生門・鼻・芋粥・偸盗	芥川竜之介
地獄変・邪宗門・好色・藪の中 他七篇	芥川竜之介
河童 他二篇	芥川竜之介
歯車 他二篇	芥川竜之介
蜘蛛の糸・杜子春・トロッコ 他十七篇	芥川竜之介
芭蕉雑記・西方の人 他七篇	芥川竜之介
侏儒の言葉・文芸的な、余りに文芸的な	芥川竜之介
芥川竜之介俳句集	加藤郁乎編
芥川竜之介随筆集	石割透編
蜜柑・尾生の信 他十八篇	芥川竜之介
年末の一日・浅草公園 他十七篇	芥川竜之介
芥川竜之介紀行文集	山田俊治編
都会の憂鬱	佐藤春夫

美しき町・西班牙犬の家 他六篇	佐藤春夫 池内紀編
海に生くる人々	葉山嘉樹
日輪・春は馬車に乗って 他八篇	横光利一
宮沢賢治詩集	谷川徹三編
童話集 風の又三郎 他十八篇	宮沢賢治 谷川徹三編
童話集 銀河鉄道の夜 他十四篇	宮沢賢治 谷川徹三編
山椒魚・遙拝隊長 他七篇	井伏鱒二
川釣り	井伏鱒二
井伏鱒二全詩集	井伏鱒二
太陽のない街	徳永直
伊豆の踊子・温泉宿 他四篇	川端康成
雪国	川端康成
山の音	川端康成
川端康成随筆集	川西政明編
三好達治詩集	桑原武夫 大槻鉄男選
詩を読む人のために	三好達治
夏目漱石 全二冊	小宮豊隆

社会百面相 全二冊	内田魯庵
新編 思い出す人々	内田魯庵 紅野敏郎編
檸檬《レモン》・冬の日 他九篇	梶井基次郎
蟹工船 一九二八・三・一五	小林多喜二
風立ちぬ・美しい村	堀辰雄
富嶽百景・走れメロス 他八篇	太宰治
斜陽 他一篇	太宰治
人間失格・グッド・バイ 他一篇	太宰治
津軽	太宰治
お伽草紙・新釈諸国噺	太宰治
真空地帯	野間宏
日本唱歌集	堀内敬三 井上武士編
日本童謡集	与田準一編
森鷗外	石川淳
至福千年	石川淳
近代日本人の発想の諸形式 他四篇	伊藤整
小説の認識	伊藤整

中原中也詩集　大岡昇平編
ランボオ詩集　中原中也訳
小熊秀雄詩集　岩田宏編
夕鶴 彦市ばなし 他二篇 ―木下順二戯曲選II　木下順二
子午線の祀り 沖縄 他一篇 ―木下順二戯曲選IV　木下順二
元禄忠臣蔵 全二冊　真山青果
玄朴と長英 他三篇　真山青果
随筆滝沢馬琴　真山青果
旧聞日本橋　長谷川時雨
新編 近代美人伝 全二冊　長谷川時雨　杉本苑子編
古句を観る　柴田宵曲
俳諧随筆 蕉門の人々　柴田宵曲
評伝 正岡子規　柴田宵曲
新編 俳諧博物誌　柴田宵曲　小出昌洋編
随筆集 団扇の画　柴田宵曲　小出昌洋編
子規居士の周囲　柴田宵曲
小説集 夏の花　原民喜

原民喜全詩集
いちご姫・蝴蝶 他二篇　山田美妙　十川信介校訂
貝殻追放抄　水上滝太郎
銀座復興 他三篇　水上滝太郎
魔風恋風 全二冊　小杉天外
柳橋新誌　成島柳北　塩田良平校訂
島村抱月文芸評論集　島村抱月
立原道造詩集　杉浦明平編
野火／ハムレット日記　大岡昇平
中谷宇吉郎随筆集　樋口敬二編
雪　中谷宇吉郎
伊東静雄詩集　杉本秀太郎編
冥途・旅順入城式　内田百閒
東京日記 他六篇　内田百閒
西脇順三郎詩集　那珂太郎編
草野心平詩集　入沢康夫編
金子光晴詩集　清岡卓行編

大手拓次詩集　原子朗編
評論集 滅亡について 他三十篇　武田泰淳　川西政明編
山岳紀行文集 日本アルプス　小島烏水　近藤信行編
雪中梅　末広鉄腸　小林智賀平校訂
宮柊二歌集　宮英子　高野公彦編
新編 東京繁昌記　木村荘八　尾崎秀樹編
新編 山と渓谷　田部重治　近藤信行編
日本児童文学名作集 全二冊　桑原三郎　千葉俊二編
山月記・李陵 他九篇　中島敦
眼中の人　小島政二郎
新選 山のパンセ　串田孫一自選
新美南吉童話集　千葉俊二編
岸田劉生随筆集　酒井忠康編
摘録 劉生日記　岸田劉生　酒井忠康編
量子力学と私　朝永振一郎　江沢洋編
書物　森銑三　柴田宵曲
窪田空穂随筆集　大岡信編

窪田空穂歌集　大岡信編
暢気眼鏡 虫のいろいろ 他十三篇　尾崎一雄 高橋英夫編
梵雲庵雑話　淡島寒月
奴隷 —小説・女工哀史1　細井和喜蔵
工場 —小説・女工哀史2　細井和喜蔵
森鷗外の系族　小金井喜美子
木下利玄全歌集　五島茂編
新編 学問の曲り角　河野与一 原二郎編
放浪記　林芙美子
山の旅 全二冊　近藤信行編
日本近代文学評論選 全二冊　千葉俊二 坪内祐三編
食道楽 全二冊　村井弦斎
酒道楽　村井弦斎
文楽の研究 全二冊　三宅周太郎
五足の靴　五人づれ
尾崎放哉句集　池内紀編
リルケ詩抄　茅野蕭々訳

ぷえるとりこ日記　有吉佐和子
江戸川乱歩短篇集　千葉俊二編
怪人二十面相・青銅の魔人　江戸川乱歩
少年探偵団・超人ニコラ　江戸川乱歩
江戸川乱歩作品集 全三冊　浜田雄介編
堕落論・日本文化私観 他二十二篇　坂口安吾
桜の森の満開の下・白痴 他十二篇　坂口安吾
風と光と二十の私と・いずこへ 他十六篇　坂口安吾
久生十蘭短篇選　川崎賢子編
墓地展望亭・ハムレット 他六篇　久生十蘭
六白金星・可能性の文学 他十一篇　織田作之助
夫婦善哉 正続 他十二篇　織田作之助
わが町・青春の逆説　織田作之助
歌の話・歌の円寂する時 他一篇　折口信夫
死者の書・口ぶえ　折口信夫
折口信夫古典詩歌論集　藤井貞和編
汗血千里の駒 坂本龍馬君之伝　坂崎紫瀾 林原純生校注

日本近代短篇小説選 全六冊　紅野敏郎・紅野謙介・千葉俊二・宗像和重・山田俊治編
自選 谷川俊太郎詩集
訳詩集 白孔雀　西條八十訳
茨木のり子詩集　谷川俊太郎選
第七官界彷徨・琉璃玉の耳輪 他四篇　尾崎翠
大江健三郎自選短篇
M/Tと森のフシギの物語　大江健三郎
キルプの軍団　大江健三郎
辻征夫詩集　谷川俊太郎編
明治詩話　木下彪
石垣りん詩集　伊藤比呂美編
漱石追想　十川信介編
芥川追想　石割透編
荷風追想　多田蔵人編
自選 大岡信詩集
うたげと孤心　大岡信
日本の詩歌 その骨組みと素肌　大岡信

詩人・菅原道真 —うつしの美学	大岡信
日本近代随筆選 全三冊	千葉俊二・長谷川郁夫・宗像和重編
尾崎士郎短篇集	紅野謙介編
山之口貘詩集	高良勉編
原爆詩集	峠三吉
近代はやり唄集	倉田喜弘編
竹久夢二詩画集	石川桂子編
まど・みちお詩集	谷川俊太郎編
山頭火俳句集	夏石番矢編
二十四の瞳	壺井栄
幕末の江戸風俗	塚原渋柿園 菊池眞一編
けものたちは故郷をめざす	安部公房
詩の誕生	大岡信・谷川俊太郎
鹿児島戦争記 —実録 西南戦争	篠田仙果 松本常彦校注
東京百年物語 一八六八〜一九〇九 全三冊	ロバート キャンベル・十重田裕一・宗像和重編
三島由紀夫紀行文集	佐藤秀明編
若人よ蘇れ・黒蜥蜴 他一篇	三島由紀夫

三島由紀夫スポーツ論集	佐藤秀明編
吉野弘詩集	小池昌代編
開高健短篇選	大岡玲編
破れた繭 耳の物語1	開高健
夜と陽炎 耳の物語2	開高健
色ざんげ	宇野千代
明智光秀	小泉三申
老女マノン・脂粉の顔 他四篇	宇野千代 尾形明子編
久米正雄作品集	石割透編
次郎物語 全五冊	下村湖人

《哲学・教育・宗教》〔青〕

ソクラテスの弁明・クリトン　プラトン　久保勉訳
ゴルギアス　プラトン　加来彰俊訳
饗宴　プラトン　久保勉訳
テアイテトス　プラトン　田中美知太郎訳
パイドロス　プラトン　藤沢令夫訳
メノン　プラトン　藤沢令夫訳
国家　全二冊　プラトン　藤沢令夫訳
プロタゴラス　—ソフィストたち　プラトン　藤沢令夫訳
パイドン　—魂の不死について　プラトン　岩田靖夫訳
アナバシス　—敵中横断六〇〇〇キロ　クセノポン　松平千秋訳
アリストテレス　ニコマコス倫理学　全二冊　高田三郎訳
アリストテレス　形而上学　全二冊　出隆訳
アリストテレス　弁論術　戸塚七郎訳
アリストテレース詩学　ホラーティウス詩論　松本仁助・岡道男訳
物の本質について　ルクレーティウス　樋口勝彦訳
エピクロス　—教説と手紙　出隆・岩崎允胤訳

生の短さについて　他二篇　セネカ　大西英文訳
怒りについて　他二篇　セネカ　兼利琢也訳
エピクテトス　人生談義　全二冊　國方栄二訳
マルクス・アウレーリウス　自省録　神谷美恵子訳
老年について　キケロー　中務哲郎訳
友情について　キケロー　中務哲郎訳
弁論家について　全二冊　キケロー　大西英文訳
キケロー書簡集　高橋宏幸編
方法序説　デカルト　谷川多佳子訳
哲学原理　デカルト　桂寿一訳
精神指導の規則　デカルト　野田又夫訳
情念論　デカルト　谷川多佳子訳
パンセ　全三冊　パスカル　塩川徹也訳
知性改善論　スピノザ　畠中尚志訳
スピノザ　エチカ（倫理学）　全二冊　畠中尚志訳
モナドロジー　他二篇　ライプニッツ　谷川多佳子・岡部英男訳
学問の進歩　ベーコン　服部英次郎・多田英次訳

ハイラスとフィロナスの三つの対話　バークリ　戸田剛文訳
市民の国について　全二冊　ヒューム　小松茂夫訳
自然宗教をめぐる対話　ヒューム　犬塚元訳
人間機械論　ド・ラ・メトリ　杉捷夫訳
聖トマス　形而上学叙説　—有と本質とに就いて　高桑純夫訳
エミール　全三冊　ルソー　今野一雄訳
ルソー　告白　全三冊　桑原武夫訳
孤独な散歩者の夢想　ルソー　今野一雄訳
人間不平等起原論　ルソー　本田喜代治・平岡昇訳
ルソー　社会契約論　桑原武夫・前川貞次郎訳
政治経済論　ルソー　河野健二訳
学問芸術論　ルソー　前川貞次郎訳
演劇について　—ダランベールへの手紙　ルソー　今野一雄訳
言語起源論　—旋律と音楽的模倣について　ルソー　増田真訳
ディドロ、ダランベール編　百科全書　—序論および代表項目　桑原武夫訳編
ディドロ　絵画について　佐々木健一訳
道徳形而上学原論　カント　篠田英雄訳

- 啓蒙とは何か 他四篇 カント 篠田英雄訳
- 純粋理性批判 全三冊 カント 篠田英雄訳
- カント 実践理性批判 波多野精一・宮本和吉・篠田英雄訳
- 判断力批判 全二冊 カント 篠田英雄訳
- 永遠平和のために カント 宇都宮芳明訳
- プロレゴメナ カント 篠田英雄訳
- 学者の使命・学者の本質 フィヒテ 宮崎洋三訳
- シュライエルマッハー 独白 木場深定訳
- 哲学史序論 —哲学と哲学史 ヘーゲル 武市健人訳
- ヘーゲル 政治論文集 全二冊 金子武蔵訳
- 歴史哲学講義 全二冊 ヘーゲル 長谷川宏訳
- 法の哲学 —自然法と国家学の要綱 ヘーゲル 上妻精・佐藤康邦・山田忠彰訳
- 人間的自由の本質 シェリング 西谷啓治訳
- 自殺について 他四篇 ショウペンハウエル 斎藤信治訳
- 読書について 他二篇 ショウペンハウエル 斎藤忍随訳
- 知性について 他四篇 ショーペンハウエル 細谷貞雄訳
- 将来の哲学の根本命題 他二篇 フォイエルバッハ 松村一人・和田楽訳

- 反復 キルケゴール 桝田啓三郎訳
- 不安の概念 キェルケゴール 斎藤信治訳
- 死に至る病 キェルケゴール 斎藤信治訳
- 体験と創作 全二冊 ディルタイ 柴田治三郎・小牧健夫訳
- 眠られぬ夜のために 全二冊 ヒルティ 草間平作・大和邦太郎訳
- 幸福論 全三冊 ヒルティ 草間平作・大和邦太郎訳
- 悲劇の誕生 ニーチェ 秋山英夫訳
- ツァラトゥストラはこう言った 全二冊 ニーチェ 氷上英廣訳
- 道徳の系譜 ニーチェ 木場深定訳
- 善悪の彼岸 ニーチェ 木場深定訳
- この人を見よ ニーチェ 手塚富雄訳
- プラグマティズム W・ジェイムズ 桝田啓三郎訳
- 宗教的経験の諸相 全二冊 W・ジェイムズ 桝田啓三郎訳
- 純粋現象学及現象学的哲学考案 全二冊 フッセル 池上鎌三訳
- デカルト的省察 フッサール 浜渦辰二訳
- 愛の断想・日々の断想 ジンメル 清水幾太郎訳
- 笑い ベルクソン 林達夫訳

- 物質と記憶 ベルクソン 熊野純彦訳
- 時間と自由 ベルクソン 中村文郎訳
- ラッセル教育論 安藤貞雄訳
- ラッセル幸福論 安藤貞雄訳
- 存在と時間 全四冊 ハイデガー 熊野純彦訳
- 学校と社会 デューイ 宮原誠一訳
- 民主主義と教育 全二冊 デューイ 松野安男訳
- 歴史と自然科学・道徳の原理に就て・聖 「プレルーディエン」より ヴィンデルバント 篠田英雄訳
- 我と汝・対話 マルティン・ブーバー 植田重雄訳
- アラン 幸福論 神谷幹夫訳
- アラン 定義集 神谷幹夫訳
- 英語発達小史 H・ブラッドリ 寺澤芳雄訳
- 日本の弓術 オイゲン・ヘリゲル述 柴田治三郎訳
- 饒舌について 他五篇 プルタルコス 柳沼重剛訳
- ことばのロマンス —英語の語源 ウィークリー 寺澤芳雄・出淵博訳
- 天才・悪 ブレンターノ 篠田英雄訳
- 人間の頭脳活動の本質 他一篇 ディーツゲン 小松摂郎訳

プラトン入門	R・S・ブラック　内山勝利訳
ハリネズミと狐 —『戦争と平和』の歴史哲学	バーリン　河合秀和訳
論理哲学論考	ウィトゲンシュタイン　野矢茂樹訳
自由と社会的抑圧	シモーヌ・ヴェイユ　冨原眞弓訳
根をもつこと　全二冊	シモーヌ・ヴェイユ　冨原眞弓訳
重力と恩寵	シモーヌ・ヴェイユ　冨原眞弓訳
全体性と無限　全二冊	レヴィナス　熊野純彦訳
啓蒙の弁証法 —哲学的断想	M・ホルクハイマー　T・W・アドルノ　徳永恂訳
ヘーゲルからニーチェへ —十九世紀思想における革命的断絶　全二冊	レーヴィット　三島憲一訳
統辞構造論　付『言語理論の論理構造』序論	チョムスキー　福井直樹　辻子美保子訳
統辞理論の諸相　方法論序説	チョムスキー　福井直樹　辻子美保子訳
言語変化という問題 —共時態、通時態、歴史	E・コセリウ　田中克彦訳
快楽について	ロレンツォ・ヴァッラ　近藤恒一訳
古代懐疑主義入門　判断保留の十の方式	J・アナス　J・バーンズ　金山弥平訳
ヨーロッパの言語	アントワーヌ・メイエ　西山教行訳
ニーチェ　みずからの時代と闘う者	ルドルフ・シュタイナー　高橋巖訳
人間精神進歩史　全二冊	コンドルセ　渡辺誠訳

人間の教育　全二冊	フレーベル　荒井武訳
フレーベル自伝	長田新訳
旧約聖書　創世記	関根正雄訳
旧約聖書　出エジプト記	関根正雄訳
旧約聖書　ヨブ記	関根正雄訳
旧約聖書　詩篇	関根正雄訳
新約聖書　福音書	塚本虎二訳
文語訳　新約聖書　詩篇付	
文語訳　旧約聖書　全四冊	
キリストにならいて	トマス・ア・ケンピス　大沢章　呉茂一訳
聖アウグスティヌス　告白　全二冊	服部英次郎訳
アウグスティヌス　神の国　全五冊	服部英次郎　藤本雄三訳
新訳　キリスト者の自由・聖書への序言	マルティン・ルター　石原謙訳
シュヴァイツェル　イエスの生涯　メシアと受難の秘密	シュヴァイツェル　波木居齊二訳
キリスト教と世界宗教	シュヴァイツェル　鈴木俊郎訳
水と原生林のはざまで	シュヴァイツェル　野村実訳
コーラン　全三冊	井筒俊彦訳

エックハルト説教集	田島照久編訳
霊操	イグナチオ・デ・ロヨラ　門脇佳吉訳・解説
ムハンマドのことば　ハディース	小杉泰編訳
後期資本主義における正統化の問題	ハーバーマス　山田正行・金慧訳
シンボルの哲学 —理性、祭礼、芸術のシンボル試論	S・K・ランガー　塚本明子訳
ジャック・ラカン　精神分析の四基本概念　全二冊	ジャック＝アラン・ミレール編　小出浩之　新宮一成　鈴木國文　小川豊昭訳

岩波文庫の最新刊

拾遺和歌集
小町谷照彦・倉田実校注

花山院の自撰とされる「三代集」の達成を示す勅撰集。歌合歌や屏風歌など、晴の歌が多く、洗練、優美平淡な詠風が定着している。
〔黄二八-二〕 定価一八四八円

ジンメル宗教論集
深澤英隆編訳

社会学者ジンメルの宗教論の初集成。宗教性を人間のアプリオリな属性の一つとみなすことで、そこに脈動する生そのものを捉えようと試みる。
〔青六四四-六〕 定価一二四三円

科学と仮説
ポアンカレ著／伊藤邦武訳

科学という営みの根源について省察し仮説の役割を哲学的に考察した、アンリ・ポアンカレの主著。一〇〇年にわたり読み継がれてきた名著の新訳。
〔青九〇二-一〕 定価一三二〇円

マンスフィールド・パーク(下)
ジェイン・オースティン作／新井潤美・宮丸裕二訳

皆が賛成する結婚話を頑なに拒むファニー。しばらく里帰りするが、そこに驚愕の報せが届き――。本作に登場する戯曲『恋人たちの誓い』も収録。(全二冊)
〔赤二二二-八〕 定価一二五四円

共同体の基礎理論 他六篇
大塚久雄著／小野塚知二編

共同体はいかに成立し、そして解体したのか。土地の占取に注目して、前近代社会の理論的な見取り図を描いた著者の代表作の一つ。関連論考を併せて収録。
〔白一五二-二〕 定価一一七七円

……今月の重版再開……

守銭奴
モリエール作／鈴木力衛訳

定価六六〇円
〔赤五一二-七〕

天才の心理学
E・クレッチュマー著／内村祐之訳

定価一一一一円
〔青六五八-一〕